그란츠 전기
Grants
GSAGA

N

죽음의 숲

이즈드 자작 영지
· 조일

· 랭시

· 무른

· 키즈

코린트 백작 영지
· 홀로시

· 직컬시

· 나드

하켄나우 강

· 에브릭시

· 챠드 성

· 이크미스 왕성

· 신탄

맥클라인 후작 영지

레인 백작 영지

훌즈리드

칼가저가

국경직영지

· 에드저

· 미구엘 자작 영지
· 스케이어 성

· 모츠

· 빈

바이아슈 후작기

키비노 백작 영지

· 포로비 자작 영지
· 리드 성

· 넬슨 자작 영지
· 키바 성

모츠 백작 영지

매크랙 자작 영지

· 시드 자작 영지
· 페낭 성

카브레라 공작 영지
· 돈

· 오넥스 성

· 이베스트 자작 영지
· 이베스트 성

· 보세 자작 영지

· 그로이켈 백작 영지

· 그로이켈

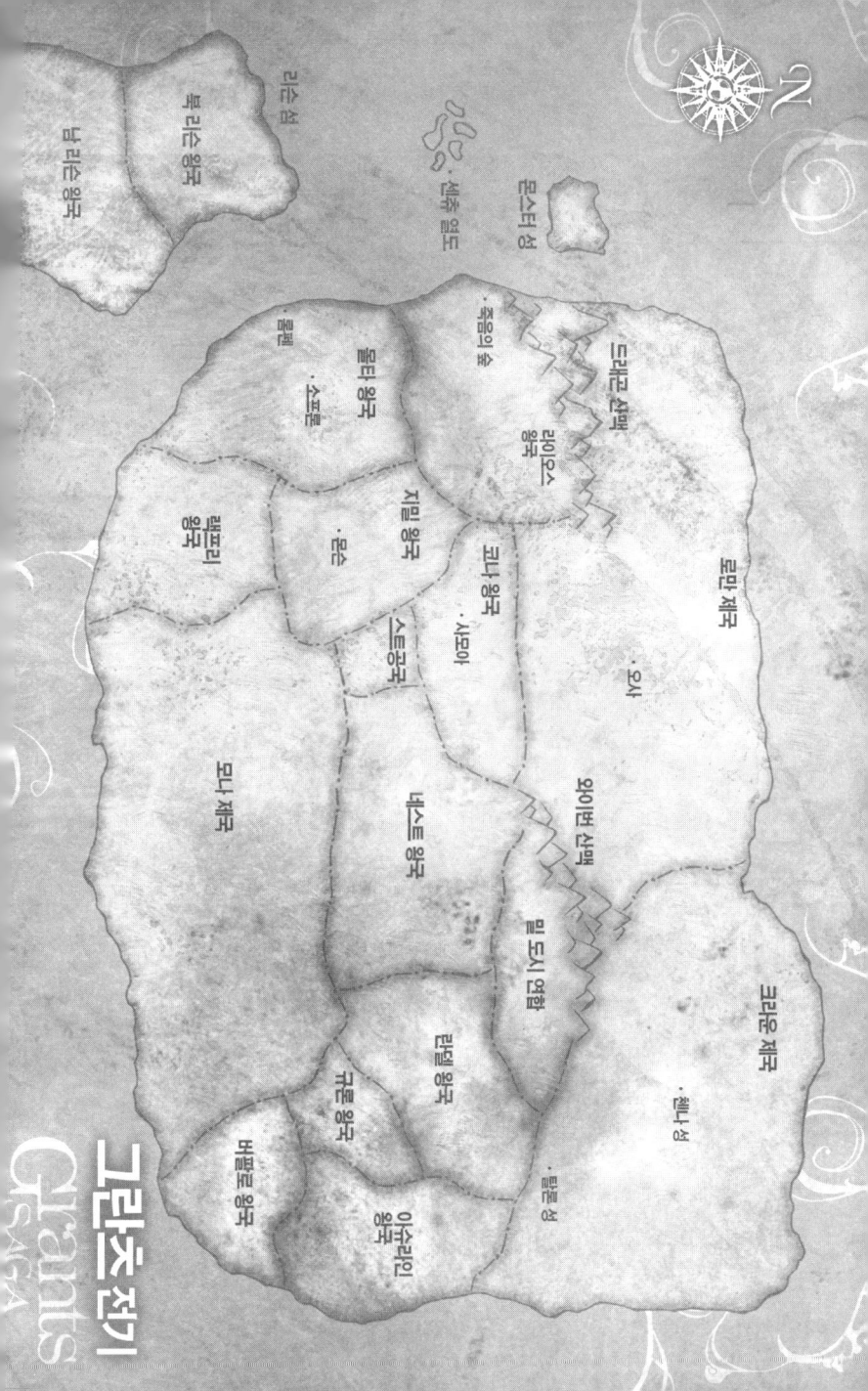

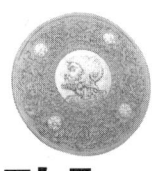

그란츠전기

큰바우 판타지 장편 소설

FANTASY FRONTIER SPIRIT

그란츠전기 4

큰바우 판타지 장편 소설

초판 1쇄 찍은 날 § 2008년 2월 21일
초판 1쇄 펴낸 날 § 2008년 3월 2일

지은이 § 큰바우
펴낸이 § 서경석

편집장 § 문혜영
편집책임 § 심재영

펴낸곳 § 도서출판 청어람
등록번호 § 제1081-1-89호
등록일자 § 1999. 5. 31
어람번호 § 제1-0947호

주소 § 경기도 부천시 원미구 심곡1동 350-1 남성B/D 3F (우) 420-011
전화 032-656-4452 팩스 § 032-656-4453
http://www.chungeoram.com
E-mail § eoram99@chollian.net

ISBN 978-89-251-1203-9 04810
ISBN 978-89-251-0970-1 (세트)

Grants SAGA

④ [왕성을 향해!] -완결

그란츠 전기

큰바우 판타지 장편 소설

FANTASY FRONTIER SPIRIT

도서출판 청람

Grants SAGA

Contents

Grants Saga

1. 내전의 시작

　바이사흐 후작 영지의 주성인 칼카자가 성에서 남작부인이 아픈 몸을 치료하는 동안 그란츠는 바로 옆에 붙어 있는 카브레라 영지로 가서 아버지인 카미넬 백작을 만나 함께 영지로 갈 것을 권했지만 카미넬 백작은 왕성을 빠져나오면서 연락이 끊긴 가족들이 무사히 영지로 내려갔다는 소식에 안도하면서 계속 돈 성에 남아 하마스 국왕을 보필하겠다고 고집을 피웠다.

　그런 백작의 고집스러운 모습에 그란츠는 걱정스럽지만 아버지를 영지로 모시고 가는 것을 포기하고 다시 칼카자가 성으로 돌아와 치료를 끝낸 남작 부인과 부폰 남작 가족들을 데리고 영지로 돌아왔다.

죠슬린은 임시로 구한 불편하고 허름한 마차 대신 칼카자가 성에서 새로 구입한 마차를 타고 비교적 편안하게 카미넬 영지의 입구인 드래곤 협곡 초입에 도착했다.

그는 길 좌우로 하늘 높이 솟아 있는 엄청난 높이의 절벽에 그저 놀랍다는 표정으로 바라보고 있었다. 마차 주변에서 말을 타고 이동하고 있는 부폰 남작과 죠슬린의 오빠 레벨스 역시 웅장한 협곡의 모습에 연신 감탄성을 터뜨렸다.

그런 부폰 남작 가족들의 모습에 그란츠는 얼굴 가득 미소를 지으면서 친절하게 자랑스러운 가문의 영지에 대해 이야기하기 시작했다.

"이곳이 영지로 들어가는 입구이자 든든한 방어막인 드래곤 협곡입니다. 이 길 양옆에 마치 성벽처럼 솟아 있는 높은 산들이 영지를 완전히 빙 둘러싸고 있어서 지금 지나가고 있는 이 길을 제외하고는 육로로 영지로 들어갈 방법이 없습니다. 그래서 외세의 침입으로부터 영지를 보호해 주는 든든한 방어막 역할을 해주고 있지요!"

"성벽처럼 튼튼한 암벽들과 높은 산들이 병풍처럼 늘어서 있는 것이 정말 대단해요, 그란츠!"

"흐음… 그렇군! 이런 웅장한 자연 방어막이 있다니 카미넬 영지는 정말 천혜의 요새야!"

"하하하! 감사합니다, 장인어른."

"하지만 그란츠 자작님. 영지를 둘러싸고 있는 산맥이 높고 험한 것은 사실이지만 독한 마음을 먹고 어느 정도 피해를 각오한다면 산맥을 넘어 영지로 쳐들어갈 수도 있지 않습니까?"

나이는 더 많았지만 아직 아버지에게 작위를 물려받지 못한 레벨스는 지난 전쟁에서 세운 전공으로 정식 자작 작위를 가진 그란츠에게 존대를 하면서 궁금한 점을 묻자 그란츠는 고개를 끄덕이면서 대답을 해줬다.

"물론 아무리 산이 높고 험해도 마음만 먹으면 충분히 넘어갈 수 있지요. 하지만 아무리 독하게 마음을 먹고 대규모 병력을 동원한다고 해도 우리 영지를 둘러싸고 있는 산맥은 절대 쉽게 넘어갈 수 없습니다."

레벨스의 질문에 그란츠가 자신만만하게 절대 산맥을 넘을 수 없다고 하자 기사답게 기초 군사지식이 있는 부폰 남작과 레벨스는 고개를 갸웃거리면서 의문스러워했다.

그런 두 사람의 모습에 그란츠는 손을 들어 협곡 양쪽을 가리키면서 이유를 설명하기 시작했다.

"이 협곡 주변과 산맥 초입 부분은 매년 반복해서 벌이는 몬스터 토벌로 비교적 안전하지만 산맥 안으로 조금만 더 들어가면 대륙에서도 사납기로 유명한 드래곤 산맥 오크들이 잔뜩 우글거리고 있습니다. 덕분에 이 협곡만 완벽하게 틀어막고 있으면 아무리 많은 적들이 쳐들어와도 육로로는 절대 영지로 들어올 수 없는 겁니다."

"아! 그렇군요."

"하긴 드래곤 산맥 오크들이 산맥에 우글거리고 있다면 아무리 강력한 군대를 보유하고 있다고 해도 쉽게 산맥을 넘어갈 생각을 못하겠군."

자연의 웅장함을 그대로 보여주고 있는 산맥 안에 난폭한 오크들이 잔뜩 숨어 있다는 그란츠의 말에 부폰 남작과 레벨스는 자신도 모르게 고개를 끄덕이면서 협곡 좌우로 병풍처럼 늘어서 있는 산맥을 새삼스러운 눈길로 바라보았다. 그런 두 사람의 반응에 그란츠는 살짝 미소를 지으면서 일행을 협곡 안으로 계속 이끌고 들어갔다.

이렇게 협곡을 지나 영지 쪽 협곡 입구 근처에 있는 헤느 마을에서 하룻밤을 보낸 그란츠 일행은 다음날 늦은 오후가 돼서야 소식을 듣고 달려나온 가신들의 환영을 받으면서 영주 성에 입성할 수 있었다. 한데 도착하자마자 날아들어 온 급보에 미처 피로도 풀기 전에 가신들을 모두 긴급 회의를 소집했다.

각자 저택에서 단잠을 자다가 갑자기 소집된 회의에 급하게 영주 저택으로 달려온 가신들은 크레인 총관이 전하는 충격적인 소식에 다들 할 말을 잃어버렸다.

"허어… 맥클라인 후작의 야망이 큰 것은 알았지만 이렇게 전격적으로 새로운 왕조를 선포하다니……."

"이제는 둘 중 하나가 완전히 숨통이 끊어질 때까지 싸우는 수밖에 없겠군요."

"자작님, 맥클라인 후작이 라이오스 왕가를 부정하며 새로운 왕조를 선포했다면 이제 본격적으로 내전이 시작된다는 이야기입니다. 이렇게 내전이 불가피하다면 저희들도 뭔가 대책을 세우고 있어야 합니다."

"맞습니다, 자작님. 빨리 대책을 세우지 않으면 자칫 피비린내 나는 내전의 소용돌이에 휘말려 들어서 어이없이 큰 피해를 입을 수도 있습니다."

빨리 대책을 세워야 한다는 가신들의 말에 그란츠는 옆에 앉아 있는 크레인 총관을 쳐다보며 신중한 목소리로 입을 열었다.

"크레인 맥클라인 후작의 폭탄선언에 돈 성에 머물고 있는 국왕파와 바이사흐 후작의 반응은 어때?"

"이미 맥클라인 후작과 귀족파를 반역자로 규정하고 있던 국왕파는 이번 일을 대대적으로 선전하면서 반역자 처단을 주장하며 대대적인 모병을 하기 시작했고, 중립을 유지하던 바이사흐 후작도 왕국에 반기를 든 맥클라인 후작과 귀족파의 타도를 외치면서 국왕파에 들어갈 것 같습니다."

"바이사흐 후작이 국왕파로 기운다면 귀족파에 비해 열세였던 군사력은 비슷해지겠군."

"자작님, 이렇게 되면 그동안 열세였던 군사력도 비슷해지고, 대의명분도 국왕파 쪽으로 많이 기울어서 국왕파가 많이 유리해지겠군요."

"콜만 경, 그건 아직 모르는 소리예요. 내가 아는 맥클라인 후작은 이렇게 자신들에게 모든 것이 불리하게 돌아갈 것을 알면서도 미련하게 자신의 야망을 밖으로 드러내는 사람이 절대 아니었어요. 아마 뭔가 숨겨진 의도가 있을 겁니다."

그란츠의 말에 회의실에 모인 가신들은 점점 복잡해지는 내전 상황에 다들 얼굴이 어두워졌다.

"일단 아버님이 국왕파의 일원으로 이미 내전에 참가한 이상 우리 영지도 내전의 소용돌이를 피해갈 수는 없을 겁니다. 다들 그렇게 알고 가용할 수 있는 모든 정보력을 다 동원해서 내전 상황을 정확하게 파악하고 비상 대기 중인 영지병들은 언제든지 출진이 가능하도록 철저하게 준비해 두세요."

"알겠습니다, 자작님!"

어떻게 하면 피비린내 나는 내전에서 소중한 영지를 지킬 것인지 고민하던 그란츠는 믿음직스러운 가신들의 모습에 마음이 한결 가벼워졌다.

한편 이미 쇠락한 라이오스 왕국을 버리고 새롭게 맥클라인 왕국을 개국하며 귀족파의 수장인 에리드 드 맥클라인 후작을 국왕으로 추대한 귀족파들은 군사격인 모츠 백작의 주장에 따라 하마스 국왕이 있는 돈 성에 군사력을 집결시키고 있는 국왕파의 기반을 흔들기 위해서 비교적 세가 약한 국왕파 귀족들의 영지를 집중 공격하기 시작했다.

이런 귀족파의 공격에 제일 먼저 희생된 곳은 귀족파의 거점인 맥클라인 영지와 인접해 있고, 영주인 미구엘 자작이 근위군단 천인장으로 있어서 자작의 아들인 칼 드 미구엘이 소수의 사병들만 데리고 지키고 있는 미구엘 영지였다.

"와아아! 돌격! 성을 함락시켜라!"

슈슈슉! 쉬이익!

"화살을 쏴라! 적들이 성벽에 접근하지 못하게 계속 화살을 날려라!"

"크아악! 으윽!"

"성을 지키고 있는 놈들은 소수다! 한꺼번에 밀어붙여서 성벽을 넘어라!"

"어서 사다리를 올라가라!"

"마, 막아라! 끄으윽!"

이른 아침부터 갑자기 나타난 귀족파 병사들의 공격에 미구엘 영지의 주성인 스케머 성은 병사들의 함성 소리와 병장기 소리로 뒤덮여 있었다.

아버지인 미구엘 자작을 대신해 영지를 지키고 있던 칼 드 미구엘은 직접 검을 뽑아 들고 사다리를 타고 성벽에 올라오는 적병들의 목을 베면서 성을 지키고 있는 사병들을 독려하고 있었다.

"화살을 쏘고 돌을 던져라! 이야합! 모두들 힘을 내서 성을 지키자!"

이런 칼의 모습에 미구엘 영지의 사병들은 필사적으로 방어전을 펼치고 있었지만 겨우 800명뿐인 방어 병력에 비해 3,000명에 달하는 대군을 이끌고 온 알렉스 드 보비 자작의 맹렬한 공격에 조금씩 뒤로 밀리기 시작했다.

"돌격! 어서 성벽에 올라라!"

채챙! 챙! 챙!

"성벽에 있는 놈들이 고개를 못 들도록 화살을 계속 쏴라!"

슈슈슉! 슉!

"방패를 들어서 화살을 막아라!"

"끄아악!"

"돌을 더 가져와!"

성에서 비처럼 쏟아지는 화살 공격과 투석에 꾸준하게 피해를 입으면서도 귀족과 병사들은 하나둘씩 성벽 위로 올라와 백병전을 벌이기 시작했다. 그러자 칼은 재빨리 주변에 있는 병사들을 이끌고 성벽으로 달려가 사다리를 타고 올라오는 귀족파 병사들에게 검을 휘두르기 시작했다.

"성벽 위로 올라온 놈들을 모조리 죽여라!"

"이야압!"

"끄으윽!"

채챙! 챙! 챙!

성벽에 올라온 적병들이 찌르는 창을 몸을 비틀어 피하면서 날카롭게 검을 휘둘러 적을 한 명씩 죽여 나갔다. 하지만 이런 칼의 활약보다 더 빨리 귀족파 병사들이 사다리를 타고 성벽으로 올라왔고 급기야 성벽을 넘어온 일부 귀족파 병사들에 의해서 굳게 닫혀 있던 성문이 열리고 말았다.

"마, 막아라! 성벽을 끝까지 지켜라!"

채챙! 챙! 챙!

"놈들이 밀리기 시작했다! 계속해서 공격해라!"

"크아악! 사… 살려줘!"

"아군이 들어올 수 있게 어서 성문을 열어라!"

끼이익!

"성문이 열렸다! 돌격하라!"

"성문을 사수해라! 놈들이 성안으로 들어오지 못하게 막아라!"

"으으윽! 퍼억!"

성문이 열리자 대기하고 있던 귀족파 병사들이 거센 파도처럼 성안으로 밀려들어 오기 시작했다. 뒤늦게 성문을 탈환하기 위해서 일부 영지 병사들이 달려갔지만 계속해서 밀려들어 오는 귀족파 병사들의 창칼에 의해서 순식간에 싸늘한 시체로 변해 버렸다.

상황이 이렇게 급박하게 변하자 칼을 도와 성벽에서 병사들을 지휘하고 있던 기사 사베인은 검을 크게 휘둘러 상대하고 있던 귀족파 병사를 죽이고는 정신없이 검을 휘두르고 있는 칼에게 달려가 지금 즉시 성을 버릴 것을 종용했다.

"이야압! 크윽!"

"공자님 상황이 너무 안 좋습니다. 이제 이쯤에서 성을 포기하시고 빨리 이곳을 빠져나가셔야 합니다!"

"사베인 경, 그게 무슨 소리인가? 아버님이 맡기신 영지를 포기하고 도망을 가자니. 난 절대 그럴 수 없네!"

다급한 표정으로 후퇴하자는 사베인의 말에 칼은 끝까지 고집을 피우면서 계속 성을 지키겠다면서 성벽에 올라온 적병들을 향해 검을 휘둘렀다. 이미 패전으로 완전히 기울어져 버린 전황을 제대로 파악하지 못하는 칼의 모습에 사베인은 크게 한숨을 내쉬면서 아직까지 성안 저택에 남아 있는 가족 이야기를 꺼내면서 다시 한 번 설득했다.

"성을 끝까지 지키고 싶은 공자님의 마음은 저도 잘 알고 있습니다. 하지만 이미 성문까지 열린 마당에 더 이상 이렇게 성벽에서 적병의 목을 베는 것은 무의미한 일입니다. 그리고 아직 피난을 떠나지 못하고 성안 저택에 남아 있는 가족 분들도 생각하셔야지요!"

저택에 남아 있는 가족들을 생각하라는 사베인의 말에 끝까지 성을 사수하려던 칼은 마음을 고쳐먹을 수밖에 없었다.

"끄으응… 알겠네! 사베인 경, 즉시 저택에 있는 가족들을 데리고 성을 빠져나가세!"

"잘 생각하셨습니다! 어서 이리로 가시지요!"

마침내 칼이 성을 버리기로 결심을 하자 사베인은 미구엘 자작 가족들의 안전한 탈출을 위해 아직도 성벽에서 치열하게 백병전을 벌이고 있는 영지 병사들을 내버려 둔 채 재빨리 칼을 데리고 성벽을 내려와서는 성 중앙에 있는 저택에 가서 간단한 짐만 챙겨서 마차에 미구엘 자작의 가족을 태우고 서둘러 귀족파 병사들이 없는 성 서문을 통해 스케머 성을 빠져나갔다.

이렇게 갑작스러운 귀족파의 기습 공격에 미구엘 영지와 코린트 영지가 점령당하자 영지를 빼앗긴 미구엘 자작과 코린트 백작은 크게 분노를 하면서 즉시 귀족파를 공격해야 한다고 방방 뛰었다.

이 두 사람처럼 귀족파와의 일전을 위해 영지의 군사력 대부분을 끌고 올라온 국왕파 귀족들은 혹시라도 귀족파의 공격에 영지를 빼앗길까 전전긍긍하게 되었다.

급기야 귀족파와의 일전을 위해 국왕파 영지에서 징집해서 올라오던 병사들의 숫자가 자신들의 영지를 방어해야 한다는 명목으로 대폭 줄어들었다.

이처럼 모츠 백작의 계략에 병력 동원이 힘들어지자 그제야 카브레라 공작과 국왕파 귀족들은 대책을 세우기 위해서 부산하게 움직이기 시작했지만 한 번 흔들리기 시작한 휘하 귀족들의 마음을 달래기에는 역부족이었다.

쾅!

"끄응! 놈들의 계략에 이렇게 완벽하게 당하다니! 도대체 경들은 귀족파 놈들의 움직임 하나 제대로 파악하지 못하고 그동안 뭘 하고 있었단 말이오!"

회의실 중앙에 있는 탁자를 주먹으로 부숴 버릴 듯이 세게 내려치면서 화를 내는 카브레라 공작의 모습에 회의실에 모인 공작의 최측근들은 다들 고개를 푹 숙이며 공작의 화가 빨리 가라앉기만을 기다렸고 이런 휘하 귀족들의 모습에 공작은 더 화가 치밀어 올랐다.

"다들 그렇게 입만 다물고 있으면 이 상황이 해결이라도 되는 것이오! 벙어리처럼 앉아 있지만 말고 해결 방안을 내보란 말이오!"

그때 회의실 한쪽에 묵묵히 앉아 있던 마자로 드 카퍼 자작이 손을 들었고 공작은 바로 카퍼 자작에게 발언권을 주었다.

"오! 그래, 카퍼 자작, 좋은 생각이 있으면 어서 말해보게!"

"감사합니다, 공작님. 에… 우선 이쯤에서 그동안 귀족파에 비해 열세인 군사력을 만회하기 위해서 각 지방 영지에 있는 저희 쪽 세력들을 규합하려던 계획이 완전히 실패한 것을 인정해야 합니다."

"끄응… 그렇지……."

"그뿐만이 아니라 오히려 귀족파의 지방 영지 공격으로 그나마 돈 성에 모인 병력들의 이탈마저 걱정해야 하는 상황에 빠져 버렸습니다. 그래서 저는 이 모든 문제를 해결하기 위해서 상황이 더 악화되기 전에 서둘러 귀족파와 모든 것을 걸고 일전을 벌일 것을 건의 드립니다."

웅성웅성!

서둘러 귀족파와 일전을 벌이자는 카퍼 자작의 말에 회의실에 모인 귀족들은 불안한 표정으로 크게 술렁이기 시작했다. 그중 몇몇은 자리에서 일어나 카퍼 자작의 말에 적극적으로 반대 의사를 표현했다.

"그건 절대 안 됩니다, 공작님!"

"맞습니다! 지금 귀족파와 일전을 벌이기에는 무리가 많습니다!"

"지금은 때가 아닙니다!"

절대 지금 귀족파와 일전을 벌여서는 안 된다는 귀족들의 말에 공작이 수긍하는 모습을 보이자 카퍼 자작은 강한 어조로 다시 입을 열었다.

"도대체 뭐가 때가 아니란 말입니까? 물론 저도 지금 저희가 가진 군사력이 귀족파에 비해 많이 열세라는 걸 잘 알고 있습니다. 하지만 이런 식으로 계속 나가다가는 결국 지방 영지를 공격하고 있는 적들을 막기 위해서 돈 성에 모인 군사력을 분산시킬 수밖에 없고 내전은 장기전으로 가게 됩니다. 공작님, 지금 왕국의 가장 비옥한 영지 대부분을 귀족파에서 차지하고 있는 걸 기억하셔야 합니다. 이렇게 내전이 길어진다면 점점 더 귀족파에 유리해질 뿐입니다!"

미처 생각하지 못하고 있던 부분까지 정확하게 지적하는 카퍼 자작의 말에 회의실에 모인 귀족들 모두 굳은 얼굴로 생각에 빠졌다.

회의실 상석에 앉아 있는 카브레라 공작은 한참을 고민한 끝에 다소 무리가 가더라도 더 상황이 나빠지기 전에 카퍼 자작의 의견대로 귀족파와 일전을 벌이기로 결정을 내렸다.

"카퍼 자작의 말대로 시간을 끌수록 우리에게는 더 불리해. 이미 맥클라인 후작과 귀족파들이 라이오스 왕국을 부정하고 나온 이상 더 이상 명분 싸움도 무의미한 상황이야. 레인 백작은 즉시 병사들을 점검하고 출진 준비를 서두르게. 맥클라인 후작과 모든 것을 걸고 승부를 겨룰 것이네."

"알겠습니다, 공작님! 병사들을 준비시키겠습니다!"

강한 어조로 카브레라 공작이 맥클라인 후작을 치기로 결정을 내리자 회의실에 모인 귀족들은 군말없이 공작의 결정을 받아들였다.

명령을 받은 레인 백작은 즉시 귀족파와 벌어질 일전에 대비해서 돈 성에 집결해 있는 병사들을 소집해 출전 준비를 서두르기 시작했다.

이렇게 되자 귀족파의 지방 영지 기습으로 어수선하던 돈 성 분위기도 자연스럽게 수습이 되고, 타도 귀족파를 외치면서 하나로 힘을 뭉치기 시작했다.

한편, 기습적으로 지방에 있는 국왕파 영지를 공격해서 돈 성으로 집결하는 국왕파 세력을 분산시키고 있던 귀족파 수뇌부들은 첩자들을 통해 올라온 보고로 카브레라 공작의 의도를 파악하고는 재빨리 흩어져 있는 병사들을 맥클라인 후작 영지로 집결시키기 시작했다.

첩자들로부터 두 세력의 본격적인 격돌이 임박했다는 소식이 들어오자 그란츠는 돈 성에 있는 아버지의 안위가 걱정되기 시작했고 한참을 고민한 끝에 말도 안 되는 핑계를 대고 영지에 내려와 팔자 좋게 빈둥거리고 있는 특급 살수 오마르를 불렀다.

"절 찾으셨습니까?"

"이제 그 칙칙한 검은 옷은 안 입고 다니는 건가?"

그동안 영지에 내려와 살면서 살수라는 직업은 완전히 접었는지 전매특허였던 검은색 야행복을 벗어던지고 일반 평민들이 입는 평범한 옷을 입고 집무실에 나타난 오마르의 모습에 그란츠가 약간 의외라는 표정으로 질문하자 오마르는 피식 미소를 지으면서 대답을 했다.

"뭐, 야행복을 평상복처럼 입고 돌아다닐 수는 없지 않습니까? 그리고 살수 일은 당분간 휴점 상태라서요."

"훗! 그런가? 그럼 내가 자네의 재개점 첫 번째 손님이 되겠군."

약간은 풀어진 모습으로 미소를 짓던 오마르는 의뢰를 하겠다는 그란츠의 말에 순식간에 냉혹한 살수의 모습으로 돌아와서는 굳은 목소리로 입을 열었다.

"의뢰라면… 저에게 살인 청부를 하시겠단 말씀입니까?"

"살인은 아니고, 요인 경호를 의뢰하려고 해."

"요인 경호라니… 뭔가 오해를 하고 계시는 것 같은데, 전 살수입니다."

살인 의뢰가 아닌 경호를 의뢰한다는 그란츠의 말에 오마르는 어이가 없다는 표정으로 말을 받자 그란츠는 진지한 표정으로 말을 계속 이어갔다.

"그래서 더 이번 일에 자네가 적합하다는 거야."

"그게 무슨 말씀입니까?"

"자네처럼 추적과 은신에 능하고 검술 실력까지 웬만한 기사들보다 더 뛰어난 호위를 어디서 또 구하겠어?"

"…검술 실력은 이해가 가지만 호위 임무에 왜 추적술과 은신술이 필요한지 전 도저히 이해가 안 됩니다, 자작님."

"아~ 그건 돈 성에 있는 아버님을 호위하다가 혹시라도 불행한 사태가 벌어지면 아버님을 모시고 재빨리 안전한 곳으로 피할 수 있는 능력이 필요해서야! 아무래도 추적술과 은신술에 능하다면 추적자들을 피해 안전하게 위험 지역을 빠져나올 수 있지 않겠나?"

"…그럼 자작님은 이번 내전에서 국왕파가 질 것이라고 생각하시는 겁니까?"

"그런 것은 아니지만 세상 일이라는 게 어떻게 될지 아무도 모르는 것 아닌가? 혹시 모를 사태에 대비한 일종의 보험이랄까?"

"그렇군요, 알겠습니다. 준비가 끝나는 대로 바로 돈 성으로 출발하겠습니다."

내심 염려했던 것과는 달리 오마르가 제안을 흔쾌히 받아들이자 그란츠는 안도의 한숨을 내쉬며 말을 계속 이어갔다.

"그래, 필요한 것이 있으면 크레인 총관에게 이야기하도록 하게."

"예! 그럼!"

내전이 본격화되고 주변에 있는 영지 대부분이 귀족파인 관계로 카미넬 백작을 지키기 위한 대규모 병력 파견이 힘들어지자 그란츠는 만약을 대비해서 특급 살수인 오마르를 백작의 호위로 돈 성에 보내고는 첩자들을 사방으로 파견해 주변 상황에 촉각을 곤두세웠다.

한편, 서둘러 출전 준비를 끝낸 국왕파는 전투에는 아무런 도움이 안 되지만 시선 끌기에는 최고인 번쩍거리는 황금 갑옷에, 머리에는 왕관까지 쓴 하마스 국왕을 앞세우고 보무도 당당하게 7만 명의 병사들을 이끌고 돈 성을 출발했다.

이 소식은 이틀만에 귀족파가 집결해 있는 실란 성으로 전해졌다.

똑똑똑!

"전하! 보비 자작이옵니다!"

"들어오게!"

집무실에서 오랜만에 측근들과 여유롭게 차를 마시며 이런저런 이야기를 나누고 있던 맥클라인 후작은—맥클라인 왕국을 선포하면서 귀족들의 추대를 받아 국왕의 자리에 올랐다―집무실 안으로 들어오는 보비 자작의 다급한 표정에 의아한 표정을 지었다.

"전하! 급보이옵니다!"

"급보라고? 도대체 무슨 일인데 그렇게 정신을 못 차리는 건가? 허허허! 어디 카브레라 공작이 병사들이라도 이끌고 온다던가?"

"마… 맞습니다! 카브레라 공작이 하마스 국왕을 앞세우고 7만에 달하는 대군을 이끌고 이리로 진격 중이라고 합니다!"

쨍그랑!

"뭐, 뭐라고! 카브레라 공작이 병사들을 이끌고 쳐들어오고 있다고!"

"예! 그렇습니다! 벌써 예전 국왕 직영지 경계를 넘었다고 합니다!"

여유로운 표정으로 차를 마시며 자리에 앉아 있던 맥클라인 후작은 카브레라 공작이 움직였다는 보비 자작의 말에 놀라 들고 있던 찻잔을 떨어뜨리면서 자리에서 벌떡 일어났다. 이미 예전 국왕 직영지 경계선을 넘어 실란 성을 향해 진격해 오고 있다는 보고에 옆에 서 있는 모츠 백작과 션즈 백작을 번갈아 쳐다보며 굳은 목소리로 입을 열었다.

"드디어 놈들이 칼을 뽑아 들었군. 모츠 백작, 바로 귀족들을 소집하시오! 그리고 션즈 백작은 급히 병사들을 소집해서 출전 준비를 시키도록 하게!"

"알겠습니다, 전하!"

"언제든지 출전할 수 있도록 철저히 준비시키겠습니다!"

"후후후! 이번 기회에 놈들을 확실히 쓸어버리고 왕국을 튼튼한 반석 위에 올려놓겠어!"

맥클라인 후작의 명령에 주요 귀족들이 모두 참가하는 회의가 바로 소집되었다. 그 자리에서 귀족들의 전폭적인 지지를 받으면서 출전을 결정한 맥클라인 후작은 다음날 아침 기존에 있던 귀족 연합군에 각 영지의 사병과 그동안 강제로 징집해서 끌어 모은 병사들로 이루어진 9만 명에 달하는 대병력을 이끌고 자신만만한 표정으로 실란 성을 나섰다.

이렇게 양쪽 세력의 모든 것을 걸고 출발한 두 군대는 이제는 불타 버려서 화재에 검게 그슬린 흉물스러운 성벽만 남은 아르미스 왕성 북쪽에 위치한 카탈로니아 평야에서 정면으로 마주치게 되었다.

척척척!

따각. 따각. 따각!

역사에 길이 남을 대전투가 벌어질 카탈로니아 평야에 하마스 국왕과 카브레라 공작이 이끌고 있는 국왕파가 총 7만에 달하는 대병력을 길게 이어가면서 천천히 들어서고 있었다.

"공작님, 여기서부터 카탈로니아 평야입니다."

"과연 왕국에서도 알아주는 곡창지대답게 지평선이 끝없이 이어져 있군."

공작 가문 소속 기사들의 호위를 받으면서 플레이트 갑옷으로 완전무장 한 모습으로 대열 선두에서 말을 타고 움직이고 있던 카브레라 공작은 옆에서 말을 타고 같이 가고 있던 기사단장 찰튼의 말에 주변을 둘러보며 대답을 해주었다.

"넓고 평평한 땅으로 이루어진 곳이어서 대군이 전투를 치르기에 이곳만큼 좋은 곳도 없습니다."

"그렇군. 땅이 무르지 않고 단단한 것이 귀족파보다 기병대의 숫자가 많은 우리에게 아주 유리한 지형이야."

"잘 보셨습니다, 공작님."

카브레라 공작과 찰튼이 주변을 둘러보며 이야기를 나누고 있을 때 본대 앞에서 척후조를 지휘하며 정찰 임무를 수행하고 있던 기사 한 명이 경장 기병 두 명과 함께 급하게 말을 타고 달려왔다. 그 모습을 바라보며 카브레라 공작의 안색은 점점 굳어져 갔다.

두두두두!

"멈춰라! 무슨 일로 이렇게 급하게 달려오는 것인가?"

척후조로 보이는 기사와 기병들이 카브레라 공작이 있는 곳까지 빠르게 다가오자 만약의 사태에 대비해서 찰튼이 앞으로 나서며 큰 목소리로 급하게 달려온 이유를 묻자 찰튼의 물음에 기사는 급히 말을 세우고는 숨을 헐떡이며 입을 열었다.

"헉헉! 급보입니다! 전방에 적의 대부대가 나타났습니다!"

"으음… 드디어 나타났군. 그래, 병력은 얼마나 되던가?"

적병이 나타났다는 기사의 보고에 카브레라 공작은 당황하지 않고 굳은 얼굴로 차분히 대처하기 시작했다. 그런 공작의 반응에 기사도 마음을 많이 진정시켰는지 자세하게 정찰 내용을 보고하기 시작했다.

"정확한 숫자는 파악하지 못했지만 최소한 9만 명은 넘어 보였고, 현재 본대와 30분 정도 떨어진 거리에서 이쪽을 향해 천천히 움직이고 있습니다."

"9만 명이라… 생각보다 병사들의 숫자가 많군."

"공작님, 너무 걱정하지 마십시오. 대부분 훈련이 부족하고 무장도 빈약한 징집병들일 겁니다."

9만이라는 적병들의 숫자에 공작의 안색이 어두워지자 어느새 다가왔는지 레인 백작이 안심하라는 표정을 지으며 말을 했지만 공작의 표정은 쉽게 풀어지지 않았다.

"레인 백작, 그건 우리도 마찬가지 아닌가?"

"물론 저희도 징집병들이 많은 건 사실이지만 경험이 풍부하고 훈련이 잘된 정규병 비율이 귀족파보다 훨씬 높습니다.

단적으로 쉽게 양성하기 힘든 기병대 병력은 놈들보다 두 배 이상 많습니다."

레인 백작의 설명에 카브레라 공작은 고개를 끄덕이면서 한결 밝아진 얼굴로 행군을 멈추고 군영 설치를 명령했다.

"자네 말을 들어보니 그렇군. 그럼 이제 손님 맞을 준비를 해야겠지. 행군을 멈추고 저기 보이는 언덕에 군영을 설치하도록 하게!"

"알겠습니다, 공작님!"

"정지! 저 언덕 위에 군영을 설치한다! 서둘러라!"

공작의 명령에 따라 행군을 멈춘 병사가 근처에 나타난 적의 기습에 대비해서 2만 명의 병사가 진형을 갖추고 전투에 대비하고 있는 가운데, 나머지 병사들은 평야에 낮게 솟아 있는 제법 큰 언덕 위에 서둘러 군영을 설치하기 시작했다.

이렇게 국왕과 병사들이 바쁘게 군영을 건설하고 있을 때 지평선 넘어 자욱한 먼지를 일으키면서 맥클라인 후작이 이끄는 대군이 천천히 모습을 드러내기 시작했다.

저벅! 저벅! 저벅!

"전하 척후병들의 보고대로 저기 저 언덕에 카브레라 공작이 병사들을 동원해 군영을 설치하고 있습니다."

"후후후! 카브레라 공작이 제법 좋은 위치에 군영을 설치하고 있군. 좋아, 그럼 우리도 행군을 멈추고 이곳에 군영을 설치하도록 하게."

"알겠습니다, 전하! 행군을 멈춰라! 이곳에 군영을 설치한다!"

"저런 언덕을 먼저 선점하다니, 카브레라 공작이 운이 무척 좋은 것 같군. 안 그런가, 모츠 백작?"

국왕파 병사들이 한창 군영을 건설하고 있는 언덕을 바라보며 하는 맥클라인 후작의 말에 모츠 백작은 고개를 끄덕이면서 걱정스러운 표정으로 입을 열었다.

"생각보다 국왕파 병사들의 훈련이 잘되어 있는 것 같습니다. 거기에다 지형까지 좋은 곳을 차지하고 있으니⋯ 이거 생각보다 전투가 힘들어지겠습니다."

"그래, 정확하게 봤어. 하지만 병사들의 숫자는 우리가 훨씬 많으니 서로 전력은 비슷하다고 할 수 있겠지, 안 그런가?"

"맞습니다, 전하."

"그럼 오늘은 행군에 지친 병사들을 푹 쉬게 한 다음에 내일부터 놈들이 있는 저 언덕을 공격하도록 하게."

"네! 알겠습니다. 내일 놈들을 언덕에서 완전히 쓸어버리겠습니다."

그날 하루는 양쪽 진영 모두 앞으로 벌어질 전투에서 근거지가 될 군영을 건설하고 행군에 지친 병사들을 쉬게 하면서 내일부터 벌어질 전투를 조용히 대비했다.

다음날 새벽. 카탈로니아 평야 전체를 뒤덮은 새벽안개 사이로 양쪽 진영 병사들은 모두 자리에서 일어나 무기를 점검하고 기사들의 지휘를 받으며 일사불란하게 전투 대형을 갖추기 시작했다.

잠시 뒤에 시야를 가리던 안개가 사라지고 지평선 위로 이글거리는 붉은 태양이 완전히 떠오르자 잔뜩 긴장한 눈으로 번쩍거리는 무기를 들고 전투 대형으로 집결해 있는 병사들의 모습이 보이기 시작했다.

이런 병사들 앞에는 화려한 갑옷을 입은 양쪽 지휘관들이 말을 탄 채로 상대편 진형을 날카롭게 노려보고 있었다.

특히 병사들의 사기를 높이기 위해 군영에 높은 전망대를 만들고 황금 갑옷을 입은 하마스 국왕을 전망대 위에 앉혀놓은 카브레라 공작은 직접 플레이트 갑옷을 입고 완전무장한 모습으로 휘하 귀족들과 함께 병사들을 이끌고 본영을 나와 언덕 중간에 전투 대형을 만들었다.

이에 질세라 맥클라인 후작도 화려한 금장식이 된 갑옷에 눈처럼 하얀 백마를 타고 상대편보다 병사가 많다는 것을 자랑이라도 하는 것처럼 수많은 깃발과 기사들을 앞세우고는 어제 만든 본영 앞에 병사들을 전투 대형으로 정렬시켰다.

"후후후! 이렇게 병사들을 다 집결시켜 놓으니까 정말 든든하구만!"

"맞습니다, 전하. 아! 저기 사자가 백기를 들고 오는군요."

"그렇군. 그럼 우리도 마중을 나가야지. 메코맥 자작, 자네가 나가 보게!"

"알겠습니다, 전하."

국왕파 쪽에서 백기를 든 기사 5명이 말을 타고 언덕을 내려오자 맥클라인 후작은 뒤쪽에서 말을 타고 대기하고 있던 메코맥 자작에게 사자의 임무를 부여했다. 그리고 맥클라인 후작의 명령이 떨어지자 메코맥 자작은 상대편처럼 백기를 들고 기사 4명과 함께 앞으로 달려나갔다.

양쪽 진영의 중간쯤 되는 위치에서 말을 멈춘 사자들은 본격적인 전투에 앞서 약간의 설전을 벌이기 시작했다.

"메코맥 자작, 감히 왕국을 배신하고 하마스 국왕 전하께 칼을 들이밀다니 자작은 하늘이 무섭지 않소!"

"그게 무슨 망발인가, 미구엘 자작! 난 왕국을 파탄으로 몰고 간 카브레라 공작 일파와 라이오스 왕조를 멸하라는 천명에 따라 맥클라인 전하를 따르는 것이네! 자네야말로 왕국을 도탄에 빠지게 만든 카브레라 공작 일파에서 어서 빠져나오게!"

"이런! 도저히 말로 해서는 안 되는 놈들이군! 지금부터 하마스 국왕 전하의 이름으로 네놈들을 처단하겠다!"

"흥! 할 수 있으면 해보시지. 그전에 네놈들을 모조리 저승으로 보내주지!"

처음부터 요식 행위에 불과한 설전을 끝낸 메코맥 자작과 미구엘 자작은 협상 결렬의 의미로 들고 온 백기를 부러뜨리고는 미련없이 말을 타고 각자 진영으로 돌아갔다. 그 모습을 멀리서 지켜보던 맥클라인 후작은 백기가 부러지자 바로 허리에 차고 있던 화려한 보검을 뽑아 들고 공격 명령을 내렸다.

"왕국을 도탄에 빠뜨린 라이오스 왕조와 간신배 귀족들을 신의 이름으로 처단하자! 공격!"

"와아아! 맥클라인 왕국 만세!"

"보병대 앞으로!"

척척척! 척척척!

맥클라인 후작이 직접 검을 뽑아 들고 공격 명령을 내리자 귀족파 병사들은 큰 함성을 지르면서 질서 정연하게 전투 대형으로 천천히 앞으로 전진하기 시작했다. 그런 귀족파의 모습에 카브레라 공작도 들고 있는 지휘봉을 높이 들어 올리면서 공격 명령을 내렸다.

"하마스 국왕 전하께서 너희들을 보고 계신다! 왕국에 반기를 든 저 반역자들을 모조리 쓸어버리자!"

"하마스 국왕 전하 만세! 반란군을 모조리 쓸어버리자!"

"궁수대 화살을 장전하라! 놈들이 사정거리 안에 들어오면 화살을 발사한다!"

병사들의 사기를 올리기 위한 카브레라 공작의 연설이 끝나자 기사들은 천천히 전투 대형으로 다가오고 있는 귀족파 병사들을 공격하기 위해 궁병대를 준비시켰다.

잠시 후 귀족파 병사들이 사정거리 안에 들어오자 무차별 화살 공격을 시작했다.

"놈들이 사정거리 안에 들어왔다! 화살을 쏴라!"

"발사!"

슈슈슉! 슉! 슉! 쉬이익!

궁병대를 지휘하고 있는 기사의 발사 명령에 수많은 화살들이 하늘을 온통 까맣게 물들이며 떨어지자 상당수의 귀족파 병사들이 화살에 맞아 쓰러지기 시작했다.

"크아악! 으윽!"

"화살 공격이다! 방패를 들어서 날아오는 화살을 막아라!"

슈슉! 쉭!

"컥… 으윽!"

국왕파의 화살 공격에 잠시 주춤하던 귀족파 병사들은 지휘관들의 지시대로 들고 있던 커다란 사각형 방패를 들어서 날아오는 화살을 막으며 다시 언덕을 향해 전진하기 시작했다. 그런 적병들의 모습을 가만히 지켜보던 카브레라 공작은 전투 대형 제일 앞에 서 있는 보병대의 지휘를 맡은 핌코 자작에게 출전 명령을 내렸다.

"핌코 자작, 병사들을 이끌고 나가 저놈들에게 따끔한 맛을 보여주고 오시오!"

"예, 공작님! 제1보병대 앞으로 반역자들을 처단하러 가자!"

"보병대 앞으로!"

뿌우웅~!

척척척! 척척척!

핌코 자작이 2,000명으로 이루어진 보병대를 이끌고 앞으로 나오자 귀족파 진영에서도 화살 공격이 시작됐다. 양쪽 병사들은 하늘에서 비처럼 쏟아지는 화살을 방패로 막으며 전장 중간에서 정면으로 부딪쳤다.

"놈들과 거리가 가까워졌다! 투창!"

쉬이익! 쉭!

투퉁! 채챙! 챙!

"대열을 무너뜨리지 마라! 방패를 들어 날아오는 창을 막아라!"

"크헉! 푹! 으으윽!"

"우리도 창을 던져라!"

쉭! 우웅! 쉬이익!

"크악! 끄으윽! 푹!"

근거리로 거리가 줄어들자 양쪽 보병대는 서로 투창 공격을 시작했다. 들고 있던 긴 창을 던져 버린 보병들은 허리에 차고 있는 검을 뽑아 들고 큰 함성을 지르며 앞으로 돌격해 들어갔다.

"모두 돌격하라!"

"와아아! 돌격!"

채챙! 챙! 챙! 챙!

"죽어라! 이놈들아!"

"끄으윽! 커헉!"

서걱! 푸욱!

양쪽 보병대 간의 전투가 본격적으로 벌어지자 완만한 언덕이지만 위에서 아래로 뛰어내려 오는 가속도를 이용한 국왕파 병사들의 공격을 제대로 막지 못한 귀족파 병사들은 조금씩 뒤로 밀리기 시작했다. 하지만 금방 병력의 우위를 살려서 조금씩 앞으로 밀어붙이기 시작했다.

"크아악! 컥!"

투캉! 채챙! 챙! 챙!

"병력은 우리가 더 많다! 계속 앞으로 전진!"

"앞을 가로막는 놈들은 모조리 죽여 버려라!"

"이야압! 물러서지 마라!"

보병들 간의 전투가 난전으로 변해가자 귀족파 병사들은 초반 병력 우세를 계속 살리지 못하고 훈련이 잘된 정규군들이 많이 포함되어 있는 국왕파와 백중세를 유지하면서 전투는 소모전으로 변해갔다.

특히 국왕파 병사들을 이끌고 있는 핌코 자작은 아르미스 왕성에서 당한 일을 분풀이라도 하듯이 동생인 애플비 준남작과 함께 종횡무진 검을 휘두르고 있었다.

"하하하! 이놈들 오늘 이 애플비가 네놈들을 모조리 저승으로 보내주마! 이야압!"

채챙! 챙! 챙! 서걱!

"저놈을 막아라!"

처음부터 전면전을 벌이기보다는 탐색전 형식으로 보병대를 출전시켰던 양쪽 지휘관들은 전투가 팽팽한 균형을 유지하면서 소모전이 되어가자 양쪽이 거의 동시에 퇴각 북을 울리면서 병사들을 뒤로 물렸다.

"흐음… 더 이상 전투를 계속해 봐야 아무런 소득이 없겠군. 이 정도면 탐색전으로 충분해! 이제 그만 병사들을 뒤로 물리게!"

"알겠습니다, 전하! 후퇴 신호를 울려라!"

둥! 둥! 둥!

"퇴각 신호다! 대형을 유지하면서 천천히 뒤로 물러서라!"

"전투를 중지하고 군영으로 후퇴하라!"

귀족파 진영에서 후퇴 북이 울리자 국왕파 진영에서도 바로 후퇴를 알리는 북소리가 나기 시작했다. 양쪽 병사들은 미련없이 전투를 멈추고 각자 진영으로 돌아가기 시작하자 병사들이 빠져나간 전장에는 오늘 전투에서 죽은 시체들만이 가득 쓰러져서 하늘을 날고 있는 까마귀들을 기쁘게 했다.

실제적으로 전투를 벌인 시간은 얼마 되지 않았지만 워낙 격렬하게 전투가 벌어졌기 때문에 탐색전치고는 많은 부상자와 전사자가 발생했다. 오후가 되자 양쪽 진영에서는 전염병이 생기는 것을 막기 위해 병사들을 투입해 전사자를 한곳으로 모아 불에 태우면서 전장을 정리하기 시작했다.

귀족파 군영 중앙에 설치된 대형 막사 안에서는 예상보다 안 좋은 전투 결과에 상석에 앉아 얼굴을 찡그리고 있는 맥클라인 후작의 눈치를 보면서 귀족들이 불안한 얼굴을 하고 있었다.

"아무리 탐색전이었다고 하지만 상대편에 비해서 피해가 너무 심하군……."

"정말 면목이 없습니다, 전하!"

"아무래도 병사들의 수준 차이가 너무 많이 나는 것 같습니다."

"병사들의 수준 차이라니 그게 무슨 말인가? 모츠 백작."

"저희가 9만에 달하는 대병력을 보유하고 있다고 하지만 전투 경험이 풍부한 귀족 연합군 출신 병사들은 2만 정도뿐이고 나머지는 훈련이 부족한 귀족들의 사병이나 영지에서 강제로 징집한 병사들입니다. 그에 비해서 카브레라 공작이 이끌고 온 병사들은 비록 병력은 우리보다 작지만 대부분이 훈련이 잘된 왕국 정규군으로 구성되어 있습니다. 이것이 난전에서 큰 요소로 작용한 것 같습니다."

"끄응……. 카브레라 공작 그놈이 예상을 깨고 국경 지역을 완전히 비워두고 정규군을 다 끌어 모으다니… 너무 방심했어. 그렇다고 이렇게 한숨만 쉬고 있어봐야 일이 해결되는 건 아니지 않나. 뭔가 해결 방안들을 이야기해 보게."

"전하 아무리 노력해도 병사들 간의 수준 차이를 단시간에 해결하는 것은 불가능합니다. 결국 저희가 가진 장점인 병력의 우위를 살려서 한꺼번에 밀어붙이는 방법뿐입니다.

정공법으로 상대하기보다 유리한 병력 차이를 이용해서 힘으로 밀어붙이자는 션즈 백작의 말에 일부 귀족들이 동의하고 나섰다. 그런 군부 쪽 귀족들의 모습에 모츠 백작이 제동을 걸고 나서며 입을 열었다.

"선즈 백작, 자네의 의견도 충분히 가능성이 있는 말이네. 하지만 자네의 작전을 쓰기 위해서는 놈들이 보유한 3,000명의 기병대에 대한 대비책이 있어야 하네. 잘못하면 적들의 기병 돌파에 전투 진형이 완전히 무너질 수도 있네."

"맞습니다. 잘못하면 적 기병대에 오히려 저희들이 크게 당할 수도 있습니다."

"그렇습니다. 너무 위험한 작전입니다."

"끄응! 그럼 도대체 어떻게 하자는 것인가? 모츠 백작, 그냥 이렇게 놈들과 시간만 보내면서 계속 소모전을 할 수는 없지 않나? 뭔가 해결 방안을 내놓으란 말이야!"

딱 부러지는 해결책을 제시하지 못하고 회의가 계속 지루하게 이어지자 맥클라인 후작이 답답한지 큰 소리로 호통을 쳤다. 그러자 그때 막사 한쪽에 조용히 앉아 있던 귀족 하나가 조심스럽게 자리에서 일어나 입을 열었다.

"전하, 제게 한 가지 묘안이 있습니다."

"오, 사드 자작, 그 묘안이 무언가? 어서 말해보게."

"모츠 백작님의 말씀대로 적 병력 대부분이 왕국 정규군으로 구성된 것도 문제지만 가장 큰 걸림돌은 3,000명에 달하는 적 기병대입니다. 내일 전투가 벌어질 때 적 기병대를 함정에 빠뜨려서 완전히 전멸시킬 수만 있다면 적들을 손쉽게 격파할 수 있을 겁니다."

"누가 그걸 몰라서 그러는가? 적 기병대를 함정에 빠뜨릴 방법이 없으니까 이렇게 고민을 하고 있는 것 아닌가?"

"전하, 그 방법은……."

사드 자작의 말에 맥클라인 후작이 답답하다는 표정으로 말을 하자 사드 자작은 얼굴에 살짝 미소를 지으면서 국왕파 기병대를 전멸시킬 방법을 자세히 이야기했다. 사드 자작의 이야기를 끝까지 다 들은 맥클라인 후작은 큰 웃음을 터뜨리면서 아주 기뻐했다.

"우하하하! 좋아! 아주 좋은 생각이야! 잘하면 단 한 번의 전투로 저놈들을 완전히 뿌리째 뽑아버릴 수도 있겠어!"

"맞습니다, 전하. 사드 자작의 생각대로 전투가 진행된다면 이곳 카탈로니아 평야에서 카브레라 공작과 라이오스 왕조를 완전히 지워 버릴 수 있겠습니다."

"그렇습니다, 충분히 가능성이 있는 작전입니다!"

사드 자작의 의견에 맥클라인 후작은 물론 모츠 백작과 선즈 백작까지 전폭적으로 찬성을 하고 나서자 다른 반대 의견 없이 내일 전투는 사드 자작의 생각대로 움직이기로 결정되었다.

한편 기존에 지휘하던 근위군단 기병 천인대가 거의 와해

되어 버렸기 때문에 새로 징집병들로 이루어진 경장 보병 2,000명을 지휘하는 보직을 맡은 카미넬 백작은 휘하 천인장 두 명과 함께 얼마 전 그란츠가 보낸 서신을 가지고 돈 성으로 찾아온 오마르의 호위를 받으면서 첫 전투가 끝나자 휴식을 취하는 휘하 병사들을 둘러보고 있었다.

"병사들의 상태는 어떤가?"

"아직은 그런대로 전열을 유지하고 있습니다. 하지만 워낙 훈련이 안 된 징집병들이기 때문에 막상 전투가 벌어지면 제대로 전투를 치를 수 있을지 정말 걱정입니다."

"후우… 그 문제는 나도 잘 알고 있네. 하지만 지금 당장은 해결 방안이 없으니 우선 급한 대로 소수지만 전투 경험이 있는 고참병들을 병사들 사이에 골고루 배치해서 징집병들을 이끌도록 하게!"

"말씀하신 대로 조치하겠습니다, 백작님."

완벽한 해결책이라고는 할 수 없지만 당장 급한 대로 임시 조치를 취한 카미넬 백작은 휴식을 취하고 있는 병사들을 걱정스럽게 바라보았다.

카탈로니아 평야에서 떨어진 붉은 독수리.

다음날 아침. 날이 밝자마자 맥클라이 국왕은 병사들을 군영 밖으로 집결시켜 전투 대형을 만들었다.

이런 귀족파의 움직임에 카브레라 공작도 재빨리 병사들을 전투 대형으로 집합시켰다.

잠시 후, 양쪽 병사들이 전투 대형을 다 갖추자 전장에는 긴장감과 함께 살기가 진하게 퍼지기 시작했다. 어제처럼 화려한 복장을 하고 나온 맥클라인 후작의 연설과 함께 바로 이어진 보병대의 돌격으로 전투가 시작되었다.

채챙! 챙! 챙!

"크아악! 으윽!"

"죽여라!"

탐색전이었던 어제와 달리 귀족파는 초반부터 맹렬한 공세를 퍼붓기 시작했다.

이런 적들의 공격에 국왕파 병사들은 병력의 열세를 이기지 못하고 점점 뒤로 밀리기 시작했다.

특히 귀족파 무장들의 수장 격인 션즈 백작이 직접 최전방에서 검을 들고 국왕파 병사들을 가차없이 죽이면서 독려를 하자 귀족파 병사들의 사기가 크게 올라갔다.

"끄윽! 커억!"

"이야압! 계속 밀어붙여라! 나를 따르라!"

챙! 채챙! 챙!

"물러서지 마라! 전투 대형을 계속 유지해라!"

"으윽! 끄으윽!"

슈슈슉! 슉! 서걱!

병사들 개개인의 전투력은 국왕파 병사들이 훨씬 뛰어났
지만 시작부터 많은 병력을 동원해 인해전술로 밀어붙이는
귀족파의 공세에 국왕파 병사들은 제대로 실력을 발휘하지
못하며 계속 뒤로 밀리고 있었다.

그런 모습을 본진에서 카브레라 공작이 휘하 귀족들과 함
께 어두운 얼굴로 지켜보고 있었다.

"공작님, 초반부터 놈들이 거세게 밀어붙이고 있습니다.
이러다가 잘못하면 전열이 무너지겠습니다."

"그렇습니다, 공작님. 빨리 추가로 병력을 투입해야 합니
다!"

"끄응! 초반부터 저렇게 많은 병력을 동원해 공격을 시작
하다니 도대체 맥클라인 후작이 무슨 생각을 하고 있는지 모
르겠군. 레인 백작, 전열이 무너지지 않도록 보병들을 추가로
더 투입하도록 하게!"

"예, 공작님! 즉시 2군을 전진시켜라!"

전투 대형을 갖추고 있는 휘하 병사들과 함께 걱정스러운
얼굴로 전투를 지켜보고 있던 카미넬 백작은 카브레라 공작
의 공격 명령이 떨어지자 처음 치르는 실전이라 많이 불안
해하고 있는 징집병들을 이끌고 천천히 앞으로 전진해 나갔
다.

척척척!

"두렵더라도 옆에 있는 동료를 믿고 배에 힘을 주고, 있는 힘껏 검을 휘두르고 창을 찔러라! 그것만이 너희들이 살길이다!"

카미넬 백작의 말에 징집병들은 긴장된 얼굴로 들고 있는 창을 꽉 움켜쥐며 병사들의 함성과 비명 소리가 시끄럽게 울려 퍼지고 있는 전장 한가운데로 계속 발걸음을 옮겨갔다.

챙! 채챙! 챙!

"지원군이 왔다! 물러서지 마라!"

"공격! 제일 먼저 언덕에 올라가는 병사에게는 큰 상금을 내리겠다! 계속 공격하라!"

"으악……!"

귀족파의 거센 공세에 전열이 무너지는 것을 막기 위해서 카브레라 공작이 병력을 추가로 투입하자 귀족파에서도 병사들을 보충시켰고 이런 식으로 몇 번을 반복하자 어느새 전장은 양쪽이 가진 거의 대부분의 병력이 다 동원된 대규모 전투가 치열하게 벌어지고 있었다.

10만이 넘는 대병력이 뒤섞여서 난전을 벌이기 시작하자 양쪽 병사들은 모든 것을 다 잊어버리고 오직 살아남기 위해 칼과 창을 휘두르고 있었다.

"끄으윽!"

"어… 어머니!"

챙! 채챙! 챙!

이렇게 난전이 계속되자 훨씬 많은 숫자의 병력과 이례적으로 난전에 기사들까지 투입한 귀족파가 점점 승기를 잡아가기 시작했다. 이대로 놔두면 전투에서 질 수도 있다고 판단한 카브레라 공작은 예비대로 아껴둔 기병대 3,000명을 전장에 투입해서 중앙 돌파를 시도했다.

"기병대 돌격! 저 간악한 귀족파 놈들의 중앙을 돌파한다! 라이오스 왕국에 영광을 돌격!"

"와아아아! 돌격!"

두두두두!

카브레라 공작의 명령에 3,000명에 달하는 중장 기병대가 지축을 울리는 소리를 내면서 엄청난 기세로 언덕을 달려 내려오기 시작했다. 그런 기병대의 모습을 발견한 맥클라인 후작은 희심의 미소를 지으면서 옆에 서 있는 사드 자작을 돌아보며 입을 열었다.

"후후후! 자네의 말대로 일이 착착 진행되어 가는군."

"아직 안심하기에는 빠릅니다, 전하. 이 작전의 가장 중요한 순간은 지금부터입니다."

"그래 자네 말이 맞아! 모츠 백작 전장에서 병사들을 지휘하고 있는 기사와 귀족들에게 신호를 보내게!"

"알겠습니다, 전하! 신호 나팔을 울려라!"

뿌우웅~! 뿌우웅~!

맥클라인 후작의 명령에 따라 귀족파 군영에서 커다란 나팔 소리가 울리자 전투 경험이 부족한 징집병들을 일사불란하게 지휘하기 위해 전장 곳곳에 흩어져 있던 귀족파 기사들은 재빠르게 주변에 있는 귀족파 병사들을 지휘해서 미묘하게 전투 대형을 바꾸기 시작했다.

"절대 전투 대형을 무너뜨리지 말고 조금씩 뒤로 물러서라! 명령을 무시하고 도망치는 놈은 내가 직접 이 검으로 목을 베겠다!"

채챙! 챙! 챙!

"아군 기병대가 돌격해 온다! 길을 열어라!"

두두두두!

"한번에 적을 돌파한다! 기병창 앞으로!"

"가자! 돌격!"

엄청난 속도로 달려오는 중장 기병대의 모습에 국왕파 병사들이 좌우로 물러서면서 길을 열어주자 그 사이로 기병창을 앞에 세운 중장 기병대가 직접 기병창을 들고 선두에서 말을 달리는 발크 백작을 따라 언덕에서 달려 내려오는 속도 그대로 귀족파 병사들을 향해 돌격해 들어갔다.

"차… 창을 땅에 박고 앞으로 세워서 적 기병대를 막아라!"

두두두두!

채챙! 챙! 챙! 서걱!

이히히힝! 퍼걱!

"크아악!"

엄청난 기세로 달려온 중장 기병대는 앞을 가로막고 있는 귀족파 병사들을 들고 있는 기병창으로 한번에 찔러 죽이거나 말발굽으로 짓밟아 버리기 시작했고, 이런 중장 기병대의 돌파력에 귀족파 병사들은 제대로 대항 한 번 못해 보고 속절없이 죽어나가기 시작했다.

"말을 멈추지 마라! 놈들의 중앙을 한번에 돌파한다!"

"와아아! 가자!"

"기병대를 막아라! 끄으윽!"

중장 기병대의 돌격으로 귀족파의 기세는 한풀 꺾이면서 중앙 부분의 전열이 무너지기 시작했다. 본영에서 이런 모습을 지켜보고 있는 국왕파 귀족들의 얼굴에는 승리의 미소가 피어나기 시작했다.

"발크 백작이 신나게 적들을 몰아붙이는군요."

"하하하! 그러게 말입니다. 오늘 전투는 이긴 것이나 다름없습니다."

"맞아요! 맞아!"

중장 기병대가 적진을 유린하고 있는 모습에 흥분한 귀족들이 벌써 승리를 거둔 것처럼 떠들고 있는 가운데 카브레라 공작은 뭔가 이상하다는 표정으로 비열한 전투가 벌어지고 있는 전장을 뚫어지기 처다보고 있었다. 그런 공작의 모습에 옆에 서 있던 버틀러 백작이 무슨 일로 그런 표정을 짓고 있는지 조심스럽게 이유를 물어보았다.

"공작님, 뭘 그렇게 쳐다보고 계십니까?"

"아! 버틀러 백작. 조금 이상한 게 있어서 전장을 살펴보고 있었네……."

"발크 백작이 지휘하는 중장 기병대의 활약으로 적들을 물리치고 있는데 뭐가 이상하다는 말씀입니까, 공작님?"

고개를 갸우뚱거리는 버틀러 백작의 질문에 카브레라 공작은 한창 중장 기병대가 공격 중인 귀족파의 중앙 부분을 손들어 가리키면서 자신이 이상하게 생각하는 부분을 이야기했다.

"저기 적들의 중앙 부분을 자세히 살펴보게! 뭔가 이상하지 않나?"

"글쎄요? 제가 보기에는 그렇게 이상한 게 보이지 않습니다, 공작님."

"자세히 한번 더 보게 지금쯤이면 적 중앙을 돌파해서 다시 적 후미를 공격해야 하는 중장 기병대가 아직도 적 전열을

무너뜨리지 못하고 있지 않나?'

카브레라 공작의 말에 다시 전장을 살펴본 버틀러 백작은 공작의 말처럼 귀족파 병사들을 계속 밀어붙이고는 있지만 어느새 기동력을 잃어버리고 전장에 멈춰 있는 중장 기병대의 모습을 발견할 수 있었다.

"공작님의 말씀처럼 기병대가 제대로 움직이지 못하고 있군요. 하지만 제가 보기에는 기병대의 기동력이 떨어졌다고 해도 계속해서 적병들을 계속 밀어붙이는 것이 그렇게 큰 문제가 될 것 같지 않습니다."

"그렇지……. 하지만 이 꺼림칙한 기분은 왜인지 모르겠군."

버틀러 백작의 말처럼 비록 중장 기병대의 기동력은 많이 떨어졌지만 귀족파 병사들을 계속해서 밀어붙이고 있는 것은 사실이었기 때문에 카브레라 공작은 꺼림칙한 기분이 들면서도 별다른 조치 없이 계속 전장을 지켜보기만 하고 있었다.

그러는 동안에도 국왕파 병사들과 발크 백작이 이끄는 중장 기병대는 계속해서 귀족파의 중앙을 돌파해 나가고 있었다. 이런 국왕파의 맹공에 병사들을 지휘하고 있는 귀족파 기사들은 병사들을 V자 형태로 조금씩 뒤로 물리면서 국왕파 보병들과 기병들을 더욱더 깊숙이 중앙으로 끌어들였다.

이런 전장 상황을 본영에서 가만히 지켜보고 있던 맥클라인 후작은 국왕파 병사들이 중앙 깊숙이 들어오고 전열 양옆에 있는 귀족파 병사들이 V자 형태로 국왕파 병사들을 반 포위하자 얼굴 가득 미소를 지으면서 새로운 공격 명령을 내렸다.

"후후후! 국왕파 놈들이 죽을 자리인 줄도 모르고 포위망 안으로 다 들어왔군. 사드 자작, 즉시 반격을 가하도록 신호를 올리게!"

"예! 반격 나팔을 불어라!"

뿌웅! 뿌웅! 뿌웅!

맥클라인 후작의 명령에 신호수들이 짧은 간격으로 나팔을 불자 전장에서 병사들을 지휘하고 있는 귀족파 기사들은 나팔 소리를 듣고 바로 병사들을 이끌고 V자 포위망 안에 들어온 국왕파 병사들에게 총반격을 가하기 시작했다.

"공격 포위망에 들어온 적들을 모조리 쓸어버려라!"

"와아아! 공격!"

"화살을 날려라!"

슈슉! 슈슈슉! 슉! 슉!

"끄으윽! 커헉!"

계속해서 뒤로 물러서기만 하던 귀족파 병사들이 화살을

날리며 총 반격을 가해오자 국왕파 병사들은 당황했다. 어느 새 병력이 많은 국왕파 병사들에게 V자 형태로 포위당한 것을 깨닫고는 큰 혼란에 빠져서 허둥거리기 시작했다.

채챙! 챙! 챙!

"마, 막아라! 크윽!"

"방어 대형을 짜서 적을 막아라!"

"크하하! 이놈들 모두 다 지옥으로 보내주마!"

서걱! 슈슉! 채챙!

순식간에 이루어진 귀족파의 반격에 국왕파 병사들은 필사적으로 저항을 하면서 포위망을 탈출하려고 발버둥을 치고 있었지만 혼란으로 지휘 체계가 급격하게 무너져 버리자 체계적인 움직임을 보여주지 못하고 하나둘씩 귀족파 병사들이 휘두르는 창칼에 목숨을 잃고 있었다.

특히 기동력을 상실한 국왕파 중장 기병들은 6명씩 조를 짜서 공격하는 귀족파 병사들에 의해 강제로 말에서 끌려 내려와 제대로 힘 한 번 못 써보고 죽음을 맞이하고 있었다.

이히히잉! 채챙! 챙! 챙!

"이놈들 내가 네놈들을 다 죽이고야 말겠다! 이야압!"

"크아악! 어… 어머니!"

적병들에게 둘러싸여 말에서 끌려 내려와 죽임을 당하는

부하들의 모습에 발크 백작은 분노를 폭발시키며 주위에 있는 귀족과 병사들을 베어 죽였지만 귀족파 쪽으로 급격하게 기울기 시작한 전세를 되돌리기에는 역부족이었다.

한편 본영에서 귀족들과 함께 승리를 낙관하면서 전투를 지켜보고 있던 카브레라 공작은 갑작스러운 전세 변화에 크게 당황했다.

"아니! 어떻게 저럴 수가? 뭣들 하는가 빨리 지원군을 보내서 포위망에 갇힌 병사들을 구해내게!"

"하지만 공작님. 지금 남은 병사들이라고는 본영을 지키고 있는 병사들뿐입니다."

어서 병사들을 투입해 포위망에 갇힌 아군을 구해내라는 카브레라 공작의 말에 주위에 있는 귀족들이 본영을 지킬 병사들뿐이라면서 난색을 표하자 공작은 답답하다는 표정으로 불같이 화를 내면서 소리를 질렀다.

"지금 본영이 문제인가? 지금 전장에 있는 병사들이 저대로 포위망에 갇혀서 전멸하게 된다면 본영이고 뭐고 다 끝장이라는 걸 왜 모르는가! 그로이겐 백작 본영에는 최소한의 병력만 남겨두고 어서 빨리 병사들을 투입하게!"

"알겠습니다, 공작님!"

아직도 급박한 상황을 제대로 파악하지 못하고 자신들의 안위만 살피는 귀족들의 모습에 카브레라 공작은 답답한 마음을 느끼며 옆에서 대기하고 있던 충직한 무장 출신인 그로이겐 백작에게 출전 명령을 내렸고 명령을 받은 그로이겐 백작은 500명의 병사만 본영에 남겨두고는 2,500명의 병사를 이끌고 재빨리 전장으로 달려가 귀족파의 포위망 중 한곳을 공격하기 시작했다.

"포위망에 갇힌 아군을 구하자! 돌격!"

"와아아! 돌격!"

추앙! 채챙! 챙! 퍼억!

"끄아악!"

"물러서지 말고 포위망을 유지해라! 이야압!"

"지원군이 왔다! 포위망을 뚫어라!"

"마… 막아라! 커헉!"

그로이겐 백작이 병사들을 이끌고 포위망 한쪽을 공격해 들어가자 전투에 익숙하지 않은 귀족파 징집병들은 금방 대열을 무너뜨리면서 그로이겐 백작의 돌파를 허용했다. 이 틈을 이용해 그로이겐 백작이 돌파구를 점점 넓혀 나가자 퇴로가 확보된 국왕파 병사들은 천천히 혼란을 수습해 가기 시작했다.

"으윽! 사… 살려줘!"

"공격! 계속해서 놈들을 압박해라!"

"와아아! 지원군이 도착했다!"

그로이겐 백작의 활약으로 귀족파의 느슨한 포위망이 깨지면서 국왕파의 전열이 다시 회복되기 시작하자 카브레라 공작은 겨우 안도의 한숨을 내쉬었지만 아직까지 카브레라 공작의 불행은 다 끝난 것이 아니었다.

다시 균형을 찾아가는 전장 상황 일선 지휘관들이 지휘 체계를 회복하고 병사들을 수습하고 있을 때 갑자기 본영 뒤쪽에서 커다란 함성 소리와 함께 목책이 무너지는 소리가 크게 들려왔다.

두두두두! 끼이익! 꽈아앙!

"와아아아! 돌격!"

"저… 적이다! 적이 나타났다!"

전투가 벌어지는 동안 전장을 크게 우회해서 국왕파의 본영이 설치되어 있는 언덕 뒤편으로 조용히 접근한 귀족파 중장 기병 1,500명은 그로이겐 백작이 포위망을 뚫기 위해서 거의 대부분의 병사들을 이끌고 나가 버리자 바로 국왕파 본영을 기습하기 시작했다.

"적 본영을 초토화시켜라! 돌격 앞으로!"

"와아아아! 가자!"

엄청난 먼지 구름을 피워 올리면서 달려오는 귀족파 중장 기병대의 모습을 뒤늦게 발견한 국왕파 경계병들은 크게 놀라 허둥대기 시작했고, 어느새 목책 근처까지 접근한 중장 기병대는 미리 준비해 둔 갈고리를 던져 목책에 걸고 말을 옆으로 달리며 갈고리에 연결된 로프를 끌어당겨서 목책을 무너뜨려 버렸다.

"로프를 당겨서 목책을 무너뜨려라!"

끼이익! 우지끈! 쫘아앙!

쾅음과 함께 목책 일부가 무너지자 그 사이로 가속도를 붙여 달려온 귀족파 중장 기병대가 엄청난 기세로 난입해 들어갔다. 본영에 남아 있던 국왕파 병사들은 그런 중장 기병대를 제대로 막아내지 못하고 순식간에 기병창에 찔리거나 말발굽에 짓밟혀 죽어나갔다.

퍼걱! 이히히잉! 채챙! 챙!

"으악! 사람 살려!"

"도… 도망치지 말고 자리를 지켜… 끄윽!"

두두두두!

"카브레라 공작과 하마스 국왕을 찾아라! 두 사람은 꼭 잡아야 한다!"

"기병대 앞으로! 앞을 가로막는 놈들은 무조건 쓸어버려라!"

목책을 지키고 있던 국왕파 병사들의 저항을 간단히 무력화시켜 버리고 본영 안으로 난입해 들어간 중장 기병대는 지휘관인 카비노 백작의 명령대로 국왕파 핵심 인물들을 사로

잡거나 죽이기 위해서 서둘러 말을 몰아 본영 깊숙이 돌격해 들어갔다.

한편 본영 뒤쪽에서 들리는 병장기 소리와 병사들의 비명 소리에 카브레라 공작과 주변에 모여 있던 귀족들은 크게 놀라 본영 뒤쪽을 돌아보며 당황하고 있었다.

"본영 뒤쪽에서 병장기 소리가 들리다니… 도대체 어떻게 된 일인가?"

"호…혹시……?"

이렇게 카브레라 공작과 귀족들이 무슨 일인지 제대로 파악하지 못하고 당황스러워하고 있을 때 낭패한 표정의 기사 한 명이 말을 타고 급히 귀족들이 모여 있는 곳으로 달려왔다.

"공작님! 귀족파의 기습입니다. 어서 자리를 피하십시오!"

"기습이라니? 그게 무슨 말인가 자세히 설명을 해보게!"

상당히 급하게 달려온 듯 아직까지 숨을 헐떡거리는 기사의 말에 카브레라 공작과 귀족들은 당혹스러운 표정을 지으며 보고 내용이 사실인지 재차 확인을 했고, 그런 귀족들의 모습에 기사는 답답하다는 표정을 지으며 급히 입을 열었다.

"귀족파의 중장 기병대가 본영 뒤쪽을 기습 공격했습니다.

이미 목책은 무너져 버렸고 본영에 남아 있는 병사들이 필사적으로 막고 있지만 그렇게 오래 버틸 수 없습니다. 놈들이 이곳까지 밀고 들어오기 전에 어서 자리를 피하십시오!"

"어떻게 그럴 수가!"

"끄으응! 이런 낭패가 있나!"

다시 이어진 기사의 말에 급박한 상황을 파악한 카브레라 공작은 굳은 얼굴로 주위에 있는 귀족들에게 입을 열었다.

"어쩐지 불길하다 했더니 결국 이런 일이 생기는군. 제프타 자작, 자네는 즉시 국왕 전하께 달려가서 현 상황을 알리고 빨리 근위 기사들과 함께 본영을 탈출하라고 말씀을 전하게! 그리고 나머지 본영에 남아 있는 기사들과 병사들은 국왕 전하가 본영을 무사히 빠져나가실 동안 중장 기병대를 막는다! 알겠는가!"

"예! 알겠습니다!"

카브레라 공작의 말에 일부 귀족들의 얼굴이 창백해졌지만 주위에 모인 거의 대부분의 귀족들과 기사들은 허리에 차고 있던 검을 뽑아 들고 무서운 기세로 달려오는 중장 기병대와 맞서 싸울 준비를 했고, 제프타 자작은 공작의 명을 수행하기 위해서 서둘러 하마스 국왕이 있는 중앙 천막으로 달려갔다.

하지만 제프타 자작이 중앙 천막으로 달려가서 제일 처음 본 것은 어느새 이곳까지 밀고 들어온 귀족파 중장 기병대를 필사적으로 막고 있는 로얄 가드들과 근위 기사들의 모습이 었다.

채챙! 챙! 챙!

"끄으윽! 커헉!"

"역적 놈들에게서 국왕 전하를 지켜야 한다! 끝까지 자리를 지켜라!"

"저 천막 안에 하마스 국왕이 있다! 공격!"

"이… 이런 벌써 이곳까지 놈들이 쳐들어왔다니!"

이미 귀족파 중장 기병대와 근위 기사들 간에 치열한 전투가 벌어진 것을 발견한 제프타 자작은 입술을 꽉 깨물며 함께 온 기사들과 함께 검을 뽑아 들고 근위 기사들을 도와 전투에 뛰어들었다.

하지만 이렇게 필사적으로 하마스 국왕을 지키려는 근위 기사들과 로얄 가드들의 노력에도 불구하고 귀족파 중장 기병대의 공격에 제프타 자작을 비롯한 근위 기사들은 목숨을 잃고 차가운 땅바닥에 쓰러졌다. 천막 안에서 두려움에 떨고 있는 하마스 국왕과 시종들을 찾아낸 카비노 백작은 후환을 남기지 않기 위해서 들고 있던 검으로 하마스 국왕의 목을 베어버렸다.

"내 뭐든 하겠네! 제발 목숨만 사… 살려주게, 카비노 백작!"

"후후후! 저도 전하를 살려드리고 싶습니다. 하지만 맥클라인 후작님을 위해서는 죄송하지만 전하께서 죽어주셔야겠습니다!"

"제발 살려주… 커헉!"

"뭣들 하느냐! 시종들을 모조리 없애 버리고 천막에 불을 질러 버려라!"

"예! 백작님!"

"으악! 사, 살려… 끄윽! 커헉!"

한때 대륙 패권을 노릴 정도로 강국이었던 라이오스 왕국의 마지막 국왕 하마스 폰 라이오스는 이렇게 자국 귀족의 손에 쓸쓸한 최후를 맞았다.

한편, 귀족파 병사들과 치열한 전투를 벌이고 있던 국왕파 병사들은 갑자기 본영에서 치솟아오르는 검은 연기에 크게 당황했다. 병사들을 지휘하던 국왕파 기사들과 귀족들은 그때서야 본영이 위험에 빠진 것을 발견하고는 서둘러 병사들을 후퇴시키기 시작했다.

"후퇴하라!"

채챙! 챙! 챙! 서걱!

"본영으로 돌아간다! 뒤로 물러서라!"

"놈들이 후퇴한다! 한 놈도 도망치지 못하게 계속 밀어붙여라!"

"와아아! 모조리 다 죽여 버려라!"

갑작스러운 후퇴 명령에 그동안 잘 싸우고 있던 국왕파 병사들의 전투 대형은 순식간에 큰 혼란에 빠졌고, 귀족파 병사들은 그 틈을 이용해서 더욱더 맹렬하게 국왕파 병사들을 밀어붙이기 시작했다.

이렇게 전투가 국왕파의 패전으로 완전히 굳어지자 오마르는 최전방에서 검을 휘두르며 병사들을 독려하고 있는 카미넬 백작 옆에 바짝 붙어서 백작에게 빨리 전장을 빠져나갈 것을 이야기했다.

"이야합! 서두르지 말고 침착하게 뒤로 물러서라!"

"백작님, 상황이 더 나빠지기 전에 빨리 이곳을 탈출하셔야 합니다!"

"이얍! 나도 알고 있네. 그래서 이렇게 병사들을 뒤로 후퇴시키고 있는 것 아닌가!"

"지금 병사들이 문제가 아닙니다! 이미 전열은 완전히 붕괴된 상태고 병사들도 뿔뿔이 흩어져서 도망치고 있습니다. 그러니 귀족파 병사들에게 둘러싸이기 전에 백작님도 어서 이곳을 탈출하셔야 합니다!"

"하지만 부하들을 이곳에 버려 두고 나만 살자고 혼자 도망칠 수는 없네!"

"끄웅! 죄송합니다, 백작님!"

"죄송하다니? 그게 무슨… 끄윽!"

오마르가 급박한 현재 상황을 정확히 지적하면서 전장을 빠져나가자는 말을 했지만 카미넬 백작이 계속 부하들을 버리고 갈 수 없다고 고집을 피우자 오마르는 어쩔 수 없이 귀족파 병사들을 향해 검을 휘두르고 있는 카미넬 백작의 뒤통수를 가격해서 기절시키고는 쓰러진 백작을 어깨에 짊어지고 서둘러 혼란에 빠진 전장을 빠져나오기 시작했다.

"젠장! 어쩐지 편한 일을 시킨다 했더니 이거 사람 죽이는 것보다 훨씬 어렵잖아!"

한편 중장 기병대의 기습으로 본영이 무너지자 당황한 국왕파 병사들은 누가 먼저랄 것 없이 서로 앞을 다투며 전장을 이탈하기 시작했고, 그런 국왕파 병사들을 귀족파 병사들이 추적하며 학살하기 시작했다.

이렇게 카탈로니아 평야에서 벌어진 국왕파와 귀족파의 전투는 귀족파의 대승리로 막을 내렸고 국왕파는 이 전투에서 엄청난 병력 손실뿐만 아니라 국왕파의 상징인 하마스 국왕까지 서거를 하는 복구하기 힘든 큰 타격을 받았다.

하지만 다행스럽게도 카브레라 공작을 비롯한 국왕파 핵심 귀족 상당수가 수많은 병사들과 기사들의 희생으로 패전의 소용돌이 속에서 무사히 빠져나와 국왕파의 거점인 돈 성으로 돌아갈 수 있었지만 대부분의 병력을 카탈로니아 평야에서 잃어버린 국왕파의 앞날은 먹구름만이 잔뜩 끼어 있었다.

Grants Saga

2. 카브레라 공작의 죽음

　라이오스 왕국 전체가 내전으로 들썩이고 있는 상황에서도 영지를 감싸고 있는 드래곤 산맥 덕분에 내전의 영향을 비교적 덜 받고 있는 카미넬 영지는 오늘도 시끄러운 바깥 상황과는 달리 평온한 하루를 보내고 있었다.

　불에 타버린 아르미스 왕성을 빠져나와 피난을 가던 중에 그란츠를 만나 가족들과 함께 카미넬 영지로 온 죠슬린은 이런 영지의 평화로운 모습이 너무나 마음에 들었다.

　짹짹짹!

　영주 저택 뒤편에 있는 작지만 예쁜 정원에서 새소리를 들으며 수를 놓고 있던 죠슬린은 뒤편에서 들리는 발자국 소리에 얼굴 가득 미소를 지으면서 고개를 돌렸다.

"죠슬린, 오늘도 정원에 나와 있는 걸 보면 뒤뜰 정원이 상당히 마음에 들었나 봐?"

"어머! 어서 와요, 그란츠. 오늘은 아침 검술 수련이 빨리 끝났네요?"

방금 수련을 끝내고 왔는지 간편한 복장을 한 그란츠는 앞에 놓인 의자에 앉으며 죠슬린이 들고 있는 자수 틀을 바라보며 말을 이어갔다.

"응. 오늘은 오후에 크레인 총관하고 영주성에 새로 만드는 창고 부지를 보러 가기로 되어 있어서 아침 수련을 빨리 끝냈어. 그런데 무슨 수를 놓고 있는 거야?"

"아! 마침 잘 왔어요. 그란츠에게 줄 갬비선(Gambison:갑옷 위에 걸치는 얇은 덧옷으로 보통 이곳에 가문의 문장을 수를 놓아 갑옷을 입고 있는 기사의 소속을 표시한다)을 만들고 있는데 치수가 맞는지 모르겠네요."

그란츠의 질문에 죠슬린은 부끄러운 듯 얼굴을 붉히면서 수를 놓고 있던 갬비선을 그란츠에게 건네주었다.

죠슬린이 며칠 동안 힘들게 만든 갬비선을 받은 그란츠는 감격한 표정으로 갬비선을 입어봤다.

"정말 날 위해서 만든 거야? 와! 치수도 정확하게 딱 맞는데!"

"마음에 들어요, 그란츠?"

"응! 정말 마음에 들어. 특히 가슴에 새겨진 붉은 사자 문장은 금방이라도 살아 움직일 것 같아! 너무 고마워, 죠슬린!"

"마음에 든다니 정말 다행이에요, 그란츠."

상당히 마음에 들었는지 갬비선을 이리저리 살펴보며 좋아하는 그란츠의 모습에 죠슬린도 기쁜지 얼굴에서 미소가 저절로 피어났다.

이렇게 정원에서 그란츠와 죠슬린이 즐거운 시간을 보내고 있을 때 크레인 총관이 다급한 모습으로 정원으로 뛰어왔다.

"크레인 총관, 무슨 일인데 그렇게 호들갑을 떠는 거야?"

"헉헉! 큰일 났습니다. 카탈로니아 평야에서 벌어진 전투에서 국왕파가 대패했다고 합니다!"

"뭐, 뭐라고! 그게 정말이야!"

"예! 전투에 영주님을 모시고 직접 참전한 오마르가 보낸 소식이니 정확한 정보입니다."

크레인 총관의 충격적인 보고에 그란츠는 믿기지 않는다는 표정으로 다시 한 번 사실을 확인했지만 카미넬 백작을 호위하러 보낸 오마르가 직접 보낸 정보라는 말에 굳은 얼굴로 자리를 박차고 일어났다.

"크레인 총관, 즉시 가신들을 소집하게!"

"예! 바로 시행하겠습니다, 자작님."

명을 받은 크레인 총관이 가신들을 소집하기 위해 서둘러 정원을 빠져나가자 여전히 굳은 얼굴을 한 그란츠는 죠슬린을 돌아보며 미안하다는 표정으로 입을 열었다.

"죠슬린, 미안하지만 영지에 큰일이 생겨서 이만 가봐야 할 것 같아."

"그래요, 그란츠. 저는 걱정하지 말고 어서 가보세요."

"그래, 미안해!"

괜찮다는 죠슬린의 말에 그란츠는 다시 한 번 미안하다는 말을 하며 죠슬린의 이마에 키스를 하고는 서둘러 정원을 빠져나갔다.

죠슬린은 혹시라도 사랑하는 사람이 다치는 일이 생길까 봐 걱정에 빠져들었다.

한편, 크레인 총관에게 대략적인 설명을 듣고 영주 저택에 있는 회의실로 서둘러 모인 영지 가신들은 다들 어두운 얼굴로 웅성거리며 서로의 의견을 교환하고 있었다.

"허어… 국왕파가 이렇게 허무하게 무너지다니……."

"그러게 말입니다. 귀족파에 비해 전력이 떨어지는 것은 사실이지만 이렇게까지 심하게 무너질 줄은 정말 몰랐습니다."

"맞습니다. 거기에다가 전투 중에 하마스 국왕 전하까지 승하하셨다고 하니 이제 국왕파는 완전히 무너졌다고 봐야 하지 않겠습니까?"

"아무튼 앞으로가 큰일이군."

회의실에 모인 가신들은 대체적으로 귀족파를 어느 정도 견제해 줄 것이라고 생각했던 국왕파가 너무 쉽게 무너진 것에 당황한 가신들이 이야기를 나누고 있을 때 회의실 문이 열리며 크레인 총관과 함께 굳은 표정을 한 그란츠가 안으로 들어왔다.

"자작님, 어서 들어오십시오."

"충! 자작님을 뵙습니다."

그란츠가 회의실 안으로 들어오자 가신들은 일제히 자리에서 일어나 허리를 숙이며 인사를 했다. 그러자 그란츠는 인사를 받으며 서둘러 회의실 상석에 자리를 잡고 앉으며 입을 열었다.

"다들 크레인 총관을 통해 카탈로니아 평야에서 국왕파가 괴멸에 가까운 피해를 입고 하마스 국왕 전하까지 승하하셨다는 비보를 들었을 것이오. 급박하게 돌아가는 현재 상황에 어떻게 대처해야 할지 의견들이 있으면 주저하지 말고 말들 해보세요."

그란츠의 말이 끝나자 기다렸다는 듯이 영지 기사들의 수장 격인 야스퍼드 경이 특유의 굳은 목소리로 자신의 생각을 이야기했다.

"자작님, 카탈로니아 평야 전투로 사실상 국왕파가 완전히 무너진 이상 맥클라인 후작은 전투에 지친 병사들의 재편성이 끝나는 대로 후환을 없애기 위해 왕국 내부에 아직까지 남아 있는 국왕파 잔당들을 깨끗하게 쓸어버리려고 할 겁니다. 불행히 저희 영지도 국왕파로 분류되어 있는 이상 이런 귀족파의 숙청 작업에서 피할 순 없을 겁니다. 그러니 서둘러 귀족파의 공격에 대비해서 드래곤 협곡 요새에 병사들을 더 보강하고 징집을 해서라도 영지병 숫자를 늘려야 합니다."

"맞습니다, 자작님. 이제 국왕파가 무너진 이상 저희들에게 주어진 시간이 얼마 없습니다. 늦기 전에 서둘러 귀족파의 공격에 대비해야 합니다."

야스퍼드 경의 말에 회의실에 모인 대부분의 가신들은 찬성을 하는지 고개를 끄덕였다. 그란츠도 귀족파의 공격에 대비해야 한다는 말에는 이의가 없었다.

"조만간 벌어질 귀족파의 공격에 대비해야 한다는 야스퍼드 경의 의견에 나도 찬성이에요. 하지만 영지민들을 징집하는 문제는 상황을 더 두고 보도록 하세요. 자칫 잘못하면 영지 전제가 삐꺽거리고 영지민들에게 불안감을 심어줘서 내부에서 붕괴될 수가 있으니 일단 상황을 지켜보다가 꼭 필요하다고 생각될 때 실행하도록 하고 우선 영지로 들어오는 유일한 통로인 드래곤 협곡 요새에 영지병을 추가로 배치하고 경계도 강화시키도록 하세요."

"예! 명령대로 실행하겠습니다."

그란츠의 말에 가신들도 이해가 되는지 군말없이 명령을 받아들였다.

"자작님, 병력 운영 문제도 중요하지만 전쟁 물자 확보에도 신경을 써야 합니다."

"전쟁 물자 확보라니 그게 무슨 말인가, 크레인 총관. 전쟁 물자는 내전이 발생했을 때부터 꾸준히 해상 수송로를 통해 모아두고 있지 않나?"

전쟁 물자를 확보해야 한다는 말에 그란츠가 이해가 안 된다는 표정을 짓자 크레인 총관은 자세한 보충 설명을 하기 시작했다.

"물론, 자작님이 지적하신 대로 그동안 몰타 왕국 최대의 상업도시인 롬펜을 통해 꾸준히 전쟁 물자를 비축해 두고는 있지만 앞으로는 롬펜을 통한 물품 구입이 힘들어질 것으로 보입니다."

"도대체 그게 무슨 말인가? 뭣 때문에 롬펜을 이용할 수가 없다는 거야?"

"여기 탁자 위에 놓인 지도를 보시면 아시겠지만 저희 영지에서 룸펜까지 안전하게 가기 위해서는 죽음의 숲에서 모츠 백작의 영지까지 이어지는 긴 해안선을 따라 배를 몰고 가야 합니다. 지금까지는 국왕파라는 큰 방파제가 있었기 때문에 비교적 귀족파가 저희 영지를 신경 쓰지 못했지만, 국왕파가 괴멸된 지금 상황에서는 앞으로 귀족파가 장악할 게 확실한 이 해안선을 따라 수송선단을 움직인다는 것은 너무 위험한 일입니다. 그래서 룸펜을 배제한 새로운 보급 루트가 필요하다는 말입니다."

"해안선을 따라 움직이는 것이 위험하다면 먼바다를 이용해서 조금 돌아가면 되잖아. 그리고 내가 알고 있기로는 저번 지밀 왕국과의 전쟁에서 수군들이 보병으로 동원되는 바람에 왕국에 제대로 된 수군이 없는 것으로 알고 있는데?"

"물론 지밀 왕국과의 전쟁에서 수군들이 일반 보병으로 전용되는 바람에 왕국 수군이 유명무실할 정도로 와해된 것은 사실입니다. 하지만 귀족파의 핵심 귀족 중 하나인 모츠 백작의 영지에 상당한 숫자의 수군이 있다는 것을 얼마 전 저희 쪽 첩자들이 알아냈습니다. 비록 전투함 20척에 병력 800명의 작은 병력이지만 아직 제대로 된 수군이 없는 저희 영지에는 충분히 위협적인 해상 세력입니다. 그리고 해안선에서 멀리 떨어진 바다는 해적들이 빈번하게 출현하기 때문에 오히려 더 위험합니다."

"끄응… 그럼 대책은 있는 건가?"

"예! 다행히 리즈레인스 자작님이 가족분들과 함께 내전을 피해 로만 제국의 상업 도시인 시스에 계신 것으로 확인이 되었습니다."

외할아버지인 리즈레인스 자작이 무사히 살아 있다는 크레인 총관의 말에 그란츠는 기쁜 얼굴로 말을 했다.

"외할아버지께서 안전하게 계시다니 정말 다행이군."

"네! 아르미스 왕성에서 일어난 화재 때문에 상단 창고가 불에 타버려서 재산을 거의 다 잃으셨지만 시스에 있는 별장으로 무사히 피난을 가셨다고 합니다. 덕분에 저희들도 새로운 돌파구를 만들 수 있을 것 같습니다."

"새로운 돌파구라면?"

"리즈레인스 자작님이시라면 조금만 금적적인 지원을 한다면 짧은 시간 안에 시스에서 리즈레인스 상단을 다시 일으켜 세울 수 있을 겁니다. 그럼 저희 영지는 롬펜 대신 시스라는 훌륭한 보급 기지를 확보하게 되는 겁니다."

"하하하! 외할아버지라면 충분히 해낼 수 있을 거야! 크레인 총관 정말 좋은 생각이야!"

"그럼 허락하시는 걸로 알고 리즈레인스 자작님에게 자금을 지원하겠습니다."

"좋아! 그럼 영지 문제는 이 정도로 마무리를 짓고 콜만 경,

창기병단의 훈련 상황은 어느 정도까지 진행됐는가?"

갑작스럽게 그란츠가 영지의 모든 힘을 투입해 키우고 있는 창기병단을 언급하자 콜만은 어리둥절한 표정으로 일어나 대답을 했다.

"그동안 카미넬 검법을 꾸준히 수련해서 다들 상당한 수준까지 실력을 쌓았습니다. 처음 계획했던 대로 내년쯤에는 정규 기사에 근접하는 수준까지 도달할 것으로 생각하고 있습니다."

콜만의 보고에 그란츠는 고개를 끄덕이면서 다시 말을 하기 시작했다.

"정말 다행이군요. 콜만 경과 드팔린 경은 이틀 후에 돈 성으로 출전할 수 있도록 흑색 창기병단 전원을 철저히 준비시키세요."

"예? 돈 성으로 출진하신다니, 그게 무슨 말씀이십니까?"

아직 준비가 덜 된 창기병단을 이끌고 카탈로니아 평야에서 국왕파를 괴멸시킨 맥클라인 후작의 첫 번째 목표가 될 것이 분명한 돈 성으로 가겠다는 그란츠의 말에 가신들은 의아한 표정을 지으며 반대하고 나섰다.

"자작님, 귀족파의 침입에 대비해서 영지 방어를 강화해야 하는 시기에 아직 수련도 다 끝나지 않은 창기병단을 이끌고 위험한 돈 성으로 출진을 하신다니 절대 불가합니다."

"맞습니다. 병력을 재편성한 귀족파의 첫 번째 공격 목표가 될 것이 분명한 돈 성으로 가시겠다니 절대 그럴 수 없습니다."

"후우… 나도 얼마 안 있어 돈 성이 맥클라인 후작의 공격을 받을 거라는 것 정도는 잘 알고 있어요. 하지만 그렇게 위험한 곳에 아버님이 계시니 빨리 가서 모셔와야 되지 않겠어요?"

자신의 안전을 염려해서 반대를 하는 가신들의 모습에 그란츠는 한숨을 내쉬며 출전을 해야 하는 이유를 설명했다.

위험한 돈 성에 영주인 카미넬 백작이 있다는 말에 회의실에 모인 가신들은 크게 놀랐다.

"영주님이 돈 성에 계신다니 그게 무슨 말씀이십니까?"

"오마르의 호위를 받으시며 영지로 돌아오고 계신 것이 아니었습니까?"

이런 가신들의 반응에 그란츠를 대신해서 크레인 총관이 상황을 설명하기 시작했다.

"카탈로니아 평야 전투 이후 영지로 돌아오려고 했지만 영주님이 고집을 피우셔서 어쩔 수 없이 돈 성으로 철수하는 카브레라 공작 일행과 합류했다는 연락이 왔습니다."

"아니, 영주님을 사지로 변할 게 분명한 돈 성으로 모시고 가다니!"

"허어… 정말 큰일이군."

크레인 총관의 설명에 가신들은 다들 당혹스러운 표정을 지었다. 돈 성으로 가야 하는 이유를 확인한 콜만은 굳은 표정으로 자리에서 일어나 그란츠에게 자신의 의견을 이야기했다.

"돈 성으로 가야 하는 이유는 충분히 알겠습니다. 하지만 자작님이 가시는 것은 반대입니다. 지금 상황에서 영지의 기둥인 자작님의 신변에 이상이 생긴다면 영지 전체가 흔들리게 되어 있습니다. 그러니 이번에 영주님을 모시러 돈 성으로 가는 일은 저와 드팔린 경에게 맡겨 주십시오, 자작님."

"그렇습니다. 자작님이 직접 병사들을 이끌고 돈 성으로 가시는 것은 너무 위험한 일입니다. 이번에는 콜만 경과 드팔린 경에게 일을 맡기시는 게 좋겠습니다."

"그게 좋겠습니다."

영지의 기둥인 그란츠의 안전을 생각해서 가신들이 출전을 만류하며 대신 기사들을 출전시키라고 말을 했지만 그란츠는 고개를 옆으로 흔들며 자신이 직접 돈 성으로 가겠다는 결심을 굽히지 않았다.

"경들의 걱정은 나도 충분히 알고 있지만 이번 일은 내가 꼭 가야 해요. 그렇게들 알고 콜만 경과 드팔린 경은 철저하게 출전 준비를 하도록 하세요."

직접 병사들을 이끌고 출전을 하겠다는 그란츠를 말리고 싶은 마음은 굴뚝같았지만 너무도 단호한 그란츠의 모습에 가신들은 더 이상 반대를 하지 못했다.

이틀 후 그란츠는 죠슬린이 정성스럽게 만들어준 갬비선을 갑옷 위에 걸치고 든든한 콜만과 드팔린을 부관으로 삼아 3,000명의 창기병단을 이끌고 힘차게 돈 성을 향해 출발했다.

한편 카탈로니아 평야에서 대패를 당하고 허겁지겁 돈 성으로 도망쳐 온 국왕파 귀족들은 구심점인 하마스 국왕의 서거와 중상을 입고 혼수상태에 빠진 카브레라 공작의 모습에 의욕을 잃고 그저 한숨만 내쉬고 있었다.

이런 절망적인 현실에 일부 귀족들이 살기 위해 귀족파로 전향하는 일까지 벌어지고 있었다.

이렇게 어려운 상황에서도 희망을 잃지 않고 흩어진 병사들을 다시 끌어 모으고 지난 지밀 왕국과의 전쟁에서 파손된 성벽을 보수하며 조만간 벌어질 귀족파의 공격에 대비하는 몇몇 귀족들이 있었는데 그란츠의 아버지인 카미넬 백작도 그런 귀족들 중 하나였다.

"저기 성벽이 무너진 곳을 더 보강하도록 하게."

"알겠습니다, 백작님."

오늘도 병사들을 데리고 성벽 보수 작업을 지휘하고 있는 카미넬 백작의 모습에 오마르는 한숨을 깊게 내쉬면서 불평을 털어놓았다.

"후우……. 백작님, 정말 이렇게 돈 성에 계속 계실 생각이십니까?"

"당연한 일을 몇 번이나 물어봐야 이해를 하겠나? 자네가 아무리 설득을 해도 난 절대 돈 성을 떠나지 않을 것이네!"

"하지만 얼마 안 있어 이곳이 전쟁터로 변할 것이라는 걸 백작님도 잘 아시지 않습니까?"

계속 돈 성에 머무르겠다고 고집을 피우는 카미넬 백작이 답답하다는 듯이 오마르가 말을 하자 카미넬 백작은 단호한 목소리로 계속 영지로 돌아가자고 재촉하는 오마르의 행동을 제지했다.

"그걸 알기 때문에 더 돈 성을 떠날 수 없는 것이네! 라이오스 왕국의 귀족이자 왕조에 충성을 맹세한 신하로서 끝까지 신의를 지킬 것이네!"

"…후우! 알겠습니다."

너무도 강경한 카미넬 백작의 모습에 오마르는 더 이상 재촉을 할 수가 없어 불만스럽지만 가만히 입을 닫을 수밖에 없었다.

"흐유… 이제 부자가 쌍으로 날 괴롭히는구나. 도대체 내가 뭘 잘못했다고. 이거 성안에 있는 루 신전에 가서 액땜이

라도 해야 하는 거 아니야……?'

아무튼 그란츠에게 코가 꿰인 이후로 여러 가지로 피곤한 오마르였다.

한편 중상을 입고 침대에 누워 있는 카브레라 공작 대신 국왕파를 이끌고 있는 레인 백작은 카탈로니아 평야에서 살아남은 국왕파 핵심 귀족들을 소집해서 어려운 현재 상황을 타계하기 위한 회의를 개최하고 있었다.

하지만 몇 시간 동안 회의를 계속 이어가도 뾰족한 대책 하나 세우지 못하고 계속해서 현재 상황에 대해 한탄만 하며 시간만 허비하고 있었다.

"얼마 전에 들어온 소식에 의하면 다나오 자작과 오든 남작이 귀족파로 전향을 했다고 합니다. 이런 식으로 계속 귀족들이 흔들리는 것을 방치한다면 맥클라인 후작이 돈 성으로 군대를 이끌고 오기도 전에 국왕파 자체가 붕괴되어 버릴 겁니다."

"끄응… 하지만 구심점이 되어줄 수 있는 하마스 국왕 전하가 서거하시고, 카브레라 공작님까지 중상을 입은 상황에서 귀족들의 동요를 봉합할 수 있는 마땅한 대책이 없지 않소?"

"그렇다고 마냥 이렇게 손을 놓고 맥클라인 후작에게 죽을 날짜만 기다리고 있을 수는 없지 않소!"

"그래서 더 답답한 것 아니겠습니까?"

회의는 계속하고 있지만 다람쥐 쳇바퀴 돌 듯이 명확한 해결책은 제시하지 못하고 계속 한탄만 하고 있는 귀족들의 모습에 레인 백작은 말없이 한숨만 내쉬고 있었다.

그때 회의장 문이 벌컥 열리며 기사 한 명이 서둘러 안으로 들어왔고 그런 기사의 무례한 모습에 안에 모여 있던 귀족들은 자연스럽게 눈살을 찌푸렸다.

하지만 서둘러 안으로 들어온 기사는 곱지 않은 눈초리로 자신을 쳐다보는 귀족들의 시선은 신경도 쓰지 않고 레인 백작에게 달려가 급한 전갈을 전했다.

"백작님, 카브레라 공작님이 방금 깨어나셨다고 합니다."

"공작님이 깨어나시다니! 그게 정말인가?"

"네. 방금 공작님의 처소에서 연락이 왔습니다."

"이러고 있을 게 아니라 어서 공작님의 처소로 가봅시다."

"맞아요, 어서 갑시다."

그동안 혼수상태에 빠져 있던 카브레라 공작이 정신을 차렸다는 기사의 말에 회의장에 모인 귀족들은 가뭄에 단비를 만난 것처럼 환하게 밝아진 얼굴로 서둘러 공작의 처소로 달려갔다.

비록 중상을 입어서 당장 자리를 털고 일어날 수는 없지만 그동안 혼수상태에 빠져 있던 카브레라 공작이 정신을 차렸다는 것 하나만으로도 구심점을 잃고 흔들거리고 있는 국왕파에게는 정말 반가운 소식이었다.

한편 카탈로니아 평야 전투에서 대승을 거둔 후에 며칠간 전장 정리를 하느라고 시간을 보낸 맥클라인 후작은 전장 정리와 병력 재편성이 모두 끝나자 느긋하게 돈 성을 향해 병사들을 진군시키기 시작했다.

척척척! 척척척!

패전으로 인해 거의 대부분의 병력을 상실한 국왕파에 비해서 오히려 전투에 국왕파로 참전했다가 붙잡힌 포로들까지 아군으로 흡수한 귀족파 병사들의 숫자는 출전할 때보다 더 늘어나서 병력수가 10만을 넘고 있었다. 이런 대병력이 한꺼번에 움직이자 길게 늘어진 병사들의 행렬은 끝이 보이지 않을 정도였다. 병사들이 움직일 때마다 일어나는 흙먼지는 하늘이 뿌옇게 보일 정도로 많이 피어올랐다.

행군 대열 선두에서 눈처럼 하얀 백마를 타고 움직이고 있는 맥클라인 후작은 주위를 둘러싸고 있는 수많은 귀족들의 모습을 보며 이제 돈 성에 몰려 있는 국왕파 잔당들을 처리하고 새로운 왕국을 정식으로 선포하는 일만 남았다는 생각에 아주 만족스러운 미소를 지었다.

그때 옆에서 같이 말을 몰고 가던 션즈 백작이 가까이 다가와 거북이보다 더 느린 행군 속도에 대한 불만을 털어놓았다.

"전하, 행군 속도가 너무 느립니다. 이런 식으로 가다가는 돈 성까지 3일 안에 절대 도착하지 못합니다."

"하하하! 션즈 백작, 너무 서두르지 말게 3일 안에 도착 못 한다고 해서 돈 성이 다른 곳으로 사라지는 것은 아니지 않나?"

"돈 성이 사라지는 것은 아니지만 그사이에 국왕파 놈들의 방비가 더 강화되지 않겠습니까? 그러니까 서둘러 움직여야 합니다."

아직 내전이 다 끝나지 않았는데도 너무나 느긋하게 움직이는 맥클라인 후작의 모습이 답답했는지 션즈 백작이 서둘러 돈 성으로 가야 하는 이유를 설명하며 행군 속도를 높이자고 재촉을 했지만 맥클라인 후작은 시종일관 느긋한 자세를 유지하며 입을 열었다.

"후후후! 너무 걱정하지 말게, 션즈 백작. 이번 전투로 주력 병력이 괴멸되고 구심점 역할을 하던 하마스 국왕과 카브레라 공작이 사라진 이상 우리가 이렇게 대군을 몰고 가는것 만으로도 국왕파는 스스로 자멸하고 말 것이네. 그 증거로 오늘만 해도 3명이나 되는 국왕파 귀족들이 전향을 해왔지 않나?"

"맞습니다, 전하. 이제 아무런 대책이 없는 국왕파는 이렇게 압박만 하고 있어도 무너질 수밖에 없습니다."

"그래, 맞아! 어차피 다 끝난 상황인데 또다시 피를 흘리는 것보다는 이렇게 자연스럽게 흡수하는 것이 미래를 위해서는 더 좋은 것이야!"

걱정하지 말라는 맥클라인 후작에 이어 옆에 있던 모츠 백작까지 상황을 낙관적으로 보자 특별히 반박할 말이 없는 선즈 백작은 더 이상 행군을 재촉하지 못하고 그냥 입을 다물고 있을 수밖에 없었다. 하지만 마음 한구석에서 계속 생기는 불안감을 쉽게 떨쳐 버릴 수는 없었다.

한편 창기병단을 이끌고 영지를 출발한 그란츠는 드래곤 협곡을 벗어나자마자 이웃 영지이자 귀족파인 아즈드 자작의 영지병들과 조우하게 되면서 큰 난관에 부딪치게 되었다.

"영지를 벗어나자마자 아즈드 자작의 사병들과 부딪치다니……. 콜만 경, 우리는 그렇다 치고 저들은 뭐 때문에 저렇게 많은 사병들을 움직이고 있는 것 같은가?"

그란츠가 정면에 있는 아즈드 자작의 사병들을 당혹스러운 얼굴로 쳐다보며 질문을 하자 콜만은 고개를 갸웃거리면서 대답을 했다.

"글쎄요……. 1~200명도 아니고 저렇게 많은 사병들이 움직이다니. 대충 살펴봐도 2,000명이 넘는군요. 혹시 맥클라인 후작에게 보내는 지원군이 아닐까요?"

"그건 아닌 것 같은… 자작님, 아무래도 저희 영지나 슈타헬 남작 영지를 공격하기 위해서 동원한 병력인 것 같습니다."

"드팔린 경, 그게 무슨 말이에요?"

"콜만 경의 말처럼 맥클라인 후작에게 보내는 지원 병력이라면 이쪽이 아니라 반대 방향인 돈 성 쪽으로 움직이고 있어야 합니다. 그리고 내전으로 혼란스럽고 카탈로니아 평야 전투로 국왕파가 큰 타격을 받은 지금이 아즈드 자작 입장에서는 영지를 늘릴 수 있는 절호의 기회가 아니겠습니까?"

드팔린의 설명에 그란츠는 고개를 끄덕이면서 심각한 표정으로 아즈드 영지 사병들을 쳐다보며 입을 열었다.

"드팔린 경의 말이 맞아요. 저 정도 병력으로 노리는 곳이라면 우리 영지보다 영주인 슈타헬 남작이 거의 대부분의 영지병들을 이끌고 카탈로니아 평야 전투에 참전한 슈타헬 남작 영지를 노리는 것이겠군요."

"아마 자작님의 생각이 맞을 겁니다. 거의 대부분의 전력이 빠져나가 버린 슈타헬 남작 영지라면 저 정도 병력으로도 충분히 장악할 수 있을 겁니다."

"흐음… 어떻게 해야 되는지 모르고 있었다면 모를까, 이렇게 정면으로 저놈들과 부딪쳐 버렸는데 그냥 손이나 흔들어주면서 서로 잘 가라고 인사를 하면서 헤어질 수는 없지 않나?"

난처하다는 표정으로 어깨를 으쓱거리는 그란츠의 행동에 드팔린은 못 말린다는 표정으로 고개를 좌우로 흔들면서 입을 열었다.

"안 그래도 귀족파에 둘러싸여 고립된 상황인데 그나마 몇 안 되는 우호적인 영지까지 귀족파에게 먹힌다면 앞으로 저희 영지의 움직임이 더 곤란해지게 될 것입니다."

"그래, 그럼 한눈에 봐도 대충 농노나 영지민들을 억지로 끌어 모아서 만든 병력 같으니까 창기병단의 실력도 테스트해 보고 후환거리를 미리 없앤다는 생각으로 저놈들을 쓸어버리고 가야겠군. 드팔린 경, 전투 준비를 시키세요."

"예! 바로 준비하겠습니다, 자작님."

한편 그란츠가 자신들을 향해 사신의 낫을 휘두를 준비를 하고 있는 줄도 모르고 자작의 장남인 트랍 드 아즈드는 맥클라인 후작의 진영에 들어가 내전에 참전하고 있는 아즈드 자작의 명령에 따라 거의 비어 있는 것이나 마찬가지인 슈타헬 남작 영지를 장악하기 위해 병력을 움직이고 있었다.

그러다가 갑자기 나타나 앞을 가로막고 있는 카미넬 영지군의 출현에 크게 당황했고 사병들도 창기병단의 모습을 보며 어쩔 줄 몰라 했다.

"도대체 카미넬 영지 병사들이 여긴 왜 나타난 거야?"

"호, 혹시 저희들처럼 영주님이 안 계신 틈을 노리고 영지를 공격하러 온 것이 아닐까요?"

부관으로 따라온 영지 기사 헤삼 경의 말에 트랍은 한눈에 봐도 정예병들인 카미넬 영지군을 불안한 얼굴로 쳐다보며 입을 열었다.

"끄응… 하긴 우리 영지를 노리는 것이 아니라면 저렇게 많은 사병들을 이끌고 아무런 말도 없이 남의 영지에 들어올 이유가 없지. 헤삼 경, 즉시 전투 준비를 하게!"

"알겠습니다, 소영주님."

그란츠가 아즈드 자작 영지를 노리고 쳐들어 온 것으로 단단히 오해를 한 트랍이 헤삼에게 전투 준비 명령을 내리고 있을 때 커다란 함성 소리와 함께 그란츠를 선두로 3,000명에 달하는 창기병단이 돌격해 들어오기 시작했다.

"와아아! 돌격 앞으로!"

두두두두두!

전원 기병으로 이루어진 3,000명의 창기병단이 일제히 지축을 울리는 말발굽 소리를 내면서 앞으로 돌격해 들어오는 모습에 대부분 농노들과 영지민들을 강제로 징집해서 급조한 아즈드 자작 영지군들은 전투를 시작도 하기도 전에 겁을 먹고 자신도 모르게 뒤로 물러섰다.

잠시 후, 미처 대기병 방어진을 만들기도 전에 들이닥친 창기병단의 공격에 순식간에 대영이 붕괴되기 시작했다.

"전원 기병창 거창! 속도를 줄이지 말고 한번에 적을 무너뜨린다! 가자!"

두두두! 채챙! 챙! 챙!

"으악! 살려줘!"

"물러서지 말고 창을 들어 올려서 적 기병대를 막아라!"

"뒤로 도망치는 놈들은 목을 베어버리겠다! 창을 들고 놈들을 막아라!"

"커헉! 끄으윽!"

적진으로 돌격해 들어간 창기병단 병사들은 들고 있는 기병창으로 적들을 찔러 죽이거나 달려오는 속도 그대로 적병들을 말발굽으로 밟으면서 적 진영을 유린하기 시작했다. 이런 창기병단의 공세에 아즈드 자작의 사병들이 제대로 대항한 번 못하고 공포에 질려 버렸다.

트랍과 헤삼은 겁을 먹고 뒤로 물러서는 사병들을 직접 검을 뽑아 베어 죽이면서 전투를 독려했지만 카미넬 가문의 비전 검법으로 수련을 하고, 하나같이 튼튼한 플레이트 갑옷으로 중무장한 창기병단의 무서운 공세에 얼마 버티지 못하고 대열이 무너져 버렸다. 그때부터는 전투가 아니라 창기병단의 일방적인 학살로 전장 상황이 변해 버렸다.

"크아악! 내, 내 팔!"

"인정사정 보지말고 모조리 쓸어버려라!"

두두두두! 채챙! 챙!

"소, 소영주님, 카미넬 영지군들을 도저히 막을 수 없습니다. 험한 모습을 보시기 전에 어서 이 자리를 벗어나시는 게 좋을 것 같습니다."

"이, 이런 아무리 우리 병사들이 전투 경험이 없는 징집병들이라고 하지만 제대로 된 전투 한 번 못하고 이렇게 허무하게 무너지다니……."

"소영주님, 그건 나중에 생각하시고 일단 안전한 영주성으로 돌아가시지요."

"끄응… 알겠네!"

이렇게 전투가 패전으로 완전히 기울자 트랍은 혜삼과 일부 사병들의 호위를 받으며 재빨리 전장을 빠져나가 버렸고 그나마 전투를 독려하던 지휘관들이 도망쳐 버리자 전장에 남은 아즈드 자작의 사병들은 누가 먼저랄 것 없이 무기를 바닥에 던지며 항복을 하기 시작했다.

이런 적들의 모습에 그란츠는 바로 전투를 중단시키고 창기병단 병사들에게 전장 정리를 지시하고는 전투를 위해 쓰고 있던 투구를 벗으며 순식간에 처참한 모습으로 변해 버린 전장을 담담한 표정으로 둘러보았다.

전투 시간은 상당히 짧았지만 창기병단의 무지막지한 공격에 아즈드 영지군들 절반 이상이 죽거나 중상을 입었다. 그나마 무기를 버리고 항복한 사병들은 공포스러운 창기병단의 전투 모습에 완전히 기가 죽어서 창기병단 병사들의 감시를 받으며 한곳에 모여 있었다.

"자작님, 뭘 그렇게 쳐다보고 계신 겁니까?"

"아! 드팔린 경, 저기 불안한 모습으로 모여 있는 아즈드 영지 사병들을 보고 있었어요. 내전만 일어나지 않았다면 평화롭게 농사나 짓고 있을 사람들인데 귀족들의 욕심 때문에 일어난 내전으로 저렇게 목숨을 잃고 불안감에 떨고 있는 모습을 보니 측은한 마음이 드는군요."

그란츠의 말에 적병들이 모여 있는 곳을 한번 쳐다본 드팔린은 씁쓸한 미소를 지으면서 말을 이어갔다.

"자작님의 말씀처럼 불쌍하기는 하지만 이미 내전이 벌어진 이상 어쩔 수 없는 일 아니겠습니까? 저희가 저들을 죽이지 않았다면 저들의 손에 창기병단 병사들이 목숨을 잃었을 겁니다."

"후우… 그래 지금은 상대를 죽이지 않으면 내가 죽는 난세니까 어쩔 수 없겠지……. 그건 그렇고 전장 정리는 다 끝났는가?"

"예! 대충 정리는 끝났습니다만 항복한 아즈드 영지 사병들은 어떻게 처리하실 생각이십니까? 한두 명도 아니고 800명이 넘는 인원을 계속 끌고 다닐 수도 없고. 그렇다고 그냥 풀어줄 수도 없지 않습니까?"

대량으로 발생한 포로 처리 문제 때문에 난처한 표정을 지으며 말하는 드팔린의 모습에 그란츠도 고개를 끄덕이며 입을 열었다.

"흐음… 처리하기 힘들다고 다 죽여 버릴 수도 없으니까 일단 영지에 있는 크레인 총관에게 전령을 보내서 포로들을 영지로 데려가라고 하고, 영지에서 지원군이 오면 그 병력을 동원해서 비어 있는 것이나 마찬가지인 아즈드 영지를 장악하도록 하세요."

"갑자기 병사들을 동원해 아즈드 영지를 장악하라니 그게 무슨 말씀이십니까?"

"우연이든 아니든 일단 아즈드 영지군과 충돌이 벌어진 이상 영지에 걸림돌이 될 것이 분명한 아즈드 영지를 그냥 두고 갈 수는 없어요. 차라리 영지가 비어 있는 것이나 마찬가지인 지금, 영지병들을 동원해 후환을 없애고 앞으로 귀족파와 벌어질 전투에 대비해서 완충지대를 만들어두는 것도 나쁘지 않을 거예요."

"그렇군요, 알겠습니다. 명령대로 바로 전령을 보내겠습니다, 자작님."

상황을 명쾌하게 정리해 주는 그란츠의 말에 드팔린도 이해가 가는지 고개를 끄덕이며 그란츠의 지시대로 급히 영지로 전령을 보내고는 전장 근처에 임시 숙영지를 세웠다.

한편 전령을 통해 그란츠의 서신을 전달받은 크레인 총관은 급히 기사들의 수장인 야스퍼드 경과 상의를 해서 만약의 사태에 대비해서 대기 중이던 영지병 3,000명을 야스퍼드가 직접 이끌고 서둘러 아즈드 영지로 출발했다.

다음날 아침. 영지에서 밤을 세워 달려온 지원군이 도착하자 그란츠는 포로들을 야스퍼드에게 넘기고는 지난밤 동안 충분히 휴식을 취한 창기병단을 이끌고 다시 돈 성을 향해 강행군을 시작했다.

이렇게 그란츠의 지시에 따라 카미넬 영지가 바쁘게 움직이고 있을 때 아즈드 자작 영지의 영주성인 조엘 성에 무사히 도착한 트랍은 갑자기 나타나 자신에게 패배를 안겨준 그란츠와 창기병단에 대해서 이를 바득바득 갈고 있었다.

쨍그랑!

"아악! 예전에는 안중에도 없던 카미넬 가문 놈들이 감히 우리 영지에 쳐들어오다니! 이놈들을 당장 쳐 죽이고야 말겠어!"

그란츠의 창기병단에게 제대로 대항 한번 못해 보고 당해 버려서 슈타헬 남작 영지를 병합해서 영지를 확장하려던 계획이 물거품이 되어버린 것이 많이 억울하고 화가 나는지 트랍은 영주성으로 돌아오자마자 독한 술을 연거푸 들이마시고 있었다. 그런 트랍의 모습을 헤삼이 옆에서 걱정스럽게 지켜보며 입을 열었다.

"소영주님, 심란하고 화가 많이 나시겠지만 어서 정신을 추스르셔야 합니다. 이렇게 아무런 대책 없이 영주성에 계시다가는 언제 들이닥칠지 모르는 카미넬 영지 놈들에게 큰 화를 당하실 수도 있습니다."

"…그렇게 상황이 심각한가?"

"놈들을 감시하기 위해서 남겨두고 온 척후병의 보고에 의하면 어제 저희와 전투를 벌인 놈들 외에도 추가로 3,000명가량의 사병이 오늘 아침에 더 도착했다고 합니다. 그럼 최소 5,000명이 넘는 대병력과 맞서 싸워야 한다는 말인데, 지금 저희 영지에 있는 전력으로는 절대 불가능한 일입니다."

혜삼의 말에 트랍은 술이 확 깨는지 굳은 얼굴로 입을 열었다.

"성안에 있는 성인 남자들을 모두 징집해서 무장을 시키고 성문을 잠근 채로 농성을 하면 어떨까?"

"기존에 있던 사병들은 영주님이 거의 다 이끌고 내전에 참가하셨고, 그나마 있던 사병들과 징집병들은 어제 벌어진 전투에서 다 소모했지 않습니까? 다시 성안에 있는 성인 남자들을 징집한다고 해도 많은 병력을 모을 수도 없고, 설사 모은다고 해도 실제 전투에서 얼마나 싸워줄 수 있을지 사실 믿을 수가 없습니다."

징집을 할 인적 자원 자체가 부족하고, 징집을 하더라도 전투에서 역할을 다할지 믿을 수 없다는 헤삼의 말에 실제로 어제 전투에서 징집병들이 얼마나 무력하게 무너지는지 직접 두 눈으로 지켜본 트랍은 고개를 끄덕이며 동감을 표했다.

"그래, 징집병들은 믿을 수가 없어… 그럼 이 난국을 어떻게 해결하는 것이 좋겠나?"

"이런 말씀드리기 송구스럽지만 늑대처럼 달려드는 카미넬 영지 놈들을 피해 잠시 영주님이 계신 곳으로 가족 분들과 몸을 피하시는 것이 좋을 것 같습니다."

"그게 무슨 소리인가! 지금 나보고 가업을 버리고 아버님이 계신 곳으로 꼬리를 내리고 도망치란 말인가!"

영주성을 버리자는 말에 트랍이 자리에서 벌떡 일어나 큰소리를 치면서 화를 내자 헤삼은 차분한 얼굴로 현재 처한 상황을 설명하며 트랍을 설득했다.

"어차피 100명 정도밖에 없는 사병들로는 성을 지킬 수 없습니다. 그리고 영지를 완전히 포기하자는 것이 아니라 상황이 안 좋으니까 잠시 뒤로 물러났다가 맥클라인 후작님에게 지원군을 받아서 카미넬 영지 놈들을 몰아내고 영지를 다시 되찾자는 겁니다."

"끄으응… 알았네. 헤삼 경이 알아서 철수 준비를 하게"

"잘 생각하셨습니다. 놈들이 오기 전에 최대한 빨리 준비하겠습니다."

트랩이 철수를 결심하자 혜삼은 안도의 한숨을 몰아쉬며 서둘러 방을 나갔고 그런 혜삼의 모습을 보며 트랩은 씁쓸한 표정을 지으며 탁자 위에 놓인 술을 한잔 들이켰다.

한편 카탈로니아 평야 전투에서 큰 부상을 입고 혼수상태에 있던 카브레라 공작이 깨어나자 돈 성에 모여 있던 국왕파 귀족들은 잠깐 희망에 부풀었다. 하지만 맥클라인 후작이 대군을 이끌고 돈 성을 향해 천천히 진군해 오고, 깨어난 지 이틀이 지나도록 카브레라 공작이 아무런 대책을 세우지 못하자 국왕파 귀족들은 다시 흔들리기 시작했다.

이런 돈 성 내부 상황을 아는지 모르는지 자신의 침실에서 계속 칩거하고 있던 카브레라 공작은 깨어난 지 3일째 되는 날 갑자기 측근 귀족들을 침실로 불러들였다.

아들인 홀린스의 도움을 받으며 침대에서 몸을 일으킨 카브레라 공작은 침실에 모인 귀족들을 한번 둘러보고는 힘겹게 입을 열기 시작했다.

"으음… 다들 그동안 어려운 상황에서도 포기하지 않고 국왕파를 잘 지켜 나가고 있는 것을 정말 고맙게 생각하고 있네."

"공작님, 저희들은 당연히 해야 할 일을 하고 있을 뿐입니다."

"맞습니다, 공작님. 이제 공작님이 정신을 차리셨으니 빨리 기운을 회복해 저희들을 이끌어주십시오."

"그렇습니다. 돈 성에서 힘을 회복해서 저 간악한 귀족파 놈들에게 본때를 보여주셔야지요."

어서 자리에서 일어나 국왕파를 이끌어달라는 귀족들의 말에 카브레라 공작은 힘없이 고개를 좌우로 흔들며 입을 열었다.

"흐으음… 그대들의 마음은 잘 알겠네. 하지만 하마스 국왕 전하까지 승하하신 마당에 더 이상 맥클라인 후작과 싸운다는 것은 불가능한 일이네…….."

"그… 그게 무슨 말씀이십니까? 설마 이제 와서 맥클라인 후작에게 두 손을 들고 항복하자는 말씀은 아니시겠지요!'

"비록 저번 전투에서는 졌지만 아직 많은 귀족들이 저희를 지지하고 있습니다. 부족한 병사는 징집을 통해 보충하고 튼튼한 돈 성의 성벽을 이용한다면 귀족파의 공격을 막아낼 수 있습니다, 공작님."

"그렇습니다. 그리고 비록 하마스 국왕 전하께서 승하하셨지만 왕국의 적통인 포레스트 왕세자님이 계시지 않습니까? 왕세자님을 국왕으로 추대하고 공작님이 다시 전면에 나오신다면 흩어진 귀족들의 마음을 추스를 수 있을 겁니다."

모든 것을 포기한 듯한 공작의 발언에 침실에 모인 귀족들이 귀족파와 더 싸울 수 있다며 공작을 설득하려고 했지만 카브레라 공작은 그런 귀족들의 모습을 안타깝게 쳐다보며 힘없이 말을 계속 이어갔다.

"미련이 남는 것은 나도 잘 알고 있네. 하지만 이미 돌이킬 수 없을 정도로 불리한 상황이라는 것을 다들 잘 알고 있지 않나? 자네들 말처럼 강제 징집을 실시해서 병력을 다시 모으고 포레스트 왕세자님을 국왕으로 추대해서 명분을 세워 돈 성에서 항전을 한다면 어느 정도 귀족파의 공격을 막아낼 수 있겠지. 하지만 그것도 잠시뿐이네. 이미 대세가 완전히 귀족파로 기운 마당에 얼마나 많은 귀족들이 우리를 지지해 주겠나? 내가 알고 있기로는 지금도 많은 귀족들이 맥클라인 후작 쪽으로 전향을 하고 있다고 들었네. 그러니 다들 더 이상 미련을 가지지 말게나."

국왕파가 처한 상황을 정확하게 지적하는 카브레라 공작의 말에 침실에 모인 귀족들은 하나같이 어두운 표정을 지으며 한숨만 내쉬었다.

"크윽. 이렇게 맥클라인 후작에게 무릎을 꿇어야 하다니⋯⋯."

"하지만 이제 와서 항복한다고 맥클라인 후작이 저희들을 받아주겠습니까? 아마 후환을 없앤다고 다 제거하려고 할 겁니다."

"그렇지. 아마 다른 귀족들은 모르겠지만 국왕과 핵심 인물인 나와 자네들은 물론이고 돈 성에 계신 왕실 식구들은 맥클라인 후작이 권좌에 오르는데 걸림돌이 될 게 분명하니 무슨 일이 있더라도 제거하려고 할 것이네."

"끄응… 그럼 어떻게 해야 합니까? 공작님."

"이대로 맥클라인 후작에게 죽을 수는 없지 않습니까?"

내전에서 지고 자신들은 물론 가문까지 멸문할 위기에 처하자 침실에 모인 귀족들은 심한 동요를 보이기 시작했다.

카브레라 공작은 그런 귀족들을 다독이며 해결 방안을 제시했다.

"더 이상 왕국에서 살 수 없다면 왕국을 떠나야 되지 않겠나? 레인 백작 자네가 은밀히 몰타 왕국으로 망명할 준비를 하도록 하게!"

"이왕 망명을 한다면 몰타 왕국보다는 내전 기간 내내 저희들에게 우호적이었던 로만 제국으로 가는 것이 더 좋지 않겠습니까?"

"나도 로만 제국으로 갔으면 좋겠네, 미구엘 자작. 하지만 귀족파가 장악하고 있는 지역을 지나가야 하는 로만 제국행은 부담이 너무 커. 그래서 비교적 안전하고 가까운 몰타 왕국으로 가기로 한 것이라네."

"그렇군요……."

카브레라 공작의 설명에 침실에 모인 귀족들은 모두 공감을 하며 고개를 끄덕이자 공작은 서둘러 망명 준비를 하라는 말을 하며 회의를 끝마쳤다.

최악의 경우 돈 성에서 최후의 항전을 벌일 각오를 하고 있던 귀족들은 망명이라는 새로운 돌파구가 생기자 전과 달리 밝은 얼굴로 카브레라 공작의 침실을 나갔지만 무슨 일인지 요세프 자작은 어두운 얼굴로 뭔가 계속 골똘히 생각을 하며 밖으로 나갔다.

한편 창기병단을 이끌고 돈 성을 향해 빠르게 이동하고 있는 그란츠는 아즈드 자작영지를 출발한 지 이틀만에 바이사흐 후작 영지까지 도착해 영지를 가로질러 움직이고 있었다.

두두두두두!

"이랴! 이랴!"

거친 말발굽 소리와 하늘 높이 뿌연 흙먼지를 만들면서 빠르게 움직이고 있는 창기병단은 초인적인 모습을 보여주고 있었는데, 일반 기병들이었으면 이틀 밤낮을 가리지 않고 달리는 강행군에 지쳐 나가떨어져도 벌써 쓰러질 정도였다. 하지만 그동안 콜만과 드팔린에게 혹독한 지옥 훈련을 받은 부대답게 잘 버티고 있었다.

그렇지만 무거운 갑옷을 입고 있는 창기병단 병사들을 태우고 달리고 있는 말들은 가끔씩 쉬게 해줘야 하기 때문에 작은 개천이 있는 넓은 평지가 나타나자 그란츠는 손을 들어 올리며 행군을 멈췄다.

"정지! 이곳에서 잠시 쉬어간다!"

"워워! 정지!"

이히히잉! 히잉!

그란츠의 휴식 명령이 떨어지자 행군을 멈춘 창기병단 병사들은 곳곳에 경계병을 세워두고 강행군에 지쳐 있는 말들에게 풀과 물을 먹이면서 혹시 말에 이상이 있는지 여기저기 꼼꼼히 살펴보기 시작했다.

이렇게 별도의 명령이 없어도 능숙하게 움직이는 병사들의 모습에 만족스러운 미소를 지은 그란츠는 나무 그늘 아래 양피지로 만든 지도를 펼쳐 놓고 자신을 기다리고 있는 콜만과 드팔린에게 다가갔다.

"자작님, 계속 흙먼지를 마시며 말을 달려서 목이 칼칼하실 겁니다. 여기 시원한 물 한 잔 드시지요."

"아, 마침 목이 말랐는데 고맙네, 콜만 경."

콜만이 건네주는 물을 시원하게 마신 그란츠는 바닥에 펼쳐진 지도를 보며 입을 열었다.

"정말 시원하군. 꽤 많이 달려온 것 같은데 이제 돈 성까지 얼마나 남았나?"

"이 지도를 보시면 아시겠지만 지난 이틀 동안 정말 대단한 강행군을 했습니다. 지금 속도로 계속 움직인다면 이제 반나절만 더 가면 돈 성에 도착할 수 있을 겁니다."

드팔린의 설명을 들으며 지도를 살펴본 그란츠는 고개를 끄덕이며 말을 이어갔다.

"이 먼 거리를 이틀만에 주파하다니 정말 대단한 일을 해냈어."

"맞습니다. 정말 엄청난 일을 해냈습니다, 자작님."

"하지만 강행군으로 병사들과 말들이 많이 지친 상태입니다. 병사들은 정신력으로 얼마 정도 더 버틸 수 있겠지만 무거운 갑옷을 입은 병사들을 태우고 빠르게 달려야 하는 말들은 이제 한계치에 도달한 상태입니다."

드팔린의 말에 콜만도 심각한 표정으로 부연 설명을 했다.

"드팔린 경의 말이 맞습니다, 자작님. 이대로 계속 움직인다면 돈 성에 도착하기도 전에 말들이 다 쓰러져 버릴 겁니다."

"그 정도로 심각합니까?"

"예. 더 이상은 힘듭니다. 그리고 전투에 대비해서 병사들도 쉬게 해야 합니다. 지난 이틀 동안 잠도 제대로 자지 못하고 계속 말을 타고 달렸기 때문에 병사들의 체력이 많이 떨어져 있습니다. 만약 이대로 적과 부딪치게 된다면 제 실력을 다 발휘하기 힘듭니다."

드래곤 로드인 카르세이아의 드래곤 하트를 흡수해서 엄청난 체력을 가진 그란츠마저 약간 피곤하다고 느낄 정도니 병사들이 얼마나 지쳐 있을지 굳이 살펴보지 않아도 충분히 느낄 수 있었다.

"하긴 그 정도로 몸을 혹사했으니… 급할수록 돌아가라고 일단 그동안 강행군으로 시간을 많이 벌었으니까 오늘은 이곳에 야영지를 만들어서 쉬고 내일 다시 움직이도록 하세요."

"예. 현명하신 판단이십니다, 자작님."

"잘 생각하셨습니다."

그란츠가 전력 보존을 위해서 현재 위치에서 숙영을 하기로 결정하자 병사들은 이리저리 움직이며 천막을 세우고 무거운 말안장을 내려서 지친 말들이 충분히 휴식을 취할 수 있도록 했다.

하지만 잘 훈련된 병사들답게 마냥 긴장을 풀어놓는 게 아니라 숙영지 외곽에 경계조를 배치해서 혹시 모를 적들의 기습에도 철저하게 대비하는 모습을 보여줬다.

경계병들의 삼엄한 경비 속에 창기병단 병사들이 오랜만에 편하게 따뜻한 스프에 부드러운 빵을 먹으며 식사를 하고 있을 때 일단의 무리가 창기병단의 숙영지로 빠르게 접근하고 있었다.

정체불명의 무리들은 후드가 달린 로브를 입고 있는 열아홉 살 정도 되어 보이는 여자를 호위하듯이 둘러싸고 누구에게 쫓기고 있는지 다급한 얼굴로 5명의 기사가 말을 타고 빠르게 움직이고 있었다.

두두두두!

"이랴! 이랴! 놈들이 추적해 오기 전에 조금이라도 더 멀리 가야 한다! 서둘러라!"

"알겠습니다, 단장님. 이랴!"

단장이라고 불린 중년 사내의 말에 일행들은 타고 있는 말에 더 세게 채찍질을 하며 속도를 높이려고 했지만, 이미 상당한 거리를 달려왔는지 말들은 거침 숨만 몰아쉬며 더 이상 속도를 올리지 못했다.

결국 얼마 못 가서 일행 중 한 명의 말이 입에 거품을 물면서 그대로 쓰러져 버렸고, 그 충격에 말에 타고 있던 기사는 그대로 땅바닥에 처박혀서 큰 부상을 입었다.

이히히잉! 퍼억!

"끄으으윽!"

"워워워! 이런! 루터 경, 괜찮은가?"

사고가 나자 바로 말을 멈추고 땅에 쓰러져 있는 기사에게 달려간 중년 기사는 낙마할 때 충격으로 팔이 부러졌는지 왼

쪽 팔을 부여잡고 고통스러운 신음을 흘리는 기사를 살펴보며 걱정스러운 표정을 지었다.

"끄응… 왼쪽 팔이 부러진 것 같습니다. 죄송합니다, 단장님."

"말이 지쳐서 쓰러진 것인데 자네가 뭐가 죄송하다는 말인가? 그런 말은 하지 말게. 그러나 저러나 큰일이군. 어서 부상을 치료해야 하는데……."

"저는 괜찮습니다. 다시 말을 탈 수 있으니 어서 움직이시지요."

서둘러 부상을 치료해야 한다는 중년 기사의 말에 루터라 불린 젊은 기사가 자리에서 일어나 억지로 고통을 참으며 애써 괜찮다는 말하자 그의 모습에 중년 기사는 고마움을 느꼈다.

하지만 젊은 기사의 부상도 문제지만 휴식이 없는 무리한 이동으로 말들이 지쳐 쓰러지기 직전이었기 때문에 중년 기사는 귀중한 이동 수단인 말들이 모조리 지쳐서 쓰러지기 전에 적당한 곳을 찾아 얼마간 휴식을 취하기로 마음을 먹고는 말에서 내려 부상을 입은 기사를 걱정스럽게 바라보고 있는 금발 여자에게 다가가 입을 열었다.

"아가씨, 아무래도 더 이상 움직이는 것은 무리인 것 같습니다. 적당한 곳을 찾아 휴식을 취한 다음에 다시 움직이는 것이 어떻겠습니까?"

"저는 괜찮으니까 더비셔 단장님 생각대로 하세요."

언제나 아름다운 미소와 활기 넘치는 모습으로 사람들의 사랑을 한 몸에 받았던 사람답지 않게 수척한 얼굴로 힘없이 대답하는 베스의 모습에 더비셔라 불린 중년 기사의 마음은 찢어질 듯이 아파왔지만 다시 마음을 다잡고 일행들에게 이동 명령을 내렸다.

"근처에 있는 작은 시냇가에 가서 휴식을 취하도록 하겠네. 거리가 가까우니까 지친 말들을 위해서 걸어서 가도록 하겠네."

"알겠습니다."

"아가씨, 가시지요."

더비셔가 말고삐를 잡고 베스와 함께 움직이자 기사들은 두 사람은 중간에 넣고 둥글게 감싸며 천천히 지친 말을 끌고 발걸음을 옮기기 시작했다.

하지만 이런 움직임을 근처에 있는 언덕 뒤에 몸을 숨기고 처음부터 끝까지 숨어서 지켜보는 사람들이 있었다.

"저것들은 도대체 뭐야?"

"글쎄요… 아무튼 저놈들 계속 야영지 쪽으로 가는데 그냥 놔둘 수는 없지 않습니까?"

"그렇지? 그래도 기사로 보이는 놈들이 5명이나 있으니까 다른 조에도 연락해서 확실하게 잡자고!"

"알겠습니다, 조장님."

잠시 후 침입자가 있다는 연락을 받은 경계병들이 은밀하게 주위를 포위하기 시작해 포위망이 다 완성됐을 때쯤 말을 끌고 천천히 움직이고 있던 더비셔는 뭔가 이상한 낌새를 채고는 손을 들어 일행을 멈춰 세웠다.

"정지!"

"단장님, 갑자기 왜 그러십니까?"

"갑자기 풀벌레 소리 하나 들리지 않는군. 뭔가 이상하지 않나?"

더비셔의 말에 기사들도 뭔가 이상하다는 것을 눈치 채고는 사방을 면밀하게 살펴보기 시작했다.

"제길, 놈들이 눈치를 챈 것 같군."

"이제 어떻게 하실 겁니까?"

"어떻게 하기는 저놈들을 잡아가야지!"

기사들이 여자를 중간에 두고 사방을 두리번거리며 경계하는 모습에 들켰다는 것을 알아차리고 조장이라고 불린 빨간머리사내가 손을 들어 올리며 자리에서 일어서자 30명의 경계조 병사들이 화살을 겨누며 몸을 일으켰다.

"꼼짝 마라!"

플레이트 갑옷을 입은 30명의 창기병단 병사가 사방을 둥

글게 포위한 채 화살을 겨냥하며 모습을 드러내자 5명의 기사는 낭패한 표정으로 일제히 검을 뽑아 들었다.

"이런 콕스 자작의 졸개들이 벌써 여기까지 쫓아오다니. 아가씨를 보호해라!"

"예! 단장님!"

갑자기 나타난 창기병단 병사들을 보고 배신자인 콕스 자작의 병사들로 착각한 더비셔가 일전을 각오한 명령을 내리자 기사들은 들고 있는 검에 힘을 주며 살기를 피워 올렸다.

그런 기사들의 모습에 조장이라고 불린 빨간머리사내가 어깨를 으쓱거리며 앞으로 나와 입을 열었다.

"콕스 자작이 누군지는 모르겠고 다 죽기 싫으면 조용히 무기를 버리고 항복해라!"

콕스 자작을 모른다는 상대 쪽 리더로 보이는 빨간머리사내의 말에 더비셔는 흥분했던 마음을 진정시키고 자신들을 보위하고 있는 인물들의 복장을 자세히 살펴봤다.

어젯밤까지만 해도 한솥밥을 먹었던 콕스 자작 쪽 인물들과 달리 모두 처음 보는 얼굴이고 흉갑 오른쪽 가슴에 붉은 사자 문장이 새겨져 있는 것을 발견하고는 혹시나 하는 마음에 더비셔는 조심스럽게 다시 입을 열었다.

"그럼 뭣 때문에 우리를 이렇게 핍박하는 것인가?"

"네놈들이 우리군의 야영지로 다가오니까 붙잡은 거야. 오늘 밤만 얌전히 잡혀 있으면 내일 우리가 출발할 때 풀어줄 테니까, 괜히 귀찮게 힘 빼지 말고 얌전히 항복하라고."

"군이라니……. 그럼 귀족파 군대인가?"

자신들을 군대로 표현하는 빨간머리사내의 말에 더비셔가 귀족파 군대인지 묻자 빨간머리사내는 살짝 미소를 지으면서 자랑스러운 얼굴로 말을 했다.

"훙! 우리는 자랑스러운 카미넬 영지의 창기병단 병사들이다! 더 이상 사설은 집어치우고 빨리 무기를 버리고 항복해라!"

귀족파가 아닌 국왕파로 분류되는 카미넬 영지의 병사들이란 말에 더비셔는 고개를 끄덕이며 불안한 눈으로 상황을 지켜보고 있는 베스에게 낮은 목소리로 자신의 생각을 이야기했다.

"아가씨 카미넬 영지라면 국왕파에 속해 있는 카미넬 백작이 다스리는 곳입니다. 지금은 상황도 저희에게 불리하니 일단 저들과 함께 가서 지휘관을 만나보는 것이 좋겠습니다."

"단장님 생각대로 하세요."

베스가 고개를 끄덕이며 뜻대로 하라고 하자 더비셔는 기사들에게 눈짓을 하면서 자신의 검을 땅바닥으로 던졌다.

"난 바이사흐 후작가의 기사단장인 더비셔 므 페트코프고 나머지 사람들은 후작님의 기사들이네 자네들의 지휘관과 만

날 수 있도록 해주게!"

더비셔가 무장을 해제하며 신분을 밝히자 빨간머리사내는 머리를 끌쩍이며 지금까지 와는 달리 반 존대로 말을 했다.

"바이사흐 후작가라면 이 영지 주인이잖아? 흠흠… 일단 아무것도 확인된 것이 없으니 무장을 해제한 채로 절 따라오십시오."

"알겠네!"

"10명만 따라오고 나머지는 각자 위치로 돌아가!"

"예!"

바이사흐 후작가 사람들이라고 주장하는 무리들을 호송할 10명을 제외하고 나머지 병사들이 다시 제자리로 돌아가자 빨간머리사내는 사람들을 데리고 그란츠가 있는 야영지로 발걸음을 옮기기 시작했다.

야영지 중간에 세워진 대형 천막 안에서 콜만과 드팔린을 불러 앞으로 움직일 방향에 대해서 이야기를 나누고 있던 그란츠는 수상한 사람들을 잡았는데 이 사람들이 바이사흐 후작가의 사람들이라고 주장하며 자신을 만나게 해달라고 한다는 이야기를 듣고는 고개를 갸웃거리며 일단 데리고 와보라고 했다.

"거짓말이 아닐까요?"

"뭐 일단 만나보면 알겠지?"

천막 입구가 열리면서 만일의 사태에 대비해 완전 무장한 5명의 병사의 감시를 받으며 일행들과 함께 천막 안으로 들어온 더비셔는 상당한 실력자로 보이는 기사 두 명의 호위를 받으며 카미넬 가문을 상징하는 붉은 사자 문장이 들어간 갬비선을 입고 상석에 앉아 있는 젊은 남자를 발견하고는 조심스럽게 입을 열었다.

"전 바이사흐 후작가의 기사단장인 더비셔 브 페트코프라고 합니다. 카미넬 영지군의 지휘관 되십니까?"

자신의 신분을 먼저 밝히며 그란츠의 신분에 대해서 묻는 더비셔의 말에 그란츠 대신 옆에 서 있는 드팔린이 입을 열었다.

"그렇소. 이분은 카미넬 영주님의 장남이시자 이 부대의 지휘관이신 그란츠 자작님이시오."

야영지 곳곳에 걸려 있는 붉은 사자 깃발과 천막 안 분위기 그리고 결정적으로 드팔린이 그란츠의 신분을 이야기하자 어느 정도 마음을 놓은 더비셔는 그란츠에게 다시 한 번 고개를 숙여 정중하게 예를 갖추며 혹시 모를 상황에 대비해서 자신의 등 뒤에 서 있게 한 베스를 소개했다.

"그란츠 자작님 소개시켜 드릴 분이 계십니다. 이분은 바이사흐 후작님의 손녀이신 베스 드 바이사흐 아가씨입니다."

"처음 뵙겠습니다. 베스 드 바이사흐라고 합니다."

자칭 바이사흐 후작가의 기사단장이라고 주장하는 중년 남자의 말에 심드렁하게 반응하던 그란츠는 기사단장에 이어서 후작의 손녀라는 여자까지 등장하자 당황해하면서 베스에게 예절에 맞게 인사를 했다.

"아! 반갑습니다, 베스 양. 그란츠 드 카미넬이라고 합니다. 조금 당황스럽지만 일단 자리에 앉으시지요."

"네! 감사합니다, 자작님."

그란츠의 말에 베스가 자리에 앉자 더비셔와 기사들이 자연스럽게 호위를 하듯 뒤에 자리를 잡았다.

그런 더비셔와 기사들의 모습에 그란츠는 고개를 끄덕이며 베스의 맞은편에 앉으며 이야기를 꺼냈다.

"흐음… 실례되는 질문이지만 바이사흐 후작님의 손녀인 베스 양이 이렇게 기사 5명만 데리고 민망한 모습으로 나타나시다니 이게 도대체 어떻게 된 일인지 알 수 있을까요?"

"흑흑!"

그란츠의 질문에 베스가 눈물을 글썽이며 고개를 떨구자 옆에 있던 더비셔가 대신 나서서 질문에 대답을 하기 시작했다.

"그건 제가 대신 대답해 드리겠습니다, 자작님. 부끄러운 일이지만 어젯밤 영지에서 변이 일어나 쫓기고 있는 중이었습니다."

"변? 도대체 무슨 일이 일어났다는 말인가? 알아들을 수 있게 자세히 말해보게!"

카탈로니아 평야 전투의 패배로 어려움에 처한 국왕파를 그나마 지탱하고 있는 두 기둥 중에 하나인 바이사흐 후작가에 문제가 생겼다는 말에 그란츠가 긴장한 얼굴로 자세한 사정을 물어보자 더비셔는 어젯밤 일어난 일을 자세히 설명하기 시작했다.

더비셔의 말을 종합해 보면 베스의 아버지이자 바이사흐 후작의 아들인 말라키 경이 영지 사병 대부분을 이끌고 카탈로니아 평야 전투에 참전하여 전사를 하고, 함께 참전했던 영지병들도 거의 대부분 잃어버리게 되자 고령이었던 바이사흐 후작은 큰 충격을 받고 쓰러져 버렸다.

영지의 중심을 잡아줘야 하는 두 사람이 죽거나 쓰러져 영지는 큰 혼란에 빠지게 되었다.

이런 어수선한 상황에서 바이사흐 영지 가신들 중에 하나인 콕스 자작은 귀족파가 쳐들어오기 전 먼저 바이사흐 영지를 맥클라인 후작에게 바치고 자신의 작위와 가문을 지키기로 마음을 먹어 어젯밤에 사병들을 동원해 반역을 일으켰다는 것이다.

치밀하게 준비를 하고 반란을 일으킨 콕스 자작에 의해 쓰러져 있던 바이사흐 후작과 영지의 충실한 가신들과 기사들이 허무하게 목숨을 잃었지만 다행히 후작의 손녀인 베스는 더비셔가 이끄는 기사들과 함께 영주성을 탈출할 수 있었다.

하지만 베스가 빠져나간 사실을 파악한 콕스 자작이 급히 파견한 추격대에 쫓겨 힘겨운 탈출을 하고 있었는데 다행히 그란츠의 창기병단과 조우하게 됐다는 것이었다.

더비셔의 긴 설명을 다 들은 그란츠는 어두운 얼굴로 베스에게 위로의 말을 건넸다.

"베스 양. 아버님에 이어 왕국에 명성이 자자한 바이사흐 후작님까지 잃으셨다니 뭐라고 위로의 말을 드려야 할지 모르겠군요."

"말씀만으로도 감사합니다, 자작님."

어린 나이에 감당하기 힘들 정도로 큰일을 겪은 베스를 위로한 그란츠는 옆에 서 있는 드팔린에게 조용한 목소리로 명령을 내렸다.

"드팔린 경 하루 동안 힘든 시간을 보내셨을 테니 베스 양 일행에게 무기를 돌려드리고 편하게 휴식을 취할 수 있는 천막을 제공해 드리세요."

"알겠습니다, 자작님. 베스 양 절 따라오시지요."

"예! 자작님 따뜻한. 배려에 다시 한 번 감사드립니다."

"아닙니다, 베스 양 기사로서 어려움에 처한 레이디에게 도움을 주는 것은 당연한 일입니다. 오늘은 저희들이 보호해 드릴 테니 마음 놓고 편하게 쉬도록 하세요."

"네! 그럼 저희는 나가보겠습니다."

드팔린의 안내로 베스와 기사들이 천막을 나가자 그란츠는 복잡한 얼굴로 의자에 털썩 앉아 깊은 한숨을 내쉬며 생각에 잠겼다. 그리고 잠시 후 적당한 천막에 베스 일행을 안내하고 드팔린이 다시 돌아오자 굳은 목소리로 입을 열었다.

"그래, 모셔다 드리고 왔어요?"

"네! 적당한 천막 두 개를 비워서 내드리고 왔습니다."

"잘했어요. 후우… 그러나 저러나 국왕파의 양대 기둥 중 하나인 바이사흐 후작가문이 가신의 반란으로 이렇게 허무하게 무너지다니……."

"자작님, 바이사흐 후작가문까지 쓰러졌다면 더 이상 국왕파에는 희망이 없습니다. 이제 유일하게 남은 구심점이라고는 처음부터 국왕파의 수장이었던 카브레라 공작 정도인데, 돈 성에 있는 오마르가 보내온 정보에 의하면 카브레라 공작도 카탈로니아 평야 전투에서 입은 부상 때문에 제대로 거동을 못하고 있다고 합니다. 이런 상황이라면 저희들도 더 이상 국왕파에 미련을 두지 말고 독자적인 생존 방안을 생각해야 합니다."

"드팔린 경. 자네 말은 국왕파에 더 이상 희망이 없으니 살아남기 위해서 왕국을 배신한 맥클라인 후작에게 가서 꼬리라도 흔들자는 말인가?"

"콜만 경, 내가 언제 비겁하게 맥클라인 후작에게 목숨을 구걸하자고 했는가! 침몰 직전인 국왕파에 계속 남아 있다가 같이 쓰러지기보다는 어떻게 해서든 영지를 지킬 방법을 구해보자는 말이네!"

"아! 글쎄, 그게 그 말 아니야? 국왕파에서 벗어나면 귀족파에 머리를 숙이고 들어가는 방법뿐이잖아! 안 그렇습니까, 자작님?"

"그럼 자네는 이대로 무모하게 내전에 승리한 것이나 마찬가지인 귀족파와 정면 대결이라도 벌이자는 말인가?"

"끄응… 그건 아니지만……."

앞으로 어떻게 움직일 것인지에 대해서 드팔린과 콜만이 서로 의견을 이야기하며 시끄럽게 논란을 벌이자 그란츠가 나서서 논란에 종지부를 찍었다.

"그만! 드팔린 경의 말처럼 바이사흐 후작가문이 쓰러진 이상 국왕파는 미래가 없어. 그렇다고 그동안 적대적이었던 맥클라인 후작이 이끄는 귀족파에 머리를 숙이고 들어갈 수도 없는 노릇이니 이 문제는 일단 아버님이 계신 돈 성에 가서 결론을 내리도록 하겠네. 그러니 더 이상 이 문제 때문에 소란을 떨지 말도록!"

"알겠습니다, 자작님."

"그렇게 하겠습니다."

일단 돈 성에 가서 영주인 카미넬 백작을 만난 후에 모든 문제를 다시 생각해 보겠다는 그란츠의 결정에 두 사람은 그동안 충분히 실력을 입증한 그란츠에게 절대적인 신뢰를 보내며 군말 없이 고개를 숙였다.

다음날 아침이 되자 체력을 회복한 창기병단 병사들은 간단하게 아침을 지어먹고 다시 돈 성을 향해 행군을 시작했고 베스 양 일행들도 그나마 자신들을 받아줄 수 있는 곳이 돈 성에 있는 국왕파뿐이었기 때문에 그란츠의 배려로 창기병단과 함께 돈 성으로 출발했다.

한편 카브레라 공작의 말대로 몰타 왕국에 망명을 하기로 결정한 국왕파 핵심 귀족들은 아직까지 부상에서 완전히 회복되지 못한 카브레라 공작 대신 레인 백작을 중심으로 은밀히 망명 준비를 하고 있었다.

이런 상황에서 국왕파 핵심 귀족 중 한 명으로 망명 준비에 정신이 없어야 할 요세프 자작의 심복 부하 중 한 명이 야심한 시각 어둠을 틈타 돈 성을 빠져나와 느긋하게 움직이고 있는 맥클라인 후작의 군대가 있는 방향으로 쏜살같이 말을 몰아갔다.

여전히 느린 속도로 군대를 움직이며 국왕파를 압박하고

있는 맥클라인 후작은 오늘도 해가 떨어지지도 않았는데 군막을 짓고 야영지를 만들어 병사들을 쉬게 하며 야영지 중앙에 만들어진 대형 천막 안에서 귀족들과 차를 마시며 한가롭게 담소를 나누고 있었다.

"하하하! 이제 이틀만 더 가면 드디어 돈 성에 도착하겠군요."

"그런데 지금 추세로 국왕파 귀족들이 계속 전향을 해온다면 우리가 돈 성에 도착하기도 전에 국왕파 스스로 무너져 버리는 것 아닙니까!"

"하하하! 그러게 말입니다! 역시 전하의 책략이 제대로 성공하는군요."

대군을 서서히 몰고 가서 심리적으로 국왕파 귀족들을 압박해 스스로 무너지게 만든다는 맥클라인 후작의 책략이 국왕파 귀족들의 연이은 전향으로 결실을 보자 귀족파들은 내전의 승리를 확신하고 권력의 정점에 선 맥클라인 후작에게 아첨하기에 바빴다.

이런 귀족들의 모습이 싫지만은 않은 듯 맥클라인 후작은 푹신한 상석 의자에 앉아서 연신 웃음을 짓고 있었다.

이렇게 맥클라인 후작과 귀족들이 화기애애한(?) 시간을 보내고 있을 때 천막 휘장이 열리며 밝은 표정을 한 모츠 백작이 안으로 들어와 맥클라인 후작에게 귓속말을 속삭였고 모츠 백작의 이야기를 들은 맥클라인 후작은 놀란 표정을 지으며 주변에 있는 귀족들에게 자리를 비켜달라는 말을 했다.

"흐음… 미안하지만 다들 자리를 좀 비켜주겠나?"

"아, 예! 알겠습니다. 그럼 저희들은 이만 나가보겠습니다."

"나중에 다시 찾아뵙겠습니다."

맥클라인 후작의 축객령에 귀족들이 인사를 하고 천막 밖으로 다 나가자 플레이트 갑옷을 입은 션즈 백작이 일반 평민들이 입는 수수한 복장을 한 남자 한 명을 데리고 안으로 들어왔고 맥클라인 후작은 션즈 백작과 함께 들어온 남자를 유심히 살펴보며 조용히 입을 열었다.

"모츠 백작, 이자가 자네가 말한 사람인가?"

"예! 전하 카브레라 공작의 측근 중 하나인 요세프 자작의 심복 부하라고 합니다."

"호오… 그래? 그래 무슨 일로 요세프 자작이 널 이곳으로 보냈느냐?"

"예! 전하, 저의 주인인 요세프 자작님이 전하께 올리는 친필 서한을 가지고 왔습니다."

실란에서 라이오스 왕조를 부정하며 귀족파 귀족들의 지지를 받으며 왕위에 올랐지만 국왕파는 하마스 국왕이 서거한 지금도 이것을 부정하며 자신을 여전히 후작으로 부르고 있는 상황이다.

한데 국왕파 핵심 귀족들 중 하나인 요세프 자작의 심복이 자신을 전하라 부르며 서한을 내밀자 맥클라인 후작은 요세프 자작이 귀족파로 전향할 생각이라는 것을 눈치 채고 만족스러운 얼굴 표정을 지었다.

하지만 맥클라인 후작을 대신해서 요세프 자작의 편지를 받아 내용을 살펴본 모츠 백작은 굳은 표정으로 급히 편지를 맥클라인 후작에게 건넸다.

"전하, 편지 내용을 한번 살펴보셔야 될 것 같습니다."

"응? 무슨 일인데 그러나?"

"일단 한번 내용을 읽어보시지요."

일반 국왕파 귀족들에 이어 이제 카브레라 공작의 최측근들까지 자신에게 전향에 온다는 생각에 기분이 좋아진 맥클라인 후작은 심각한 모츠 백작의 모습에 의아한 표정을 지으며 요세프 자작의 편지를 받아 내용을 살펴보기 시작했다.

"끄응… 카브레라 공작, 이놈. 그냥 조용히 두 손 들고 항복이나 할 것이지……."

편지 내용을 다 살펴본 맥클라인 후작이 얼굴을 찡그리자 모츠 백작은 앞에 그대로 서 있는 요세프 자작의 심복을 향해 입을 열었다.

"요세프 자작에게 보내는 답장은 잠시 뒤에 써줄 테니 자네는 잠시 밖에 나가 있도록 하게!"

"알겠습니다. 그럼."

모츠 백작의 말에 요세프 자작의 심복 부하가 인사를 하며 천막 밖으로 나가자 아직까지 편지 내용을 모르는 선즈 백작이 고개를 갸우뚱거리며 무슨 일인지 이유를 물었다.

"편지에 무슨 내용이 적혀 있길래 이러시는 겁니까?"

"상황이 불리해지니까 카브레라 공작이 일부 귀족들과 왕실 가족들을 데리고 몰타 왕국으로 망명할 준비를 하고 있다고 적혀 있네."

선즈 백작의 물음에 후작을 대신해 모츠 백작이 편지 내용을 간단히 추려 이야기하자 선즈 백작은 크게 놀란 표정을 지었다.

"그렇다면 이러고 있을 게 아니라, 어서 군대를 움직여 놈들이 도망치지 못하게 막아야 하는 것 아닙니까?"

"그래, 선즈 백작 자네 말이 맞아! 만약 카브레라 공작과 왕실 가족들이 몰타 왕국으로 망명하게 된다면 두고두고 골치 아플 우환 거리를 남겨두는 거야! 선즈 백작, 즉시 병사들에게 이동 명령을 내리게 밤새도록 행군을 해서 내일 아침 돈성을 완전히 포위하도록 하게!"

"바로 실행하겠습니다, 후작님."

명령을 받은 선즈 백작이 병사들을 소집하기 위해서 천막을 나가려고 할 때 뭔가 골똘히 생각을 하던 모츠 백작이 션 즈 백작을 제지하며 말을 꺼냈다.

"잠깐만 기다려 보게, 션즈 백작. 전하, 이 문제는 성급하 게 처리하실 문제가 아닌 것 같습니다."

"모츠 백작, 그게 무슨 말인가?"

"나중을 생각해서라도 카브레라 공작의 망명 시도는 확실 하게 막아야 합니다. 하지만 지금 이렇게 병력을 몰아 돈 성 을 포위한다면 전투를 피할 수가 없습니다. 그러면 우리 쪽도 상당한 피해를 감수해야 합니다."

"전투가 벌어지면 희생이 생기는 것은 어쩔 수 없는 일이 지 않나!"

"션즈 백작, 이 문제는 그렇게 단순하게 생각할 일이 아니 야. 만약 우리가 돈 성을 포위한다면 국왕파도 죽기 살기도 싸울 것이네. 그렇게 된다면 공격하는 쪽보다 방어하는 쪽이 유리한 공성전의 특성상 우리의 피해가 상당히 늘어날 거야. 지밀 왕국과의 전쟁과 이어서 벌어진 내전으로 국력이 약해 질 대로 약해진 상황에서 또 한 번의 대규모 전투로 그나마 남아 있는 병력마저 큰 피해를 입는다면 지금 당장은 저번 전 쟁의 여파로 욕심을 자제하고 있지만 호시탐탐 기회를 노리 고 있는 지밀 왕국에게 한번에 잡아먹힐 수도 있네."

"끄응… 빌어먹을 지밀 왕국 놈들!"

"그럼 도대체 어떻게 하자는 말인가?"

"일단 요세프 자작의 정보를 이용해서 카브레라 공작이 몰타 왕국으로 망명하기 위해 돈 성을 나설 때까지는 그냥 내버려 두었다가 돈 성에서 멀리 떨어졌을 때 별동대를 동원해 기습을 가해 전멸시켜 버리는 겁니다. 그렇게 된다면 골칫거리인 국왕파 핵심 귀족들과 라이오스 왕국 왕실을 한꺼번에 처리할 수 있고 지휘부가 빠져나간 돈 성을 손쉽게 함락시킬 수 있을 겁니다."

"호오, 정말 좋은 생각이야. 한 방에 두 마리 도끼를 잡자는 말이군."

모츠 백작의 계책에 맥클라인 후작은 손뼉을 치며 좋아했다.

션즈 백작은 자신의 가슴을 탕탕 치며 입을 열었다.

"전하, 카브레라 공작 일당을 처리할 별동대는 제가 지휘하게 해주십시오."

"하하하! 당연히 자네가 가야지, 정예 병력 5,000명을 이끌고 가서 카브레라 공작의 목을 내게 가져오도록 하게."

"알겠습니다, 전하. 그럼 지금 바로 출발하겠습니다."

맥클라인 후작의 출동 명령을 받은 션즈 백작은 가슴에 주먹을 대고 인사를 하고는 병사들을 소집하기 위해 서둘러 천막 밖으로 나갔다. 잠시 뒤에 5,000명의 정예 병력으로 이루어진 별동대가 야영지를 출발했다.

다음날 오후, 강행군을 해서 반나절만에 돈 성 근처에 도착한 그란츠는 창기병단 병사들을 돈 성 근처 계곡에서 대기하도록 하고는 콜만과 100명의 병사들만 이끌고 돈 성으로 들어갔다.

돈 성안으로 들어가자 성문 수비병의 연락을 받고 나온 카미넬 백작이 얼굴 가득 미소를 지으며 그란츠 일행을 환영해 주었다.

"하하하! 어서 오너라, 이곳에서 널 보니 정말 반갑구나."

"아버님, 그동안 고생이 많으셨다고 들었습니다. 어디 아프신 곳은 없습니까?"

"난 괜찮다. 그래 영지에 있는 가족들은 다 잘 지내고 있겠지?"

"어머님께서 사지에 계신 아버님 걱정에 잠을 제대로 못 주무시고 계십니다."

"후우… 그래, 다 내가 못난 탓이야. 그건 그렇고, 뒤에 서 있는 아가씨는 누구냐?"

영지에서 자신을 애타게 기다리고 있을 아내 생각에 씁쓸한 표정을 짓던 카미넬 백작은 처음 보는 기사들의 호위를 받으며 그란츠 뒤에 서 있는 여자를 발견하고는 누군지 물어봤다. 그러자 그란츠는 베스 양을 앞으로 데리고 나오며 소개를 했다.

"바이사흐 후작님의 손녀인 베스 드 바이사흐 양입니다.

베스 양, 이분은 제 아버님인 자이츠 드 카미넬 백작님입니다. 서로 인사들 나누세요."

그란츠의 소개에 베스는 귀족의 예법에 맞춰 치마 끝자락을 손으로 살짝 잡아 올리며 인사를 했다.

"처음 뵙겠습니다. 백작님 베스 드 바이사흐라고 합니다."

"아, 바이사흐 후작님이 애지중지하는 그 손녀 분이구만! 하하하. 반가워요, 베스 양. 그런데 베스 양 혼자 이 위험한 곳에는 어쩐 일로 오게 된 것인가?"

바이사흐 후작 영지에 비해 위험한 돈 성에 베스 혼자 나타난 것에 대해 카미넬 백작이 의문을 표하자 그란츠가 베스 대신 나섰다.

"아버님, 그건 나중에 조용한 곳에서 제가 자세히 설명해 드리겠습니다."

"흐음… 알겠다. 일단 내 방에 가서 계속 이야기를 하도록 하자. 아, 내가 좋은 차를 대접할 테니 베스 양도 같이 가도록 합시다."

"네, 백작님."

조용한 곳에서 사정 이야기를 하겠다는 그란츠의 말에 함부로 이야기할 수 없는 사정이 있다는 것을 알아차린 카미넬 백작은 자연스럽게 그란츠와 베스를 자신의 방으로 데리고 갔다.

내성 저택에 있는 자신의 방에 그란츠와 베스, 그리고 더비셔를 데리고 들어간 카미넬 백작은 시종이 향긋한 차를 테이블이 내려놓고 방을 나가자 조용히 입을 열었다.

"자. 그란츠, 이제 아무도 없는 곳에 왔으니 무슨 일인지 자세히 말해보거라."

"예. 안타까운 일입니다만, 여기 계신 베스 양의 할아버님이 되시는 바이사흐 후작님께서 돌아가셨다고 합니다."

"뭐, 뭐라고! 바이사흐 후작님께서 돌아가시다니. 그게 도대체 무슨 말이냐?"

국왕파를 지탱하는 두 기둥 중 하나인 바이사흐 후작이 죽었다는 그란츠의 말에 카미넬 백작은 크게 놀라 자리에서 벌떡 일어났다. 그란츠는 그런 카미넬 백작을 진정시키며 차분하게 전후 사정을 이야기했다.

그란츠에게 바이사흐 후작 영지에서 일어난 일을 다 들은 카미넬 백작은 슬픈 얼굴로 눈을 붉히고 있는 베스에게 위로의 말을 건넸다.

"왕국에 꼭 필요하신 분이었는데 그렇게 허무하게 돌아가시다니… 뭐라고 위로의 말을 건네야 할지 모르겠군."

"흑흑, 그렇게 말씀해 주시는 것만으로도 큰 위로가 됐습니다, 백작님."

"흐음… 그래 베스 양 앞으로 어떻게 할 생각인가? 내가 도울 수 있는 일이 있다면 힘닿는 데까지 도와주겠네."

"흑흑… 고맙습니다, 백작님."

도울 일이 있다면 뭐든지 돕겠다는 카미넬 백작의 말에 한쪽에서 조용히 대화를 듣고 있던 더비셔가 조심스럽게 입을 열었다.

"저… 그럼 백작님, 반기를 든 콕스 자작을 응징하고 영지를 되찾을 수 있도록 돈 성에 있는 귀족들을 설득해 주시겠습니까? 부탁드립니다."

"더비셔 기사단장, 그 말은 귀족들을 설득해 병사들을 지원해 달라는 말인가?"

"그렇습니다. 백작님 영지에 있는 콕스 자작의 사병들이라고 해봐야 기사 2명에 병사 1,000명 정도뿐입니다. 귀족파에서 콕스 자작의 반란을 알고 지원군을 보내기 전에 병사들을 몰고 가서 공격을 한다면 적은 병력으로도 충분히 영지를 되찾을 수 있습니다. 백작님, 제발 도와주십시오."

간절하게 도움을 요청하는 더비셔의 말에 카미넬 백작은 어두운 얼굴로 입을 열었다.

"나도 자네 말처럼 병사들을 지원해 주고 싶지만 지금 돈 성 사정이 그렇게 좋지가 않네."

"그게 무슨 말씀입니까? 조만간 귀족파의 공격이 있을 것이라는 건 저희도 잘 알지만 병사 2,000명만 지원해 주시면 충분히 영지를 되찾을 수 있습니다. 그렇게 된다면 돈 성에 있는 국왕파도 든든한 후방 지역이 확보되니까 서로 좋은 것 아닙니까?"

"물론 자네 말이 맞네. 후방 지역이 확보된다면 돈 성에서 농성전을 벌일 때 훨씬 유리한 입장이 되겠지. 하지만 모두들 지금부터 내가 말하는 건 일급비밀 사항이니 절대 외부에 말이 새어나가는 일이 없도록 하게."

"아버님, 무슨 일인데 그러시는 겁니까?"

카미넬 백작이 비밀이라는 말을 하며 목소리까지 낮추자 그란츠는 도대체 무슨 일인지 궁금하다는 표정으로 이유를 물었다. 그러자 카미넬 백작은 답답하다는 듯이 앞에 놓인 차를 한 모금 마시고는 조심스럽게 이야기를 시작했다.

"후우… 사실은 카브레라 공작님의 명령으로 돈 성을 포기하고 국왕파 핵심 귀족들과 왕실 전체가 몰타 왕국으로 망명할 준비를 하고 있어."

"그, 그럼 이대로 왕국을 포기하기로 했다는 말씀입니까?"

처음부터 국왕파에 기대하는 것이 없었던 그란츠는 비교적 담담하게 카미넬 백작의 말을 받아들였지만 돈 성에서 병사를 지원 받아 영지를 되찾고 바이사흐 후작의 복수를 하려고 했던 더비셔와 베스는 큰 충격을 받았다.

"나도 분하지만 어떻게 하겠나. 그나마 저 간악한 맥클라인 후작의 손에서 왕실을 지키기 위해선 망명이 선택할 수 있는 유일한 방법이라고 결론을 내린 것 같네. 사실 현실적으로 돈 성에서 계속 농성을 한다고 해도 뾰족한 방법이 없는 것도 사실이고……."

"하아… 돈 성에만 오면 병사들을 빌려서 후작님의 복수를 하고 영지를 되찾을 수 있을 줄 알았는데……."

"더비셔 경, 이제 어떻게 해요?"

"일단 내가 자리를 주선해 줄 테니 카브레라 공작님을 만나 뵙고 향후 진로를 결정하는 것이 어떻겠나? 아마 돌아가신 바이사흐 후작님을 봐서라도 베스 양을 홀대하지는 않으실 거야."

일단 카브레라 공작과 만남을 가져 보라는 카미넬 백작의 말에 더비셔도 그게 좋겠다는 표정으로 고개를 끄덕이자 베스는 많이 실망한 모습을 감추지 못하며 카미넬 백작에게 카브레라 공작과의 만남을 부탁했다.

"알겠습니다. 백작님의 말씀처럼 공작님을 만나 뵙고 결정을 내리겠습니다."

그날 저녁 카미넬 백작의 주선으로 몸이 많이 회복되어 거동이 가능해진 카브레라 공작을 만난 베스와 더비셔는 한참 동안 대화를 나눈 끝에 공작의 제안을 받아들여 몰타 왕국으로 망명을 가기로 했다.

국왕파가 내전을 포기하고 몰타 왕국으로 망명을 떠나기로 결정하자 그란츠는 하루라도 빨리 영지로 돌아가기 위해서 아버지인 카미넬 백작을 찾아가서 말을 꺼냈다.

"아버님, 이제 왕실도 몰타 왕국으로 망명을 간다고 하니까 저와 같이 영지로 돌아가셔야지요."

"그래… 이제 돈 성에서는 더 이상 할 일이 없으니 다시 영지로 돌아가야겠지. 그런데 맥클라인 후작이 국왕파인 우리 영지를 가만히 둘지 모르겠구나?"

영지로 돌아가자는 그란츠의 말에 카미넬 백작도 고개를 끄덕이며 수긍했다. 하지만 이렇게 내전이 귀족파의 승리로 끝나면 후환을 없애는 차원에서 벌어질 귀족파의 대대적인 보복에 혹시나 영지가 큰 피해를 입지 않을까 우려했다.

"내전 이후에 벌어질 귀족파의 보복은 피할 수 없겠지만 영지를 둘러싸고 있는 드래곤 산맥 때문에 귀족파도 쉽게 저희 영지를 공격하지는 못할 겁니다. 설사 공격해 온다고 해도 영지로 들어가는 유일한 입구인 드래곤 협곡만 확실하게 틀어막는다면 귀족파의 공격을 충분히 막을 수 있고, 그렇게 시간을 끌다보면 귀족파와 협상을 통해 좋은 결과를 얻을 수 있을 겁니다."

"그렇게만 된다면 얼마나 좋겠느냐. 아무튼 카브레라 공작님이 돈 성을 떠나면 우리도 영지로 돌아가도록 하자"

"예, 잘 생각하셨습니다. 아버님, 그럼 영지로 갈 준비를 하라고 지시를 내려놓겠습니다."

"그래, 알았다."

돈 성의 측면을 든든하게 지켜주는 국왕파의 두 기둥 중 하나인 바이사흐 후작마저 내부 반란으로 쓰러졌다는 소식에 카브레라 공작과 국왕파 핵심 귀족들은 시간을 지체하면 돈 성도 내부 반란으로 무너질 수 있다 판단하고 망명 시기를 더욱더 앞당겼다.

이틀 후 새벽, 어둠을 틈타 카브레라 공작과 국왕파 핵심 귀족들이 왕실 가족들을 모시고 돈 성을 나와 망명길에 오르자 성문 위 망루에서 카미넬 백작과 그란츠가 착잡한 표정으로 지켜보고 있었다.

"당당하게 돈 성을 나서지 못하고 저렇게 어둠을 틈타 도망치듯이 나가야 하다니 정말 처량하구나."

"어떻게 하겠습니까? 최대한 망명 사실을 숨기려면 이 방법뿐인걸요."

"그랬겠지."

"이제 저희들도 떠나야 할 시간입니다."

"그래, 이왕 떠나기로 했으니 미련없이 떠나야겠지. 어서 영지로 돌아가자."

잠시 뒤에 카미넬 백작과 그란츠는 100명의 창기병단 병사와 카미넬 백작을 따라가기로 한 50명의 병사를 이끌고 돈 성을 빠져나가 영지를 향해 움직였다.

한편, 카브레라 공작의 망명 기도에 대해서 미리 알고 돈 성 주위에 많은 첩자들을 심어놓은 맥클라인 후작은 카브레라 공작 일행이 새벽에 돈 성을 빠져나갔다는 정보가 들어오자마자 그동안 느릿하게 움직이던 군대를 돈 성으로 급속하게 움직이기 시작했다.

5,000명의 별동대를 이끌고 움직이고 있는 션즈 백작도 첩자들의 정보를 토대로 카브레라 공작 일행이 움직이는 길목에 별동대 병사들을 은밀하게 매복시키기 시작했다.

이런 귀족파의 움직임도 모르고 카브레라 공작 일행은 혹시라도 돈 성이 비어 있는 것을 알고 귀족파들이 추격해 오기 전에 최대한 멀리 가기 위해서 제대로 쉬지도 못하고 계속 강행군을 하고 있었다.

하지만 생각보다 많은 귀족들이 망명길에 따라왔기에 그들이 가지고 온 많은 짐들과 하인들 때문에 급한 마음처럼 이동 속도를 올리지 못하고 거북이처럼 느리게 움직이고 있었다.

덜컹! 덜컹!

"어서 서둘러라! 오늘 중으로 영지 경계선까지는 가야 한다!"

"이랴, 이랴!"

"흐음… 이제 겨우 여기까지밖에 못 오다니 생각보다 이동 속도가 너무 느리군."

"후우… 저도 그게 걱정입니다. 공작님, 하지만 수레마다 실려 있는 귀족들의 짐들과 하인들 때문에 더 이상 이동 속도를 올릴 수가 없는 실정입니다."

아직 몸이 완쾌되지 않아 마차를 타고 움직이고 있는 카브레라 공작이 너무 느리게 움직이는 이동 속도에 대해서 지적하자 만약의 사태에 대비해서 플레이트 갑옷을 입고 마차 옆에서 말을 몰고 가고 있는 레인 백작도 답답하다는 얼굴로 이동 속도가 느린 이유를 설명했다.

"목숨을 부지하기 위해서 타국으로 망명하는 처지에 수레마다 바리바리 짐을 싸들고 가다니……. 다들 도대체 무슨 생각인지 모르겠군."

"그러게 말입니다. 그렇다고 강제로 가지고 온 짐과 하인들을 버리고 갈 수도 없고 정말 난감합니다."

"끄응… 한심한 사람들 같으니……. 그건 그렇고 아직까지는 돈 성이 비어 있는 것을 귀족파에서 모르고 있겠지?"

"예! 어제저녁까지만 해도 돈 성에서 하루거리까지 귀족파 군대가 접근했으니 빨라도 오늘 오후나 되어서야 저희가 망명길에 오른 사실을 알 수 있을 겁니다, 공작님."

레인 백작의 말에 카브레라 공작은 고개를 끄덕이며 약간 표정을 풀었다.

"그나마 다행이군. 귀족파가 눈치 채기 전에 최대한 멀리 벗어나야 하네. 알겠는가?"

"명심하겠습니다, 공작님."

카브레라 공작의 명령대로 레인 백작은 여유있을 때 조금이라도 더 멀리 도망치기 위해 일행들을 독촉하며 이동 속도를 올리려고 노력했지만 불필요한 짐들을 잔뜩 가지고 있는 귀족들 때문에 좀처럼 속력을 높일 수 없었다.

한편 카브레라 공작 일행이 있는 곳에서 약간 떨어진 숲 속에서는 션즈 백작이 지휘하는 5,000명의 별동대가 숲 안에 있는 길을 사이에 두고 은밀하게 몸을 숨긴 채 기습을 준비하고 있었다.

"백작님, 조금 있으면 카브레라 공작 일행이 숲 안쪽으로 들어선다는 척후병들의 보고입니다."

"하하하, 드디어 이곳에서 내 손으로 내전을 끝내게 되는 군. 병사들은 제 위치에 잘 배치되어 있겠지?"

"예, 모두 다 지시하신 대로 정 위치에 있습니다."

"좋아! 오늘이 카브레라 공작의 제삿날이 될 것이다. 모두 내 명령이 떨어지면 포위망 안에 들어온 놈들을 가차없이 쓸어버리라고 하게!"

"알겠습니다, 백작님!"

이렇게 션즈 백작이 희심의 미소를 지으며 숲 속에 병사들을 잔뜩 매복시켜 놓고 있는 줄 모르는 카브레라 공작이 얼마 지나지 않아 망명 일행을 길게 행렬을 늘어뜨린 모습으로 이끌고 숲 안으로 들어오기 시작했다.

덜컹덜컹—!

숲길이 좁기 때문에 어쩔 수 없이 행렬을 길게 늘어뜨렸지만 가뜩이나 적은 호위 병력이 길게 늘어진 행렬 때문에 분산되어 버리자 호위를 책임지고 있는 레인 백작은 신경을 날카롭게 세우며 나무가 무성하게 우거진 길 양쪽을 꺼림칙한 표정으로 계속 둘러보았다.

"백작님, 뭘 그렇게 둘러보시는 겁니까?"

"좁은 길 때문에 호위 병력도 자연스럽게 분산되고 길 양쪽에 있는 무성한 나무숲이라……. 정말 최고의 매복지이지 않나, 레그 단장?"

레인 백작의 말에 레그 기사단장도 주위를 둘러보며 동의한다는 표정으로 고개를 끄덕였다.

"그렇군요. 정말 매복하기에 좋은 장소입니다. 하지만 시간상 이제 저희가 망명길에 오른 사실을 눈치 챘을 텐데 이곳에 매복이 있겠습니까?"

"하긴… 계속 긴장을 하다 보니 내가 너무 예민해진 것 같군."

"그래도 혹시 모르니까 병사들을 몇 명 뽑아서 숲 속을 정찰해 보라고 할까요?"

"아니, 됐네. 자네 말대로 아직 귀족파들이 추격해 오려면 멀었으니 괜한 일로 미리 힘을 뺄 필요는 없겠지. 이대로 계속 이동을 하도록 하세."

"알겠습니다, 백작님."

아직 귀족파의 추격이 시작되지 않았을 거라는 레그 기사단장의 말에 레인 백작은 자신이 요즘 너무 예민해진 것 같다는 생각을 하며 굳어 있던 표정을 풀었다.

한편 숲 속에 몸을 숨기고 있던 선즈 백작은 카브레라 공작 일행이 매복 지점 안으로 완전히 들어오자 얼굴 가득 미소를 지으며 검을 뽑아 들고 일어서 공격 명령을 내렸다.

"놈들은 이제 완전히 독 안에 든 쥐다! 모조리 쓸어버려라!"

"화살을 쏴라! 놈들을 모조리 고슴도치로 만들어 버려라!"

쉬이익! 슈슉! 슉!

"와아아아, 공격해라!"

"저… 적이다! 적의 기습이다!"

"크아악!"

"아악!"

선즈 백작의 공격 명령이 떨어지자 길 양쪽 숲 속에 숨어 있던 별동대 병사들은 일제히 모습을 드러내면서 화살을 쏘아대기 시작하자 아직 귀족파가 추격해 오려면 멀었다는 생각에 안심하고 이동하고 있던 망명 행렬은 갑작스러운 화살 공격에 당황해하면서 속수무책으로 쓰러지기 시작했다.

"레인 백작님, 귀족파의 매복 공격입니다!"

"뭣들 하고 있느냐! 어서 방패를 들어서 화살을 막아라!"

쉬이익! 쉭! 슈슉! 팅!

"방패를 들어라!"

"꺄아악!"

"커헉!"

레인 백작은 숲 양쪽에서 비처럼 쏟아지는 화살 공격을 막기 위해서 급히 방패 진형을 구성하려고 했지만 호위 병력이 길게 늘어져 소규모로 흩어져 있기 때문에 마음먹은 대로 병력을 움직이지 못했고 망명 행렬 안에 있던 귀족과 하인들은 매복에 놀라 사방으로 흩어지며 혼란을 가중시켰다.

이렇게 망명 행렬이 큰 혼란에 빠지자 선즈 백작은 틈을 주지 않고 바로 별동대 병사들을 앞으로 돌격시켰다.

"나를 따르라! 한 놈도 남기지 말고 모조리 죽여라!"

"와아아아! 돌격 앞으로!"

"적들이 돌격해 들어온다! 막아라!"

채챙! 챙! 챙! 서걱!

"크아악!"

"이얍!"

"사… 살려줘! 끄으윽!"

망명 행렬을 넓게 포위하고 있는 5,000명의 별동대 병사가 일제히 돌격해 들어오자 국왕파 병사들은 제대로 힘 한 번 못 써보고 계속 뒤로 밀렸다. 일순간에 방어 라인을 허물고 행렬 안쪽으로 파고든 별동대 병사들은 미리 션즈 백작에게 지시 받은 대로 지위 고하를 막론하고 눈에 보이는 대로 모조리 사람들을 학살하기 시작했다.

"어, 어머니… 커헉!"

"죽어라! 이야얍!"

채챙! 퍼억! 챙! 챙! 서걱!

"물러서지 말고 검을 계속 휘둘러라! 이야얍!"

"으하하하, 인정사정 보지 말고 계속 밀어붙여라!"

"꺄아악, 사람 살려!"

아직 완전히 회복되지 않은 몸 때문에 마차를 타고 있던 카브레라 공작은 기습으로 대열이 완전히 무너지며 혼란에 빠지자 어떻게 해서든 사태를 수습해 보고자 몸이 완전치 않은 상황인데도 검을 들고 마차 밖으로 나와 병사들을 독려했다.

"대열을 무너뜨리지 말고 맞서 싸워라!"

"공작님, 여기는 위험합니다. 뒤로 물러서 계십시오."

"레인 백작, 난 괜찮으니 어서 병사들을 추슬러서 적을 막도록 하게!"

"알겠습니다. 여기는 제가 막을 테니까 공작님은 뒤로 물러서 계십시오. 너무 위험합니다. 뭐 하고 있느냐, 공작님을 왕세자님이 계신 곳으로 모시고 가도록 해라!"

"아닐세, 레인 백작. 난 걱정하지 말고 어서 병사들을 지휘하도록 하게!"

"하지만… 후우, 알겠습니다. 자네들은 여기서 공작님을 호위하도록!"

"목숨을 걸고 공작님을 모시겠습니다."

완전치 않은 몸이지만 피하지 않고 끝까지 전장에 남아 있겠다는 카브레라 공작의 말에 레인 백작은 어쩔 수 없이 근처에 있던 기사 3명을 호위로 남겨두고 다시 앞으로 나가 병사들을 지휘했다. 하지만 호위 병력이 길게 분산되어 있어 체계적인 지휘가 불가능했다. 완벽한 기습으로 기선이 완전히 제압된 상황에서 병력 차이까지 많이 나자 국왕과 병사들은 전의를 상실하고 누가 먼저랄 것도 없이 서로 살기 위해서 앞을 다투며 도망치기 시작했다.

"으아악, 살려줘!"

"한 놈도 살려두지 말고 모조리 죽여 버려라!"

채챙! 챙! 챙!

"으아악~! 내 팔, 내 팔!"

호위 병력들의 전열이 완전히 무너져 내리고 행렬 안으로 밀고 들어온 별동대 병사들의 무차별적인 학살에 귀족들과 하녀, 하인들은 제대로 저항 한 번 못해보고 차가운 땅에 쓰러져 목숨을 잃었다.

이렇게 전황이 최악의 상황으로 진행되어 가자 레인 백작은 더 이상 버티는 것이 불가능하다는 것을 깨닫고는 어떻게 해서든 카브레라 공작과 왕실 가족들만이라도 사지를 벗어나게 해야겠다는 생각에 서둘러 기사들을 이끌고 행렬 안쪽으로 달려갔다.

이미 행렬 깊숙이 밀고 들어온 별동대 병사들과 접전을 벌이며 힘겹게 왕실 가족을 지키고 있는 카브레라 공작을 발견한 레인 백작은 거칠게 검을 휘두르며 공작에게 뛰어갔다.

"이야압, 이놈들 감히 어디에다가 검을 들이대느냐!"

"끄아악!"

"커헉!"

카브레라 공작과 합류한 레인 백작은 다급한 표정으로 옆에서 직접 검을 들고 귀족과 병사들과 싸우고 있는 카브레라 공작에게 말을 했다.

"공작님, 더 이상 버티기 힘들 것 같습니다. 더 상황이 악화되기 전에 서둘러 이곳을 탈출하는 게 좋을 것 같습니다."

"헉헉… 알겠네, 레인 백작. 어서 왕실 분들을 모시고 이곳을 빠져나가세!"

"알겠습니다. 이곳을 빠져나간다! 서둘러라!"

더 이상 버티고 있어봐야 희망이 없다는 생각에 카브레라 공작도 레인 백작의 말에 따라 왕실 가족이라도 데리고 매복을 빠져나가려고 했지만 얼굴 가득 기분 나쁜 미소를 지은 션즈 백작이 일단의 기사들을 이끌고 앞을 가로막자 그 마지막 희망까지도 저 멀리 사라져 버렸다.

"호호호! 어딜 그렇게 서둘러 가십니까, 카브레라 공작님?"

"끄응……."

상당한 숫자의 기사들과 병사들을 이끌고 션즈 백작이 앞길을 막아서자 카브레라 공작은 침음성을 터뜨렸고, 레인 백작은 기사들과 함께 긴장한 표정으로 검을 뽑아 들었다. 끝까지 저항하려는 레인 백작의 모습에 션즈 백작은 미소를 지으며 부드러운 목소리로 입을 열었다.

"후후후, 역시 왕국에서도 알아주는 무장답게 끝까지 포기라는 것을 모르는군. 하지만 레인 백작, 이제 모든 것이 다 끝났으니 그만 무의미한 저항은 포기하고 검을 버리도록 하게!"

"흥! 아무리 사정이 어렵게 됐다고 해도 어떻게 역적 놈들에게 고개를 숙일 수 있겠느냐? 잡소리는 그만 하고 어서 덤벼라!"

"후후후! 권주를 마다하고 벌주를 택하다니 어쩔 수 없군. 놈들을 모조리 쓸어버려라!"

"예, 백작님! 죽여라!"

"왕자님과 공작님을 보호해라!"

더 이상 저항을 포기하고 항복한다고 해도 카브레라 공작과 왕실 가족들을 모조리 죽여 버릴 생각이었던 션즈 백작은 항복 권유를 레인 백작이 거부하자마자 기사들과 병사들에게 공격 명령을 내렸다.

레인 백작은 한꺼번에 공격해 들어오는 귀족파 병사들의 모습에 입술을 질끈 깨물면서 검을 휘둘렀다.

채챙! 챙! 챙!

"크아악!"

"으윽!"

사방을 포위한 채로 공격해 들어오는 귀족파 병사들에 맞서 레인 백작과 기사들은 온 힘을 다해 방어했지만 수적 열세를 극복하지 못하고 하나둘 귀족파 병사들의 창칼에 목숨을 잃기 시작했다. 얼마 지나지 않아 끝까지 저항을 하던 레인 백작과 기사들은 물론 성치 않은 몸으로 검을 휘두르던 카브레라 공작까지 모두 차가운 땅에 쓰러졌다.

"이놈, 감히 고귀한 왕실 가족들에게 검을 들이대다니! 모두 천벌을… 커헉!"

"꺄아악!"

"후환을 남겨둬서는 안 된다. 한 명도 살려두지 말고 모조리 죽여라!"

끝까지 저항하던 인물들이 모두 사라지자 션즈 백작은 살아남은 왕실 가족들을 모조리 죽임으로써 앞으로 맥클라인 후작이 새 왕조를 여는 데 방해가 되는 인물들을 모조리 없애버리고 치열했던 내전을 마무리지었다.

한편 아버지인 카미넬 백작과 함께 돈 성을 빠져나온 그란츠는 근처 협곡에 몸을 숨기고 있던 창기병단 병사들과 합류해서 조심스럽게 영지를 향해 움직이고 있었다. 날이 어두워지자 바이사흐 후작 영지 경계선 근처에 있는 숲 속에서 야영하기로 한 그란츠는 병사들이 설치한 대형 천막 안에서 아버지인 카미넬 백작과 함께 영지까지 가는 길에 있는 귀족파 영지들을 어떻게 하면 안전하게 통과할 수 있을지 지도를 펼쳐놓고 이야기를 하고 있었다.

"여기 바이사흐 영지부터 최소한 3개의 귀족파 영지를 통과해야만 저희 영지에 도착할 수 있습니다."

"웅, 3개라니? 여기 영지 입구에 있는 아즈드 영지까지 합치면 총 4개 영지를 통과해야 되지 않느냐?"

카미넬 백작의 물음에 그란츠는 미소를 지으며 이유를 설명했다.

"돈 성으로 오는 길에 아즈드 영지군과 충돌이 있었습니다. 아마 지금쯤이면 아즈드 영지를 병합하는 작업이 대충 마무리되었을 겁니다."

"그런 일이 있었느냐? 아즈드 영지를 병합하다니 정말 장하구나!"

그래도 제법 강한 세력을 지닌 아즈드 영지를 병합했다는 그란츠의 말에 카미넬 백작이 놀랍다는 표정을 짓자 그란츠는 아무것도 아니라는 듯이 입을 열었다.

"마침 영주가 사병 대부분을 이끌고 내전에 참가한 덕분에 쉽게 영지를 점령할 수 있었습니다."

"그랬구나, 그래도 대단한 일을 한 거야. 그럼 네 말대로 3개 영지만 무사히 지나가면 되겠구나?"

"예, 그래서 지금부터는 다소 무리가 가더라도 최대한 빨리 움직일 생각입니다."

위험을 최소한으로 하기 위해 이동 속도를 높이겠다는 그란츠의 말에 카미넬 백작도 동의를 고개를 끄덕이며 입을 열었다.

"그래, 아무래도 귀족파 영지들을 통과하면서 일어날 충돌을 피하기 위해서는 최대한 빨리 움직이는 것이 좋겠지. 후우… 그건 그렇고, 카브레라 공작님은 국경선을 무사히 잘 넘으셨는지 모르겠군."

"귀족파가 눈치 채지 못하게 움직였으니까 무사하실 겁니다. 너무 걱정하지 마세요."

"그렇겠지. 내일부터는 강행군을 해야 하니까 이제 그만 쉬자꾸나."

"예, 그럼 편히 쉬십시오."

"그래, 그란츠 너도 푹 쉬거라."

다음날 아침, 오늘부터 시작될 강행군을 위해 창기병단 병사들은 일찍부터 든든하게 식사를 하고는 야영지를 정리하며 부산하게 출발 준비를 하기 시작했다.

"서둘러 정리를 끝내라!"

"예, 거기 짐 제대로 챙겨!"

이렇게 출발 준비가 거의 끝나가고 있을 때 숲 한쪽에서 일단의 무리가 낭패한 모습으로 급히 야영지를 향해 말을 타고 달려왔다.

정체불명의 무리가 야영지로 다가오자 야영지를 정리하고 있던 창기병단 병사들은 급히 하던 일을 멈추고 경계태세에 들어갔다.

"누구냐? 더 이상 가까이 접근하면 화살을 쏘겠다!"

"쏘지 마시오! 우리는 바이사흐 후작가의 기사들이오!"

불청객들의 출현에 바짝 긴장한 모습으로 화살을 겨누고 있던 창기병단 병사들은 여기저기 피가 덕지덕지 묻은 지저분한 모습의 기사 한 명이 앞으로 나와 자신들이 바이사흐 후작가의 기사들이라고 주장을 하자 더욱더 의심스러운 눈초리로 입을 열었다.

"흥! 그런 모습으로 후작가의 기사라고 주장하면 우리가 믿을 것 같으냐? 일단 그 자리에 그대로 멈춰 있어라! 조금이라도 수상한 움직임을 보인다면 눈 깜짝할 시간에 벌집으로 만들어주겠다!"

"…끄응, …알았소. 여기 얌전히 있을 테니 우리 신분을 확인해 줄 수 있는 사람을 데리고 오시오."

"혹시 모르니 넌 어서 가서 기사님들을 모셔 와라!"

"알겠습니다, 백인장님."

자신들의 신분을 확인해 줄 사람을 데리고 와달라는 기사의 말에 창기병단 백인장은 혹시나 하는 생각에 뒤쪽에 있는 병사에게 어서 가서 콜만이나 드팔린 경을 모셔오라는 지시를 내렸다.

잠시 후에 병사의 보고를 받고 달려온 드팔린은 낭패한 모습의 더비서 기사단장과 베스 양을 발견하고는 놀란 표정을 지으며 입을 열었다.

"지금쯤 카브레라 공작님과 함께 국경선을 넘고 있어야 할 분들이 여기에 계시다니 도대체 이게 무슨 일입니까?"

"드팔린 경, 급하게 전해 드릴 일이 있습니다. 어서 카미넬 백작님을 만나게 해주십시오."

"…으음, 알겠습니다. 절 따라오십시오."

더비서 기사단장이 다급한 표정으로 카미넬 백작을 만나게 해달라고 하자 드팔린은 무언가 심상치 않은 일이 생겼다는 것을 느끼고는 서둘러 베스 양 일행을 카미넬 백작이 있는 곳으로 안내했다.

그란츠와 함께 갑옷을 갖추어 입고 출발 준비를 하고 있던 카미넬 백작은 드팔린이 더비서 기사단장과 베스 양을 데리고 오자 놀란 표정을 지으며 입을 열었고 옆에 서 있던 그란츠는 불길한 느낌에 표정이 굳어졌다.

"아니, 베스 양이 여기는 어떻게 왔는가?"

"흑흑흑, 백작님… 흑흑."

"허어… 이런, 베스 양 울지만 말고 무슨 일인지 이야기를 해줘야지."

자신을 본 베스가 갑자기 흐느끼면서 울자 카미넬 백작은 난감한 표정으로 베스를 다독이기 시작했고, 이런 베스를 대신해서 어디서 격전을 치르고 왔는지 여기저기 구겨지고 피가 덕지덕지 묻은 갑옷을 입은 더비서 기사단장이 사정 이야기를 하기 시작했다.

"백작님, 귀족파에서 저희들이 망명을 떠난다는 사실을 어떻게 알았는지 저희들이 가는 길목에 매복하고 있다가 기습 공격을 가해왔습니다."

"뭐라고! 귀족파 놈들에게 기습 공격을 당했다니, 도대체 그게 무슨 말인가? 자세히 설명을 해보게!"

몰타 왕국으로 망명을 떠난 카브레라 공작 일행이 귀족파에게 기습 공격을 당했다는 더비서 단장의 말에 카미넬 백작은 큰 충격을 받았는지 떨리는 목소리로 어떻게 된 일인지 자세히 설명을 하라고 재촉했다.

"국경선 근처에 있는 숲길을 지나가고 있을 때 귀족파에게 기습을 당했습니다. 격전 중에 왕실 가족분들과 카브레라 공작님은 놈들이 휘두른 검에 돌아가시고 망명길에 나섰던 대부분의 귀족들이 목숨을 잃었습니다."

"왕실 분들과 카브레라 공작님이 돌아가시다니 어떻게 이런 일이……."

카미넬 백작은 충성의 대상이었던 왕실이 몰살당하고 국왕파의 구심점이었던 카브레라 공작마저 죽었다는 더비서 단장의 말에 허탈한 표정으로 국경 쪽 하늘을 바라보았다.

"아버님, 아무래도 일이 심각해진 것 같습니다. 저희 계획보다 더 빨리 영지로 돌아가야겠습니다."

"그게 무슨 말이냐?"

"카브레라 공작님과 왕실이 몰타 왕국으로 망명을 하게 되면 아무래도 귀족파가 우리보다는 망명을 한 카브레라 공작님 쪽에 신경을 쓰느라고 우리 쪽은 소홀히 할 것이라고 예상하고 있었는데 이미 제일 큰 걸림돌이었던 왕실과 카브레라 공작님을 제거했다면 다음은 왕국 내에 있는 국왕파 잔당 소탕이 되지 않겠습니까? 그러니 하루라도 빨리 영지로 돌아가서 대책을 세워야 한다는 말입니다."

그란츠의 설명에 슬픔에 잠겨 있던 카미넬 백작도 상황이 다급해진 것을 알아차리고는 굳은 얼굴로 그란츠의 의견에 찬성했다.

"그래, 그란츠 네 말이 맞구나. 화가 나고 분한 일이지만 이미 돌아가신 왕실 분들과 카브레라 공작님을 다시 살려낼 수는 없는 일이니까, 서둘러 영지로 돌아가서 대책을 세워야 겠지. 그래, 베스 양, 일단 상황이 안 좋으니까 우리랑 같이 영지로 가는 게 어떻겠나?"

같이 영지로 내려가자는 카미넬 백작의 말에 베스 양은 고개를 숙이며 진심으로 감사의 인사를 했다.

"그렇지 않아도 앞으로 어떻게 해야 할지 난감했는데, 백작님께서 저희를 거두어주신다니 정말 감사드립니다."

"감사하기는 당연히 어려울수록 서로 도와야지 일단 상황이 급하게 됐으니까 드팔린 경의 도움을 받아 어서 이동할 준비를 하도록 하게!"

"알겠습니다, 백작님."

귀족파들에 의해서 망명을 떠났던 왕실 가족과 카브레라 공작이 모조리 죽었다는 소식에 카미넬 백작과 그란츠는 창기병단을 이끌고 영지를 향해 강행군을 시작했고 다행스럽게도 5일 만에 영지에 무사히 도착할 수 있었다.

한편 이번 내전에서 가장 큰 걸림돌이었던 왕실과 카브레라 공작을 깨끗하게 정리하고 비어 있는 것이나 마찬가지인 돈 성에 무혈 입성한 맥클라인 후작과 귀족파들은 내전 종식 선언과 함께 왕국 중앙부에 위치해 있는 칼카자가 성을 새로운 왕성으로 정하고는 정식으로 새로운 국왕인 맥크라인 1세로 등극하기 위한 대관식을 거행하기로 했다.

"아하하하! 그동안 눈엣가시 같았던 카브레라 공작과 왕실이 사라졌다고 하니 정말 10년 묵은 체증이 내려간 것처럼 속이 시원하군. 그동안 션즈 백작과 모츠 백작이 고생이 많았어. 이번에 대관식이 끝나면 내가 섭섭하지 않게 상을 내리도록 하지!"

"아닙니다, 상이라니요. 당연히 할 일을 했을 뿐입니다."

"그렇습니다, 전하!"

맥클라인 후작의 칭찬에 션즈 백작과 모츠 백작이 겸손한 모습을 보이자 내심 건국 공신인 두 사람을 견제하고 있던 맥클라인 후작은 만족스러운 얼굴 표정을 지으며 큰 소리로 웃음을 터뜨렸다.

그런 맥클라인 후작의 모습을 보며 모츠 백작이 조심스럽게 입을 열었다.

"전하, 이제 큰 걸림돌들을 다 제거했으니 대관식이 끝나는 대로 왕국 내에 남아 있는 국왕파 잔당들을 빠른 시간 안에 모조리 다 소탕하셔야 합니다."

"모츠 백작의 말이 맞습니다, 전하. 상황이 다 끝났는데도 아직까지 미련을 못 버리고 있는 귀족들을 빨리 쓸어버리셔야 왕국이 빨리 안정될 것입니다."

"아니, 아직까지 미련을 못 버리고 내게 거역하는 무리들이 있단 말인가!"

"네, 일부 지방 영주들이 전하를 인정할 수 없다며 대관식 참여를 거부하고 있습니다."

"이런 죽일 놈들이 있나! 선즈 백작, 당장 병사들을 이끌고 가서 놈들을 완전히 쓸어버리도록 하게!"

내전이 완전히 끝났는데도 아직도 자신을 거부하는 귀족들이 있다는 말에 맥클라인 후작이 불같이 화를 내며 당장 군대를 이끌고 가서 쓸어버리라고 하자 모츠 백작이 나서서 맥클라인 후작을 만류하기 시작했다.

"전하, 그렇게 흥분하시지 마시고 국왕파 잔당 일은 대관식이 끝난 다음으로 미루시는 것이 좋을 것 같습니다."

"모츠 백작, 그건 또 무슨 말이오."

"아직 미련을 못 버리고 저항하고 있는 국왕파 잔당들이라고 해봤자 미미한 세력들입니다. 일단 대관식을 치르셔서 왕국의 기틀을 튼튼히 한 다음에 처리하셔도 충분하다고 생각합니다, 전하."

"흐음… 알겠네. 그럼 국왕파 잔당들은 대관식이 끝난 다음에 처리하도록 하지."

"잘 생각하셨습니다, 전하."

이렇게 맥클라인 후작과 귀족파들이 새로운 왕조의 기반을 하나하나 튼튼히 만들어가고 있을 때, 카미넬 영지에서도 그란츠와 카미넬 백작을 중심으로 조만간 거세게 불어닥칠 위험에 대비해서 발빠르게 움직이고 있었다.

정말 오랜만에 영지로 돌아온 카미넬 백작은 그저 찢어지게 가난하고 몬스터들 때문에 살기 힘들었던 시골 영지가 예전 아르미스 왕성보다 번화하고 활기차게 움직이는 모습에 큰 감동을 받았고, 랭커스터의 설계로 새롭게 만들어진 거대한 영주성을 처음 봤을 때는 감동을 넘어 기절할 정도로 큰 충격을 받았다.

예전 영주 저택에 있던 다소 협소한 느낌의 회의실과는 달리 웅장한 느낌마저 주는 넓은 회의실에 모인 가신들을 둘러보며 그란츠가 눈짓을 하자 영지의 전반적인 업무를 총괄하고 있는 크레인 총관이 자리에서 일어나 회의를 진행했다.

"지금부터 회의를 시작하겠습니다. 먼저 이번에 저희 영지로 합병된 아즈드 영지의 안정화 작업은 다 끝났습니다. 조엘성과 카마성에 각각 1,000명의 영지병과 행정 관리들을 파견해서 관리를 하고 있고 새롭게 재기한 리즈레인스 상단을 통해 최소 2년은 다른 곳의 지원 없이 버틸 수 있을 정도의 군수물자와 식량을 창고를 지어 비축해 놓았습니다."

전쟁을 치르는 데 가장 중요한 요소인 보급품이 이미 충분하게 확보되어 있다는 크레인 총관의 말에 카미넬 백작과 가신들은 만족스러운 얼굴로 고개를 끄덕였고, 그런 사람들의 모습을 보며 크레인 총관이 계속 말을 이어갔다.

"그리고 로만 제국에 망명을 해서 시스 성에 자리를 잡은 리즈레인스 상단과 연결된 안전한 해상 수송로를 확보할 수 있어서 앞으로도 지속적인 보급을 받을 수 있게 됐습니다."

"해상 수송로를 확보했다니 정말 다행이야. 그럼 최악의 경우에 드래곤 협곡을 꽉 틀어막고 장기전으로 들어갈 수도 있겠군."

그란츠의 말에 회의실 상석에 앉아 있는 카미넬 백작이 우려스러운 얼굴로 말을 했다.

"드래곤 협곡이야 천혜의 요새이기 때문에 귀족파 놈들을 충분히 막아낼 수 있겠지만, 해상 수송로만으로는 영지 경제를 지탱하기 어렵지 않겠느냐? 잘못하면 내부에서 무너질 수도 있어?"

"걱정하지 마세요. 아버지 전쟁에 필요한 몇몇 물자를 빼고는 충분히 영지 안에서 자급자족이 가능할 정도입니다. 원래부터 땅덩어리로만 따지면 거의 공작 영지에 버금가는 크기였지 않습니까?"

"맞습니다. 자작님 말씀대로 그동안 영지 개발의 걸림돌이었던 오크들을 완전히 드래곤 산맥 깊숙이 밀어낸 덕분에 넓은 영지에서 나오는 식량과 드래곤 산맥에 있는 풍부한 광물 자원을 이용해서 자체적으로도 충분히 자급자족이 가능한 상태입니다, 영주님."

절대적으로 외부의 도움이 필요했던 예전과 달리 영지 단독으로도 충분히 자급자족이 가능하다는 그란츠와 크레인 총관의 말에 카미넬 백작은 대견하다는 얼굴로 두 사람을 바라보며 미소를 지었다.

"허허허허, 내가 없는 동안 이렇게 영지를 이렇게 발전시켜 놓다니 정말 대단하군."

"과찬이십니다, 아버지."

"아니야, 정말 대단한 일을 해냈어! 그래 이 정도면 내정 부분은 충분히 준비가 되어 있는 것 같은데 실제로 귀족과 군대에 맞서 싸워야 하는 영지군의 사정은 어떤가?"

카미넬 백작의 물음에 영지 기사들 중에 가장 선임인 야스퍼드 경이 자리에서 일어나 보고를 하기 시작했다.

"예, 제가 대표로 보고를 올리겠습니다. 일단 예전에 비해 영지의 전력이 비약적으로 상승했습니다. 우선 영지의 가장 강력한 무력 수단인 창기병단 3,000명이 언제든지 출전 가능한 상태로 영주성에 주둔하고 있고, 새롭게 병합한 예전 아즈드 영지 지역과 드래곤 협곡 요새에 1개 군단 15,000명의 영지병들이 주둔하고 있습니다. 그리고 나머지 2개 군단, 3만 명의 영지군은 드래곤 협곡 뒤에 주둔시켜서 비상 상황이 발생했을 때 언제든지 움직일 수 있도록 준비해 두고 있습니다. 또 별동대 개념으로 마이어스 기병대장이 지휘하는 2,000명의 경장 기병대를 영주성 근처에 있는 배치해 두었습니다. 이렇게 총 5만 명의 영지군이 완벽한 전투태세를 갖추고 있습니다.”

야스퍼드의 보고가 끝나자 카미넬 백작은 놀랍다는 표정을 지으며 말을 했다.

“허어… 5만 명이라니, 언제 이렇게 많은 사병들을 양성한 것이냐?”

“저번에 말씀드린 대로 몬스터 토벌 과정에서 노획하게 된 마나석과 드래곤 산맥에서 발견한 광산들을 바탕으로 영지민을 늘리고 군사력을 키울 수 있었습니다, 아버님.”

“정말 주신 루께서 우리 영지에 축복을 내려주셨구나. 잘 훈련된 영지군이 5만이나 있다면 충분히 맥클라인 후작의 군대를 막을 수 있을 거야!”

“그렇습니다, 영주님. 5만의 영지군으로 드래곤 협곡을 틀어막는다면 아무리 많은 적들이 쳐들어와도 영지를 지킬 수 있습니다.”

“좋아, 영지 내정도 그렇고 군사력이 이 정도면 충분하군. 아주 만족스러워! 하지만 그란츠, 그렇다고 언제까지 우리가 드래곤 협곡을 막고 고립된 상태로 해상 수송로에만 의존해 살 수는 없는 일이지 않느냐? 영지의 생존을 위해서는 얼마 전에 상의한 대로 맥클라인 후작과의 협상을 통해 어느 정도 선에서 타협해야 할 것이야!"

"예, 그러기 위해서 일단 맥클라인 후작에게 우리 영지의 힘을 확실하게 보여줄 생각입니다."

"그래, 아무래도 우리의 힘이 만만치 않다는 것을 보여줘야 맥클라인 후작과 협상을 하기가 편하겠지. 그건 그렇고 요즘 맥클라인 후작 쪽의 움직임은 어떤가, 크레인 총관?"

"불에 타서 완전히 잿더미로 변해 버린 아르미스 왕성 대신에 바이사흐 후작 영지의 영주성이었던 칼카자가 성을 왕성으로 정하고 한달 후에 대관식을 거행하면서 정식으로 맥클라인 왕국의 건국을 선포한다고 합니다."

"끄응… 맥클라인 왕국이라니……."

"이미 국왕과 핵심 인물들이 제거되었고 저희를 포함한 몇몇 국왕과 지방 영주들을 제외한 거의 모든 귀족들이 맥클라인 후작에게 전향을 한 것으로 보여서 큰 문제가 없는 이상 맥클라인 왕국의 성립은 기존 사실로 굳어진 상황입니다."

반역자인 맥클라인 후작이 대관식과 함께 새로운 왕국을 공식적으로 선포할 예정이라는 크레인 행정관의 말에 카미넬 백작은 침통한 표정을 지었지만 이미 모든 것이 다 끝난 상황이라는 생각에 망해 버린 라이오스 왕국에 대한 미련을 버리고 어떻게 하면 영지와 가문을 지킬 수 있는지만 생각하기로 마음을 다 잡았다.

"후우… 그래, 우리 말고 아직까지 맥클라인 후작에 반대하며 저항하고 있는 귀족들이 있다면 그들과 연계를 하는 것도 좋지 않겠나?"

"저희들도 그 생각을 안 해본 것은 아니지만 맥클라인 후작에게 대항하고 있는 지방 영주들 간의 거리가 워낙 멀리 떨어져 있어서 큰 효과는 기대할 수 없을 것 같습니다, 영주님."

서로 간의 거리가 멀리 떨어져 있어서 연계가 힘들 것 같다는 크레인 총관의 설명에 카미넬 백작은 고개를 끄덕이며 말을 했다.

"흐음… 그렇지만 왕국 내에서는 유일하게 남아 있는 아군들이니까 느슨하게나마 계속 연락을 유지하고 있는 것이 좋을 것이야!"

"명심하겠습니다, 영주님."

"지금까지 영지를 잘 이끌어온 그란츠를 중심으로 앞으로 닥칠 위기를 잘 헤쳐 나갈 수 있게 모두의 힘을 모아주게!"

"알겠습니다, 영주님."

새롭게 병합된 아즈드 영지를 일차 방어선으로 해서 저항하다가 상황이 안 좋아지면 천혜의 요새인 드래곤 협곡을 최후 방어선으로 해서 영지를 지킨다는 방어 계획을 세운 가신들은 영지병들의 정신 교육과 훈련을 더욱더 강화하면서 전쟁 준비에 박차를 가했다.

하지만 이렇게 맥클라인 후작의 군대를 어떻게 해서든 막아낼 생각뿐인 아버지와 가신들과는 달리 그란츠는 소극적인 방어보다는 1차로 공격해 올 귀족파 군대를 깨부수고 창기병단을 선봉으로 내세워 새로 건국된 맥클라인 왕국의 심장부인 칼카자가 왕성을 공격할 계획을 세우고 있었다.

이 공격 계획을 실현시키기 위해 그란츠는 콜만과 드팔린 경을 포함한 창기병단 전원을 데리고 특훈을 실시하면서 창기병단의 기동력을 살리기 위해 병사 1인당 세 마리씩의 예비 말들을 배치하기로 하고 크레인 총관에게 충분한 숫자의 전투마를 수입하라고 지시했다.

이렇게 양쪽 모두 내실을 다지며 한 달을 보낸 후에 화려하고 웅장하게 거행된 대관식이 끝나자 새롭게 왕조를 열며 맥클라인 1세로 등극한 맥클라인 후작은 아직까지 라이오스 왕국을 잊지 못하고 전향을 하지 않고 있는 귀족들을 신왕조의 반역자로 선포하고는 대대적인 토벌 명령을 내렸다.

대관식이 끝나자마자 건국 공신으로 등록되며 모츠 백작과 함께 공작으로 승작한 션즈 공작은 맥클라인 1세의 명령을 받아 3만 명의 토벌대를 이끌고 출전을 했다.

Grants Saga

3. 토벌대의 참패

따각! 따각! 척척척! 척척척!

수많은 깃발을 세우고 하늘 높이 흙먼지를 피워 올리며 당당하게 이동하고 있는 토벌대 선두에는 화려한 문양에 번쩍이는 은도금이 된 갑옷을 입고 여유로운 표정으로 백마를 탄 선즈 공작이 호위 기사들에게 둘러싸여 움직이고 있었고, 그 옆에는 공작의 최측근 참모이자 실력 있는 기사인 휘태커 백작이 공작과 이야기를 나누며 이동하고 있었다.

"이거, 괜히 내가 나선 것 아닌가 몰라?"

"그게 무슨 말씀이십니까, 공작님?"

"이렇게까지 대군을 동원할 필요가 없었는데 괜히 내가 나서서 왕국을 시끄럽게 하는 것 같아서 그러네."

"하하하, 이번에 함락시킨 레인 백작 영지 때문에 그러시는 겁니까?"

"그래, 아무리 영주인 레인 백작이 카브레라 공작과 함께 죽었다고 하지만 그래도 왕국에서 손꼽히는 대 영지 중에 하나인데 허무하다 싶을 정도로 너무 쉽게 무너졌어……."

따분하다는 표정으로 말하는 션즈 공작의 모습에 휘태커 백작은 미소를 지으며 입을 열었다.

"하지만 죽기 살기로 버티며 머리 아프게 하는 것보다 낫지 않습니까?"

"으음, 그건 그렇지만 공성전을 벌인 지 3일 만에 힘없이 무너지다니… 소문난 잔칫집에 먹을 게 없다더니 딱 그짝이란 말이야."

"국왕과 잔당들이 너무 쉽게 무너져서 실망이 크신 모양입니다. 그렇지만 하루라도 빨리 토벌전을 끝내고 왕성으로 돌아가야 하는 저희 입장에서는 아주 바람직한 상황입니다."

"그건 또 무슨 말인가?"

하루라도 빨리 칼카자가 왕성으로 돌아가야 한다는 휘태커 백작의 말에 션즈 공작은 무슨 말이냐는 표정으로 이유를 물었다.

"지금은 왕국 개국 초기 권력의 향방이 결정되는 아주 민감한 시기입니다. 이렇게 중요한 때에 토벌전을 통해 공을 세우는 것도 중요하지만, 권력의 중심인 왕성을 오래 비워두는 것은 좋지 않은 일입니다. 그동안은 모츠 공작님과 국왕 전하를 왕좌에 올리기 위해서 힘을 합쳤지만 지금부터는 공작님과 함께 2인자 자리를 놓고 싸워야 하는 경쟁자이지 않습니까? 그러니 하루라도 빨리 토벌전을 끝내고 서둘러 왕성으로 돌아가셔야 하는 겁니다."

휘태커 백작의 설명을 다 들은 션즈 공작은 백작의 말에 동의하는지 고개를 끄덕였다.

"그래 자네 말이 맞아. 지금은 이런 맥 빠지는 토벌전에 신경을 쓰고 있을 때가 아니지."

"그래서 드리는 말씀입니다만, 토벌 방법을 조금 바꾸는 게 어떻겠습니까?"

"어떻게 바꾸자는 말인가?"

"지금처럼 병력을 집중 운영하는 것이 아니라, 만명 단위로 총 3개의 소단위 부대로 나누어서 남아 있는 국왕과 잔당들을 토벌하는 겁니다."

군대를 3개로 나누어서 토벌전을 벌이자는 휘태커 백작의 의견에 션즈 공작은 꺼림칙한 얼굴로 말을 했다.

"병력을 나누어서 토벌전을 벌이기에는 위험부담이 크지

않겠나?"

"얼마 전에 점령한 레인 백작 영지에서 보셨다시피 이미 주력 병력들은 저번 내전에서 다 소모되고 급하게 끌어모은 징집병들로 모자란 병력을 채워 넣은 상황입니다. 이런 상황에서 저희들이 정예 병력으로 공격을 한다면 병력을 나누어도 쉽게 영지들을 토벌할 수 있을 겁니다. 그리고 아무리 병력을 나누었다고 하지만 1만에 달하는 정예 병력은 정상적인 상황에서도 한 영지가 쉽게 감당할 수 있는 숫자가 아닙니다, 공작님."

병력을 나누어도 충분히 잔당들을 토벌할 수 있다는 휘태거 백작의 말에 곰곰이 생각을 하던 선즈 공작도 고개를 끄덕이며 동감을 했다.

"하긴 1만이 작은 병력은 아니지……. 좋아, 자네 말대로 병력을 나누어서 토벌전을 벌이기로 하지."

"잘 생각하셨습니다, 공작님."

휘태커 백작의 의견을 받아들인 선즈 공작은 다음날부터 총 병력 3만 명의 토벌대를 3개의 단위 부대로 나누어서 곳곳에 흩어져 있는 국왕파 잔당들의 영지를 공격하기 시작했고, 휘태커 백작의 말대로 저번 내전에서 주력 병력이 거의 괴멸된 국왕파 영지들은 1만에 달하는 정예 병력들의 거센 공격에 얼마 버티지 못하고 영지를 점령당했다.

국왕파 영지를 함락한 션즈 공작은 철저하게 반란 세력을 완전히 뿌리 뽑으라는 맥클라인 국왕의 명령에 따라 함락된 영지의 영주들과 가신들을 철저히 색출해 내서 갓난아이까지 잡아 죽였고, 포로로 붙잡힌 사병들은 모조리 노예로 팔아넘기며 병사들에게는 무제한에 가까운 약탈을 허락했다.

이런 토벌대의 행동은 아직까지 버티고 있는 국왕파 잔당들에게 공포와 분노를 동시에 선사했는데 그중에서도 그란츠에게 영지의 중요한 일은 모두 맡기고 그란츠가 미처 신경쓰지 못하는 작은 일들을 처리해 주며 후계자의 성장을 흐뭇한 얼굴로 지켜보고 있던 카미넬 백작은 토벌대가 함락시킨 영지에서 벌인 만행을 듣자마자 분노를 터뜨렸다.

쾅!

"아무리 자신들의 뜻에 반한다고 하지만 이렇게 잔인하게 행동하다니! 그란츠, 당장 병사들을 움직여야겠다!"

"아버님, 일단 진정하시고 상황을 조금 더 냉철하게 바라봐야 합니다."

분노한 카미넬 백작의 부름에 창기병단을 훈련시키다가 영주 저택으로 달려온 그란츠는 일단 흥분해서 무작정 출병을 주장하는 백작을 진정시키기 시작했다.

"상황을 냉철하게 바라보자니 그게 무슨 말이냐? 그럼 넌 잔인무도한 션즈 공작의 검에 죽어나가는 아군들을 그냥 보고만 있자는 말이냐!"

"그런 말이 아닙니다, 아버님. 토벌대의 만행을 그냥 보고 있을 수는 없지만 그렇다고 무턱대고 병사들을 출진시키는 실수를 범해서는 안 된다는 말입니다. 자칫 잘못하면 영지의 전력이 분산되어 더 큰 낭패를 볼 수도 있습니다."

"으음… 그래, 내가 조금 흥분했구나. 그란츠 넌 어떻게 대처할 생각이냐?"

카미넬 백작이 흥분을 가라앉히며 앞으로의 대책에 대해서 묻자, 그란츠는 백작의 집무실 한쪽에 걸려 있는 지도를 가리키며 자신이 생각하고 있는 계획에 대해서 설명을 하기 시작했다.

"토벌대의 만행에 고통스러워하는 국왕과 귀족들을 도와야 하겠지만, 지금은 저희 영지를 노리고 다가오는 토벌대를 막아내는 것이 급선무입니다, 아버님."

"토벌대가 오려면 아직 멀었지 않느냐?"

"저희도 그렇게 예상하고 있었지만 가장 최근에 들어온 소식에 의하면 션즈 공작이 이끄는 토벌대가 3개의 소부대로 나누어서 국왕파 영지들을 공략하기 시작했고, 그중에서 션즈 공작의 측근 부하인 휘태커 백작이 지휘하는 1만 명의 토벌대가 저희 영지를 향해 진군해 오고 있다고 합니다."

각오는 하고 있었지만 막상 토벌대가 자신과 조상들이 오랜 세월 동안 피땀을 흘리며 지켜온 영지를 노리고 쳐들어온다고 하자 긴장된 표정으로 말을 했다.

"1만 명 정도의 토벌대라면 지금 우리 영지군의 전력이라면 충분히 막을 수 있겠지만 그 뒤가 문제겠구나."

"예, 그래서 소극적인 방어전을 치르며 지루한 소모전을 하기보다 적극적으로 토벌대를 상대할 생각입니다."

"그래, 영지에 대한 모든 권한을 너에게 일임했으니 어려운 상황이지만 네가 알아서 잘 헤쳐 나가리라 믿는다. 하지만 어려움에 처한 국왕과 귀족들을 외면하지는 말아다오."

"알겠습니다, 아버님."

이야기를 끝내고 카미넬 백작의 집무실을 나온 그란츠는 영지를 노리고 다가오고 있는 토벌대를 상대하기 위해 훈련 중인 창기병단과 영지에서 대기 중인 영지군 1개 군단에 출전 명령을 내렸다.

그란츠의 출전 명령이 떨어지자 그동안 꾸준히 훈련받아온 정예병들답게 약간의 혼란도 없이 일사분란하게 출전 준비를 끝마쳤고, 크레인 총관을 중심으로 한 문관들은 카미넬 백작의 중심으로 영지 민심을 안정시키며 완벽한 보급을 위해 미리 준비한 대로 움직이기 시작했다.

"어서 움직여!"

"이봐, 그 짐은 여기 놔두는 게 아니라 저기로 가져가야지!"

으싸! 으싸!

특히 온통 적대적인 세력에게 둘러싸여 육로를 이용하지 못하는 영지 사정상 들어오는 모든 물품의 출입로 역할을 하고 있는 므네 성은 항구를 가득 채우고 있는 수송선들과 화물을 하역하느라 바쁘게 움직이는 일꾼들로 북새통을 이루고 있었다.

이렇게 활기차게 움직이는 항구 한쪽에 있는 영지 수군 본부에서는 그란츠에 의해 수군 제독에 임명된 원터스가 휘하 전투함 함장들을 불러모아 얼마 전 그란츠에게 직접 지시받은 비밀 작전을 실행하기 위해 작전 계획을 논의하고 있었다.

"그란츠 자작님이 원하시는 대로 작전을 수행하기 위해서는 함선이 절대적으로 부족합니다, 제독님."

"흐음… 나도 그 문제에 대해서는 잘 알고 있네. 크레인 총관님께서 영지에 소속되어 있는 수송선들을 최대한 지원해준다고 하셨으니 함선 부족 문제는 어느 정도 해결할 수 있을 거야."

영지 소속 수송선들이 지원된다는 원터스의 말에 함장들은 고개를 끄덕이며 한숨 돌렸다는 표정을 지었다. 하지만 함장들 중 한 명이 새로운 문제점을 지적했다.

"함선 문제는 그렇게 해결한다고 해도 작전 도중에 필히 접전을 벌이게 될 모츠 백작 영지의 수군은 어떻게 상대할 생각이십니까?"

"나도 그 부분이 제일 걱정이네. 단순 비교를 해도 모츠 백작의 수군이 우리의 두 배 이상이니⋯⋯."

"일단 첩자를 보내 레인 영지의 나흐 성으로 전진 배치되어 있는 모츠 백작의 수군에 대해서 최대한 정보를 수집해야 합니다."

"그건 나도 잘 알고 있네⋯ 하지만 느긋하게 정보나 수집하고 있기에는 작전 일정이 너무 촉박하네."

작전 일까지 시간이 부족하다는 원터스의 말에 함장들은 심각한 표정을 지었다.

"하지만 이대로 아무 대책 없이 모츠 백작의 수군과 정면으로 부딪친다면 작전을 떠나 저희들은 전멸할 수밖에 없습니다."

"그렇습니다. 함선 수에서도 차이가 많이 나지만 수병들의 숙련도도 적들에 비해 너무 많이 떨어집니다. 우리 쪽 수병들이라고 해봐야 이제 겨우 수병이 된 지 3개월 정도입니다. 솔직히 모츠 백작의 수군과 대규모 수전이 벌어진다면 얼마나 전투력을 발휘할 수 있을지 의문입니다."

"아무래도 아직 미숙한 수군 전력으로는 이번 작전을 수행하기 어려울 것 같습니다. 무리하게 작전을 실행하다가 더 큰 낭패를 당하기 전에 제독님께서 자작님에게 작전이 불가능하다고 말씀을 올리시는 것이 어떻겠습니까?"

함장들이 여러 가지 문제점들을 지적하기 시작하며 작전의 어려움을 토로하기 시작했고, 급기야 작전을 취소하자는 말까지 나오자 원터스는 단호한 표정으로 입을 열며 여러 가지 논란을 한번에 잠재웠다.

"조용, 조용들 하시오. 이미 그란츠 자작님의 작전 지시가 있었고 우리들은 자작님의 수하들로서 어떤 일이 있어도 명령을 수행해야 할 의무가 있네. 그리고 자작님이 구상하시는 계획을 실행하기 위해서는 이번 작전을 꼭 성공시켜야 하네. 이미 명령이 떨어졌고 다시 철회시킬 방법은 없으니 각 함장들은 이번 작전이 실패한다면 지휘하는 함선과 함께 푸른 바다 속으로 같이 가라앉겠다는 각오로 작전을 준비하도록 하게."

"예! 알겠습니다, 제독님!"

이렇게 므네 성에 주둔 중인 영지 수군이 비밀 작전 준비로 부산하게 움직이고 있을 때 그란츠는 가족들과 가신들의 환송을 받으며 창기병단과 영지군 제3군단을 이끌고 토벌대와 싸우기 위해 출진을 했다.

"이번 전쟁에 가문과 영지의 운명이 걸려 있으니 항상 신중하게 생각하고 행동하도록 해라!"

"예, 아버님의 말씀 항상 명심하겠습니다."

"그래, 어려운 상황이지만 네가 잘 헤쳐 나가리라 믿는다."

"흑흑… 그란츠 항상 몸조심해야 한다. 이 어미는 네가 전쟁터에 나간다는 생각만 하면 가슴이 터질 것 같이 걱정이 된단다."

"하하하, 어머니 너무 걱정하지 마세요. 이번에도 큰 공을 세우고 돌아오겠습니다."

"큰 공을 세울 필요 없단다. 난 그저 그란츠 너만 무사히 돌아오면 만족해."

"예, 알겠습니다. 어머니 말씀대로 몸 건강히 돌아오겠습니다."

아버지인 카미넬 백작의 격려를 들으며 전쟁터에 나가는 아들을 걱정하며 눈물을 흘리시는 어머니를 위로한 그란츠는 한쪽에 조용히 서서 걱정스러운 얼굴로 자신을 바라보고 있는 죠슬린을 꽉 껴안아주며 부드럽게 말을 했다.

"죠슬린, 이번 전쟁이 끝나고 돌아오면 나랑 결혼해 주겠소?"

"물론이에요. 그란츠 당신이 돌아올 때까지 언제나 기다리고 있겠어요."

"고마워 죠슬린, 그리고 사랑해!"

"저도 사랑해요."

죠슬린이 청혼을 받아들이자 그란츠는 앵두같이 예쁜 죠슬린의 입술에 키스를 하고는 가족들과 가신들의 환송을 받으며 병사들을 이끌고 당당하게 출전을 했다.

영지군 제2군단을 지휘하며 예전 아즈드 영지 지역을 지키고 있던 야스퍼드 경은 그란츠가 일단의 병력을 이끌고 최전방 방어선인 조엘 성에 도착하자 성문 앞까지 나와 그를 맞이했다.

"어서 오십시오, 자작님!"

"야스퍼드 경, 그동안 최전선에서 영지를 지키느라 고생이 많았소."

"아닙니다, 자작님. 카미넬 가문에 충성을 서약한 기사로서 당연히 해야 할 일을 수행하고 있을 뿐입니다."

"하하하, 이렇게 믿음직한 야스퍼드 경이 조엘 성을 지키고 있으니 든든하군."

"과찬이십니다. 일단 영지에서 여기까지 오시느라 피곤하실 테니 어서 성안으로 들어가시지요."

"하하하, 알겠소. 같이 들어갑시다."

야스퍼드 경의 안내로 그란츠가 성안으로 들어가자 뒤에 있던 병사들도 길게 줄을 지어 조엘 성안으로 질서 정연하게 입성했다.

예전 아즈드 영지의 영주 성이었던 조엘 성은 한 영지의 주성답게 꽤 큰 규모를 자랑하고 있었는데, 카미넬 영지를 지키는 전초기지로 삼기 위해서 그동안 야스퍼드경이 공을 들여 방어 시설을 확충하고 성벽을 보강해서 웬만한 대군이 몰려와도 어느 정도는 방어가 가능할 정도로 만들었다.

전초기지 역할 말고도 조엘 성이 중요한 이유가 있었는데 그란츠가 계획하는 공격 작전을 위한 대규모 보급물자가 창고 가득 비축되어 있어서 공세 작전이 실행되면 보급 기지로서 아주 중요한 역할을 맡고 있었다.

이렇게 그란츠가 대규모 병력을 이끌고 조엘 성에 도착해서 곧 들이닥칠 토벌군에 대비해서 철저한 방어 준비를 하고 있을 때 휘태커 백작은 1만 명의 토벌대를 이끌고 카미넬 영지를 토벌하기 위해 빠르게 이동하고 있었다.

척척척! 척척척!

1만에 달하는 토벌대가 긴 행군 대열을 만들며 움직이고 있을 때 전방에서 일단의 기마대가 빠르게 토벌대를 향해 달려왔고, 선두에서 호위 기사들과 함께 있던 휘태커 백작은 기마대를 발견하고는 손을 들어 행렬을 멈춰 세웠다.

"원덤 자작, 어디서 오는 기마대 같은가?"

"기마병이 들고 있는 깃발에 그려진 문장대로라면 피셔 자작의 사병들 같습니다, 백작님."

"피셔 자작이라면 이 지역의 영주가 아닌가?"

"그렇습니다, 백작님. 아마 토벌대가 지나간다는 소식을 듣고 인사를 온 모양입니다."

"흐음… 그래……"

이렇게 휘태커 백작과 윈덤 자작이 이야기를 나누고 있는 동안 바로 앞까지 도착해서 멈춘 기마대에서 기사 한 명이 앞으로 나오더니 휘태커 백작에게 예를 올리며 인사를 했다.

"안녕하십니까, 휘태커 백작님. 전 피셔 자작님 휘하에 있는 기사 플러머입니다."

"반갑네, 플러머 경. 그런데 나에게 무슨 용건인가?"

"저의 주군이시자 이 영지의 주인이신 피셔 자작님께서 백작님이 토벌대를 이끌고 영지를 지나가신다는 소식에 영주성에서 백작님과 토벌대에 계신 여러 귀족분들을 연회에 초대하고 싶다고 하셔서 이렇게 찾아왔습니다."

권력의 중심으로 떠오른 션즈 공작의 측근인 자신에게 잘 보이기 위해서 연회를 열겠다는 피셔 자작의 의도를 알아차린 휘태커 백작은 웃는 얼굴로 정중하게 연회 초대를 사양했다.

"하하하, 우리를 위해 연회를 열어주시겠다니 피셔 자작에게 정말 감사하다는 말씀을 전해주게. 하지만 보시다시피 혼자 몸이 아니라 군대를 이끌고 반란군을 토벌하러 가는 길이

니 마음대로 움직일 수가 없구만! 내 자작의 고마운 뜻만 감사히 받겠다고 전해주게!'

"백작님, 저희 영주님께서는 귀족분들을 위한 연회뿐 아니라 토벌대들이 그동안 쌓인 피로를 풀 수 있도록 푸짐한 음식과 약간의 술도 준비해 두었습니다. 그러니 저희 영주님의 성의를 사양하지 마시고 성으로 가시지요."

연회뿐만 아니라 토벌대 병사들을 위한 음식까지 준비했다는 플러머의 말에 휘태커 백작의 마음이 살짝 흔들리자 원덤 자작은 웃음을 지으며 말을 했다.

"하하하, 백작님! 어차피 오늘은 이 근처에서 야영을 해야 하는데 병사들을 위한 음식까지 준비해 놨다고 하니 웬만하면 피셔 자작의 호의를 받아들이시지요."

"흐음… 하긴 그렇게까지 준비를 했다는데 사양을 하는 건 도리가 아니지 그럼 플러머 경이 안내를 하도록 하게."

"감사합니다, 백작님."

잠시 고민하던 휘태커 백작이 고개를 끄덕이며 피셔 자작이 주최하는 연회에 참석하겠다고 하자 플러머 경은 반색을 하며 앞장서서 길을 안내했다.

기사 플러머의 안내를 받아 피셔 자작 영지의 영주성인 무론 성에 도착한 휘태커 백작은 미리 앞서 보낸 기마병을 통해 연락을 받고 성문 밖까지 마중 나온 피셔 자작의 열렬한 환영을 받으면서 성안으로 입성했다.

이번 토벌전에서 공을 세워 어떻게 해서든 중앙 권력에 발을 들여놓으려는 피셔 자작은 직접 휘하 기사들과 영지병 1,000명을 이끌고 토벌대에 합류하기를 원했고 이런 자작의 요청을 휘태커 백작은 흔쾌히 승낙을 했다.

새롭게 피셔 자작이 합류를 해서 총 11,000명으로 늘어난 토벌대는 가벼운 마음으로 피셔 영지와 예전 아즈드 영지의 경계선으로 다가갔다.

한편 조엘 성에서 야스퍼드 경과 함께 방어 준비를 하고 있던 그란츠는 영지 경계선에 넓게 배치해 둔 척후병들이 토벌대의 접근을 보고하자 즉시 회의를 소집했다.

"드팔린 경 토벌대는 어디까지 왔는가?"

"척후병들의 보고에 의하면 영지 경계선 근처에 도착해서 야영지를 만들고 있다고 합니다. 아무래도 오늘은 시간이 어중간하니 주변 정보를 모으며 병사들을 푹 쉬게 하고 내일부터 본격적으로 저희 영지를 공격할 생각 같습니다."

"흐음… 바로 영지 경계선을 넘어 공격해 들어올 줄 알았는데……. 휘태커 백작이라는 사람 생각보다 조심스러운 사람인가 보군."

"예! 션즈 백작, 아니, 이번에 일으킨 반란에 공을 세워 공작으로 승작했지요. 아무튼 예전부터 여러 전투에서 션즈 공작의 참모로 많은 활약을 한 인물입니다. 검술 실력도 뛰어나지만 군대를 운영하고 지휘하는 능력도 상당하다고 알고 있습니다."

예전에 정규군에서 복무할 때 션즈 공작의 지휘를 받으며 몬스터 토벌전을 치른 경험이 있는 드팔린이 옛날 기억을 떠올리며 휘태커 백작에 대해서 설명하자 그란츠는 고개를 끄덕이며 입을 열었다.

"흐음, 드팔린 경의 말처럼 휘태커 백작이 뛰어난 인물이라면 혹시라도 우리가 파놓은 함정을 알아차릴 수 있으니까 경들은 함정을 더욱더 철저하게 은폐시키도록 하세요."

"알겠습니다, 자작님. 적들이 절대 눈치 채지 못하도록 철저히 위장시키겠습니다."

"좋아요. 일단 계획대로 적들을 죽음의 숲 쪽으로 끌어들이도록 하세요."

"예, 알겠습니다, 자작님!"

그날 밤, 어두운 야간을 틈타 조엘 성을 나온 카미넬 영지 병사들은 각자 맡은 임무를 수행하기 위해서 사방으로 흩어졌고 그란츠는 콜만 경과 함께 창기병단 2,000명을 이끌고 휘태커 백작의 토벌대가 있는 곳으로 달려갔다.

다음날 아침 영지 경계선 부근에 만든 야영지에서 충분한 휴식을 취하고 출발 준비를 하려던 토벌대는 카미넬 영지군으로 보이는 일단의 기마대가 빠르게 야영지로 접근하고 있다는 척후병들의 보고에 서둘러 전투 준비를 하기 시작했다.

"어서 갑옷을 입고 전투 대형을 갖춰라!"

"적들이 야영지 코앞까지 왔는데 아무도 모르고 있었다니 척후대들은 도대체 뭘 하고 있는 거야!"

창기병단의 출현에 토벌대 병사들이 허겁지겁 전투 준비를 하는 것이 눈에 들어오자 선두에서 말을 타고 있는 그란츠는 허리에 차고 있던 검을 뽑아 들며 창기병단 병사들과 함께 야영지로 돌격해 들어갔다.

"영지에 있는 가족들의 행복한 미래가 우리 어깨에 달려 있다. 모두 힘차게 검을 휘둘러 가족들의 행복을 지키자! 돌격 앞으로!"

"와아아~! 카미넬 영지 만세! 돌격!"

두두두!

카미넬 가문의 상징인 붉은 사자 깃발을 든 기수들과 함께 그란츠가 선두에서 말을 타고 달려나가자 기병용 장창을 앞으로 내밀고 2,000명의 창기병단 병사들이 지축을 울리며 말을 타고 뒤를 따라 앞으로 돌격해 들어갔다.

"적 기병대가 돌격해 들어온다. 창병 앞으로 대 기병 방어진을 구축해라!"

그동안 계속된 전투에 단련된 토벌대 병사들은 허를 찔린 기습에서도 크게 당황하지 않고 침착하게 대 기병진을 구축하며 창기병단의 돌격에 대응하기 시작했다.

　하지만 창기병단 병사들은 토벌대 병사들의 생각과 달리 정면으로 돌격해 들어가지 않고 토벌대 병사들이 만든 기병진 앞에서 양쪽으로 갈라지더니 뒤쪽에서 달려온 활을 든 창기병단 병사 500명이 긴 창을 땅에 박아넣고 기병대의 돌격을 기다리고 있는 토벌대 병사들을 향해 직사로 화살을 날렸다.

　"1열 분산, 2열 난사!"

　슈슈슉! 슉! 쉬이익! 쉭!

　"으아악~!"

　"커허억!"

　"이런, 적들의 술수에 당했다. 방패병 앞으로!"

　500명에 달하는 창기병단 병사들이 말을 달리면서 계속 화살을 쏘아대자 창을 세우고 대 기병 방어진을 만들고 있던 장창병들은 속절없이 목숨을 잃고 차가운 땅에 쓰러졌고 그때서야 속은걸 알아차린 휘태커 백작이 서둘러 방패병들을 앞으로 전진시켰지만 그때는 이미 앞으로 전진해 있던 장창병 대부분이 죽은 뒤였다.

　그렇게 장창병들에게 치명타를 가한 창기병단 병사들은 바로 고삐를 돌려 급히 앞으로 나온 방패병들을 피해 옆으로 빠져나갔고 토벌대 진영을 크게 우회한 창기병단 병사들은 날카로운 기병용 장창을 앞세우고 그대로 토벌대 진영 옆구리를 파고들었다.

"들고 있는 장창으로 적들을 모조리 찔러 죽여 버려라!"

"와아아! 카미넬 영지 만세 돌격!"

두두두! 쿠콰쾅!

"마, 막아라! 적들의 돌파를 어떻게 해서든 막아라!"

"끄아악!"

"커허억!"

빠른 기동력으로 상대적으로 취약한 전투 대형 옆부분을 양쪽에서 치고 들어간 창기병단 병사들은 긴 기병용 장창으로 토벌대 병사들을 마구 찔러 죽이며 계속해서 전투 대형 깊숙이 치고 들어갔고 그 돌파 대형 선두에 선 그란츠는 앞을 가로막는 적병들을 짚단 넘어뜨리듯이 쓰러뜨리며 바람같이 앞으로 계속 적의 진형을 돌파해 들어갔다.

"이야압~! 오래살고 싶은 놈들은 길을 비켜라!"

이히히잉! 두두두!

거의 대부분이 보병으로 구성되어 있는 토벌대 병사들은 가속이 붙은 속도 그대로 기병용 장창을 앞에 내밀고 돌파해 들어오는 창기병단 병사들을 제대로 막아내지 못하고 순식간에 날카로운 장창에 찔리거나 말발굽에 치여 목숨을 잃고 차가운 땅바닥에 쓰러졌다.

"크아악!"

"헉~ 끄으윽!"

"이놈들 죽어라!"

채챙! 챙! 추앙!

"이야압~!"

"앞을 가로막는 것들은 모조리 쓸어버리고 계속 돌파해라!"

"전원 이대로 계속 말을 달려 지정된 장소까지 간다! 이랴!"

이렇게 토벌대 전투 대형을 정확히 반으로 양단하며 돌파한 창기병단 병사들은 미련 없이 그대로 말을 달려 전장을 빠져나가 버렸고 순식간에 그란츠와 창기병단 병사들에게 기병 돌파를 허용당한 휘태커 백작과 토벌대 병사들은 멍하니 흙먼지를 날리면서 달아나고 있는 적들을 바라보았다.

"이, 이게 도대체 무슨 일이야! 윈덤 자작, 즉시 병사들을 동원해 저놈들을 추격하게!"

"알겠습니다, 백작님! 기병대 날 따르라!"

"가자, 하얍~!"

"이랴!"

카미넬 영지군에게 당했다는 생각에 화가 난 휘태커 백작이 즉시 추격을 지시하자 윈덤 자작은 즉시 기사들과 기병 500명을 이끌고 창기병단을 쫓아가기 시작했고 그 뒤를 이어 급히 병력을 수습한 휘태커 백작이 본진을 이끌고 따라갔다.

윈덤 자작이 이끄는 500명의 기병대가 맹추격을 벌였지만 전원 기병들로 이루어져 있는 창기병단과 쉽게 거리를 좁힐 수가 없었고, 계속 자신들을 유인하는 것 같은 적들의 행동에 윈덤 자작은 말을 멈추며 한쪽 손을 들어 급히 추격을 중단시켰다.

"워~ 워! 모두 멈춰라!"

이히히히잉! 푸르릉!

"자작님, 무슨 일이십니까?"

갑자기 추격을 중지시키는 윈덤 자작의 행동에 부관인 기사 다우닝 경이 무슨 일인지 물었지만 윈덤 자작은 대답을 해줄 생각은 하지 않고 고개를 돌리며 주변만 살펴보았다.

"자작님, 이대로 계속 있으면 적을 놓치고 맙니다. 어서 다시 추격 명령을 내려주십시오."

"아니, 추격은 여기서 중지하겠네, 다우닝 경!"

"그게 무슨 말씀이십니까?"

"조금 이상하지 않나? 2,000명이 넘는 기병들로 공격을 해놓고는 바로 우리 진형을 치고 빠지며 마치 우리보고 쫓아오라는 듯이 병력을 운영하고 있지 않나? 예전 지밀 왕국과의 전쟁에서 카미넬 영지의 소영주가 기발한 매복 작전으로 지밀 왕국군을 대파했다고 하더니 우리를 상대로 또 매복 작전을 사용하려는 것 같네."

"아, 그렇군요. 하긴 보병대로 이루어진 본대와 떨어져서 저희 병력은 고작 500명뿐인데 저렇게 도망만 가는 것이 정말 수상하군요."

"맞아, 일단 여기에서 조금 쉬면서 도착할 본대를 기다리도록 하세."

"알겠습니다, 자작님."

현 위치에서 휴식을 취하며 본대를 기다린다는 윈덤 자작의 명령에 기병들은 모두 말에서 내려서 각자 편하게 앉아 휴식을 취하기 시작했는데 이것이 기병대에게 파멸을 가져왔다.

토벌대 기병대가 추격을 멈추고 휴식을 취하고 있는 곳은 작은 야산 두 개 사이로 좁은 길이 하나 뚫려 있는 곳이었고 양쪽에 있는 야산에는 카레인이 미리 배치해 놓은 병사들이 숨을 죽이고 긴장을 풀어놓은 채 휴식을 취하고 있는 토벌대 병사들을 노려보고 있었다.

"해리스 백인장님, 궁수들의 배치가 다 끝났습니다."

노예 출신이었다가 이제는 카미넬 영지군의 당당한 백인장으로 거듭난 해리스는 토벌대를 지옥으로 보내줄 궁수들의 배치가 다 끝났다는 병사의 보고에 회심의 미소를 지으면서 공격 명령을 내렸다.

"좋아, 모두 저 간악한 적들을 벌집으로 만들어 버려라! 공격!"

"화살을 쏴라!"

"발사!"

슈슈슉! 쉬이익! 쉭! 슈슉!

"으아악! 기습이다!"

"화살 공격이다! 모두 피해라!"

아침부터 벌어진 전투와 연이은 추격전에 지친 말들을 달래며 마음 놓고 휴식을 취하고 있던 기병들은 갑작스럽게 양쪽에 있는 야산에서 쏟아지는 화살 공격에 제대로 대항 한번 못해보고 속절없이 화살에 맞아 목숨을 잃었고, 쓰고 있던 투구를 벗고 물을 마시며 쉬고 있던 윈덤 자작과 기사 다우닝은 기습에 허둥대는 기병들을 어떻게든 수습하려고 했지만 쉴 새 없이 쏟아지는 화살비에 제대로 명령이 먹혀들지 않았다.

"당황하지 말고 어서 말에 올라라!"

푸르릉! 이히히잉! 쉬이익! 슈슉! 쉭!

"멈추지 말고 계속 화살을 쏴라!"

"커헉!"

"끄아악~ 내, 내 눈!"

"자작님 이대로 있다가는 전멸당하고 말겠습니다. 어서 후퇴 명령을 내려주십시오."

"끄응! 알겠네. 빨리 이곳을 빠져나가도록 하세."

"예! 모두 후퇴! 후퇴하라!"

비처럼 양쪽에서 쏟아지는 화살 공격에 제대로 된 방어 수단이 없는 기병들이 계속 죽어나가자 윈덤 자작은 어떻게 해서든 전멸만은 피하기 위해서 신속하게 현 위치를 빠져나가도록 후퇴 명령을 내렸지만 쉴새 없이 쏟아지는 화살 공격에 기병들 태반이 말에 오르지도 못하고 화살에 맞아 목숨을 잃었고 겨우 말에 오른 기병들도 궁수들의 손쉬운 표적이 되어 집중적인 화살 세례를 받았다.

결국 궁수들의 집중 공격에 걸린 윈덤 자작의 기병대는 엄청난 피해를 입고 겨우 30기만이 포위망을 빠져나올 수 있었고, 기병들을 상대로 대승을 올린 카미넬 영지군 300명은 재빨리 노획품을 수거한 다음에 전장을 빠져나와 다음 집결지로 이동했다.

"백인장님, 노획품 수거가 다 끝났습니다."

"좋아, 피곤하겠지만 다음 집결지로 바로 이동한 다음에 쉰다. 다른 백인대에게도 연락을 해!"

"알겠습니다."

한편 본대를 이끌고 기병대가 남겨둔 흔적을 따라오던 휘태커 백작은 큰 낭패를 당한 모습으로 겨우 30기만 데리고 허겁지겁 도망쳐 온 윈덤 자작의 모습에 크게 놀랐다.

"아니, 윈덤 자작, 이게 무슨 모습인가?"

"백작님, 죽여주십시오. 놈들의 함정에 빠져 기병대를 모두 잃어버리고 말았습니다."

갑옷에 온통 피칠을 하고 다가온 윈덤 자작이 고개를 푹 숙이며 함정에 빠져 기병대를 모두 잃었다고 하자, 휘태커 백작은 무척 화가 많이 났는지 얼굴을 빨갛게 물들이면서 목소리를 높였다.

"기병대를 다 잃었다니 그게 무슨 말인가!"

"패장이 무슨 할 말이 있겠습니까? 죽여주십시오!"

"끄으응… 자작은 도대체 무슨 일이 일어났는지 상세히 상황을 설명해 보게!"

성질 같아서는 얼마 없는 기병대를 몽땅 날리고 온 윈덤 자작의 목을 당장 날리고 싶었지만 그동안 세운 공적과 자신의 심복 부하라는 점을 생각해서 애써 화를 참은 휘태커 백작은 자작에게 어떻게 당한건지 상세하게 설명을 하라고 했고 곤혹스러운 얼굴을 한 자작의 설명이 다 끝나자 휘태커 백작은 잡고 있는 고삐를 꽉 움켜잡으며 입을 열었다.

"이놈들이 본격전인 전투를 벌이기 전에 우리 기병 세력을 없애려고 함정을 파고 있었군."

"제가 보기에도 그런 것 같습니다. 이제 어떻게 하실 생각이십니까?"

자신의 말에 옆에 있던 피셔 자작이 고개를 끄덕이며 동조하자 휘태커 백작은 화가 많이 나는지 입술을 꽉 깨물며 입을 열었다.

"오늘 당한 이 치욕은 카미넬 영지를 쓸어버리면서 확실하게 되갚아줄 것이오. 윈덤 자작, 더 이상 놈들의 계책에 놀아날 생각이 없으니 이곳에서 병력을 재정비하고 바로 조엘 성을 공략하도록 하겠소. 그렇게 알고 준비하도록 하시오."

"알겠습니다, 백작님."

순식간에 500명의 기병대를 말아먹은 자신의 잘못을 눈감아주는 휘태커 백작의 모습에 윈덤 자작은 고개를 푹 숙여 감사의 표시를 하면서 자신에게 치욕을 안겨준 그란츠에게 이를 갈며 복수를 맹세했다.

아침부터 이어진 전투와 추격전으로 흐트러진 병사들의 재정비가 다 끝나자 휘태커 백작은 즉시 조엘 성을 향해 이동 명령을 내리면서 혹시 또 있을지 모를 매복을 피하기 위해서 정찰대를 광범위하게 운영하면서 낮은 야산이 계속 이어져 있는 길을 피해 약간 돌아가는 평지 길을 선택해 병력을 이동시켰다.

한편 정찰병들을 통해 토벌대가 직선 코스인 산악 지대를 피해서 죽음의 숲이 있는 서쪽 평지로 행군로를 변경했다는 소식을 들은 그란츠는 만족스러운 미소를 지으며 만약의 사태를 대비해 근처 야산에서 대기 중이던 창기병단에게 이동 명령을 내렸다.

"하하하하, 드디어 놈들이 미끼를 물었군요."

"그렇습니다, 자작님. 죽을 자리인 줄도 모르고 평지 길로 이동로를 변경하다니 저희 계획대로 척척 맞아떨어집니다."

"이렇게 되면 이곳을 지키고 있을 필요가 없으니까 지금 바로 병사들을 서쪽 평야로 이동시키도록 하세요."

"즉시 명령대로 시행하겠습니다, 자작님."

아침에 벌어진 전투로 1,000명이 넘는 사상자가 발생해서 이제 만 명으로 줄어든 토벌대는 혹시 모를 적 기병대의 기습에 대비해서 바짝 신경을 곤두세운 모습으로 철저하게 사주 경계를 펼치며 조심스럽게 행군을 하고 있었고, 그런 행군 행렬의 선두에 선 휘태커 백작은 풀이 무성하게 자라 무릎까지 올라와 있는 주변 풍경을 둘러보며 행군로를 안내하고 있는 피셔 자작을 향해 불편한 심기를 드러냈다.

"피셔 자작, 이게 무슨 평야 지대요? 풀이 이렇게 무성하게 자라 있으면 오히려 매복 공격에 더 취약한 것 아니요?"

"죄송합니다, 백작님. 근처에 죽음의 숲이 있어서 이 지역에 사람들의 손길이 안 미치는 것은 알고 있었지만 이렇게까지 엉망일 줄은 미처 몰랐습니다."

자신도 이 정도일 줄은 몰랐다며 어쩔 줄 몰라하는 피셔 자작의 모습에 휘태커 백작은 치밀어 오르는 화를 겨우 눌러서 참으며 한숨을 쉬었다.

"후우… 이미 상당히 많이 이동해 왔으니 여기서 병력을 뒤로 물릴 수도 없고……. 윈덤 자작, 혹시 있을 수 있는 매복 공격에 대비해서 주변 경계를 더욱더 강화하시오."

"바로 조치하겠습니다, 백작님."

이렇게 토벌대 전체가 잔뜩 긴장한 모습으로 행군을 하고 있을 때 적을 발견했다는 정찰병의 보고가 들어왔다.

"놈들이 조엘 성이 아니라 근처에 있는 평지에 진을 치고 있다는 말인가?"

"예, 백작님. 방금 돌아온 정찰병의 보고에 의하면 여기서 1시간 정도 떨어진 곳에 카미넬 영지군 7,000명이 진형을 만들고 저희들을 기다리고 있다고 합니다."

"흐음… 7,000명이라면 조엘 성에 있던 병력이 거의 다 나와 있다고 생각해도 되겠지?"

"아마 그럴 겁니다. 보통 한 영지에서 보유하고 있는 영지병의 숫자가 3,000명에서 4,000명 사이니까 7,000명이라면 영지민들까지 끌고 나왔을 가능성이 큽니다."

휘태커 백작의 물음에 피셔 자작이 가용 병력을 거의 다 동원했을 거라고 대답을 하자 옆에 있던 윈덤 경도 고개를 끄덕이면서 동의를 했고, 자신도 그렇게 예상하고 있던 휘태커 백작은 바로 카미넬 영지군들이 기다리고 있는 곳으로 병력을 이동시키기로 결정을 내렸다.

"이놈들, 무슨 꿍꿍이가 있는지는 모르겠지만 힘든 공성전을 포기하고 평지에서 전투를 벌이자면 우리로서는 대 환영이지! 윈덤 자작, 정찰병을 더 많이 파견해서 행군로 주변을 철저하게 수색하도록 하게!"

"예, 백작님!"

한편 창기병단 병사들을 미리 정한 매복 지역에 매복시키고 야스퍼드 경이 세워놓은 군영으로 돌아온 그란츠는 조금 있으면 피비린내가 진동하고 비명 소리가 사방으로 울려 퍼지게 될 전장을 둘러보며 만족한 표정을 지었다.

"함정이 있는 줄 알고 살펴봐도 찾아내기 힘들 정도로 아주 잘 만들었군요."

"하하하! 감사합니다, 자작님."

"그럼 오늘은 평상시보다 긴 하루가 될 테니까 토벌대 놈들이 올 때까지 병사들을 조금 쉬게 하지요. 아, 물론 주변 경계는 철저히 하고요."

"알겠습니다. 명령대로 바로 조치하도록 하겠습니다."

오후가 되자 휘태커 백작이 지휘하는 토벌대가 전장에 모습을 드러냈고, 정찰병들을 통해 미리 전투 준비를 완벽하게 끝낸 카미넬 영지군들은 긴장된 얼굴로 들고 있는 무기를 꽉 움켜쥐며 전의를 다졌다.

"드디어 토벌대 놈들이 도착했군요, 자작님."

"이제 시작입니다. 한번에 토벌대를 쓸어버리고 최대한 빨리 놈들의 심장부를 타격해야 합니다."

"예, 명심하도록 하겠습니다."

이제 시작이라는 그란츠의 말에 야스퍼드 경은 너무나 계획대로 잘 맞아 들어가는 상황 때문에 조금 흐트러졌던 마음을 다잡았다.

이렇게 카미넬 영지군이 잠시 뒤면 시작될 전투에 대비해서 마음을 가다듬고 있을 때 전장에 도착한 토벌군은 휘태커 백작의 지휘 하에 재빨리 전투 대형을 만들고 있었다.

"경장 보병 앞으로! 빨리 움직여라!"

"병장기도 충실하고 사기도 제법 높아 보이는 것이 정예 병력들 같습니다, 백작님."

단단하게 전투 대형을 구축하고 있는 카미넬 영지군의 모습을 살펴본 윈덤 자작이 의외라는 표정으로 말을 하자 휘태커 백작도 고개를 끄덕이며 수긍을 했다.

"흐음, 정말 그렇군. 이거 생각보다 전투가 어려워지겠는데."

"너무 걱정하지 마십시오. 백작님 그래 봤자 전투 경험이 적은 영지군들 아니겠습니까? 지난 지밀 왕국과의 전투와 이어서 벌어진 내전으로 단련된 토벌대 병사들이라면 충분히 카미넬 영지군을 압도할 수 있을 겁니다."

"맞습니다, 백작님. 피셔 자작의 말처럼 카미넬 영지군이 생각보다 강병인 것은 사실이지만 토벌대의 군세라면 충분히 제압할 수 있을 겁니다."

"좋네, 전투 대형을 다 만들면 바로 놈들을 공격하도록 하게!"

"예, 백작님."

생각보다 강병인 카미넬 영지군의 모습에 약간 꺼림칙한 기분이 들었지만 충분히 승리할 수 있다는 두 자작의 말에 자신감을 얻은 휘태커 백작은 토벌대 병사들이 전투 대형을 갖추자 바로 전투를 시작했다.

"맥클라인 국왕 전하께 반기를 든 저 반란군 놈들을 한 놈도 남기지 말고 모조리 쓸어버려라!"

"우와아아! 반란군을 처단하자!"

"보병대 앞으로!"

커다란 함성과 함께 휘태커 백작의 공격 명령에 따라 전투 대형 선두에 서 있던 보병대가 무기를 바짝 세우고 일제히 앞으로 진격해 나갔다.

2,000명 정도의 보병들이 일제히 앞으로 진격해 들어오기 시작하자 그란츠는 살짝 미소를 지었고 옆에 서 있는 야스퍼드 경은 만족스러운 얼굴로 입을 열었다.

"자작님, 예상대로 놈들이 겁도 없이 바로 공격을 해오는 군요."

"후후후, 그럼 계획대로 놈들에게 뜨거운 맛을 보여주도록 하세요."

"알겠습니다, 자작님. 아주 화끈한 맛을 보여주겠습니다."

"궁수대 앞으로! 겁도 없이 우리 영지를 공격해 오는 저놈들에게 뜨거운 맛을 보여주자!"

"와아아!"

"궁수대, 화살을 쏴라! 발사!"

슈슈슉! 쉬이익! 슈슉!

야스퍼드 경의 명령에 따라 대기 중이던 궁병 1,000명이 일제히 화살을 발사하자 전투 대형을 만들어 천천히 앞으로 진격해 오는 토벌대 병사들의 머리 위로 수많은 화살들이 떨어졌다.

"크아악!"

"커헉! 사, 살려줘!"

"화살 공격이다! 즉시 들고 있는 방패를 위로 들어 올려서 화살을 막아라!"

지휘관들의 지시에 따라 병사들이 가지고 있는 방패를 들어 올려 화살을 막았지만 비처럼 쏟아져 내리는 화살 공격에 꾸준히 쓰러지는 병사들이 생겼고 그런 피해를 입으면서도 병사들은 계속 앞으로 발걸음을 옮겼다.

원래 정석대로라면 이쯤에서 상대편도 마주 병력을 투입해서 전장 한가운데에서 공방전을 벌여야 정상이지만 카미넬 영지군 진형에서는 병사들을 앞으로 내보낼 생각조차 하지 않고 계속 소극적으로 화살 공격만 퍼붓고 있자 휘태커 백작은 그란츠가 방어전을 펼치고 있다고 판단하고는 휘하 병사들에게 더 적극적인 공격을 명령했다.

"저놈들 아무래도 단단하게 방어전만 펼치고 있기로 작정한 모양이군."

"아무래도 그런 것 같습니다, 백작님."

"우리 쪽 궁병들을 앞으로 더 전진시켜서 적 진영에 직접 화살 공격을 퍼붓도록 하게."

"하지만 그러면 자칫 궁병들의 피해가 커질 수도 있습니다."

"어차피 카미넬 영지만 토벌한다면 더 이상 반기를 들 수 있는 영지가 거의 없는 것이나 마찬가지야. 명령대로 병력을 투입하게 저대로 그냥 놔둔다면 적진에 도착하기도 전에 아군 병력이 괴멸될 수도 있어."

"알겠습니다, 백작님. 궁병대 앞으로, 보병대를 지원 사격한다."

궁병대를 전장으로 전진 배치시킨다면 궁수대의 피해가 커질 수밖에 없기 때문에 윈덤 자작이 크게 우려했지만 휘태커 백작의 강경한 명령에 어쩔 수 없다는 표정을 지으며 궁수대를 앞으로 전진시켰다.

앞으로 나온 궁수대가 카미넬 영지군 진형을 향해 화살을 쏘기 시작하자 카미넬 영지군도 일제히 방패를 위로 들어 올려서 화살을 막았다.

하지만 토벌대의 화살 공격에 피해가 조금씩 발생하기 시작하자 야스퍼드 경은 전진해 오는 적 보병대는 무시하고 지체 없이 화살 사정거리 안에 들어온 적 궁수대를 향해 집중적인 사격을 지시했다.

"궁수대, 적 궁병들이 본진에 화살 공격을 못하도록 공격하라!"

"쏴라!"

"크아악!"

"커허억!"

슈슉! 쉬이익! 티팅! 팅! 슈슉!

이렇게 카미넬 영지군 궁병들이 토벌대 궁병들과 공방전을 벌이느라고 전진해 오는 보병들에게 견제 사격을 하지 못하자 그 틈을 이용해서 카미넬 영지군 진형 근처까지 들어온 보병들은 지휘관의 지시에 따라 일제히 돌격을 하기 시작했다.

"적진을 향해 돌격 앞으로!"

"우와아아아! 돌격!"

"으아악! 이게 뭐야!"

"크아악!"

"미, 밀지마!"

지휘관들의 명령에 따라 함성을 지르며 일제히 앞으로 돌격해 들어가던 토벌대 병사들은 갑자기 땅바닥이 푹 꺼지는 것을 느끼며 카미넬 영지군들이 미리 파놓은 각종 함정에 빠지면서 일순간 돌격 대형이 흐트러지며 혼란에 빠졌다.

무릎까지 올라오는 풀숲 곳곳에 파여져 있는 함정은 깊게 땅을 파고 안에 날카롭게 다듬은 나무를 촘촘하게 박아놓은 것이어서 함정에 빠진 토벌대 병사들은 여지없이 목숨을 잃었고 함정을 눈치 채고 걸음을 멈춘 병사들도 뒤에서 밀려드는 아군 병사들에게 밀려서 비명을 지르며 함정 안으로 떨어졌다.

거의 절반에 가까운 병사들이 함정에 빠진 다음에야 돌격을 중단한 토벌대 병사들은 더 이상 전진을 하지 못하고 함정에 빠져 처참하게 죽어 있는 동료들의 모습을 보며 망연자실한 표정을 지었고 그때를 놓치지 않은 그란츠는 즉시 대기하고 있던 보병들에게 공격 명령을 내렸다.

"놈들의 기세가 꺾였다! 중장 보병대 돌격 앞으로!"

"와아아! 영지를 공격한 적들을 모조리 쓸어버려라!"

그란츠의 공격 명령에 진형 양쪽 측면에 있던 중장 보병대가 일제히 함성을 지르면서 함정 지역을 피해 적 보병대 양쪽 측면을 공격해 들어가자 적 지휘관들은 급히 방어 대형을 갖추려고 했지만 이미 기세가 꺾이고 함정 때문에 혼란에 빠진 병사들은 무서운 기세로 공격해 들어오는 중장 보병대를 막아내지 못하고 일격을 당했다.

채챙! 챙! 챙! 퍼걱! 츄아악!

"막아라, 적들이 대형 안으로 파고들지 못하도록 막아라!"

"크아악!"

"주, 죽어라!"

토벌대가 보낸 선두 부대의 측면으로 파고든 카미넬 영지 중장 보병대들은 큰 사각 방패로 적병들의 공격을 막으며 일제히 들고 있던 단창을 앞에 서 있는 적병들의 복부에 깊숙이 찔러 넣었고, 그렇게 선두가 무너지자 바로 접근전에 불리한 단창 대신에 허리에 차고 있던 검을 휘두르며 혼란에 빠진 토벌대 병사들을 도륙하기 시작했다.

"주변에 있는 적들을 모조리 죽여라!"

"끄억~ 컥!"

"이야압!"

전장을 주시하고 있던 휘태커 백작은 선봉 부대로 돌격해 들어간 보병대가 함정에 빠져서 큰 피해를 입고 바로 이어진 적 중장 보병대의 공격에 힘없이 무너져 내리기 시작하자 얼굴을 확 일그러뜨리며 큰소리로 명령을 내렸다.

"저런 치졸한 방법을 쓰다니 윈덤 자작 선봉 부대가 완전히 무너지기 전에 병력을 더 투입하도록 하게!"

"알겠습니다, 백작님."

휘태커 백작의 명령에 사태의 심각성을 느낀 윈덤 자작은 직접 보병 2,000명을 이끌고 앞으로 달려나갔고, 그런 토벌대의 반응에 그란츠도 즉시 대기 중이던 병사들을 추가로 더 투입해서 발빠르게 대응했다.

"우와악!"

"끄아악!"

"계속 놈들을 밀어붙여라!"

"이야압!"

"커헉… 이런, 제기랄!"

윈덤 자작이 이끄는 보병 2,000명이 곤경에 빠진 선두 부대를 구하기 위해서 급히 전장에 뛰어들었지만 야스퍼드 경도 그에 대응해서 중장 보병들을 이끌고 전투에 참여하자 선두 부대를 구원하기는커녕 오히려 난전에 휘말려 들어가서 점점 더 피해를 키웠다.

그렇게 토벌대의 주력 부대가 야스퍼드 경이 지휘하는 중장 보병들과 난전에 벌이며 발이 완전히 묶이자 그란츠는 미리 약속된 신호를 울려서 매복해 있는 부대에 공격 명령을 내렸다.

"매복 부대에게 공격 명령을 내려라!"

"알겠습니다, 자작님."

둥! 둥! 둥!

그란츠의 지시에 따라 공격을 알리는 북소리가 전장 전체에 가득 울려 퍼지자 큰 함성 소리와 함께 토벌대 측면과 뒤쪽 풀숲에 숨어 있던 중장 보병들이 일제히 모습을 드러내면서 기습을 가하기 시작했다.

"신호가 왔다! 적 본대를 쓸어버려라!"

"우와아아! 돌격 앞으로!"

추가로 병력을 투입했는데도 전세를 역전시키지 못하고 계속 뒤로 밀리고 있자 심각하게 남은 본진 병력을 전장에다 투입할지 고민하고 있던 휘태커 백작은 본진 측면과 후방에서 갑작스럽게 적병들이 나타나 공격을 하기 시작하자 크게 당황하기 시작했고 병사들도 자신들보다 배는 많아 보이는 적군의 출현에 사기가 급격하게 떨어지기 시작했다.

"백작님, 적의 기습입니다!"

"피셔 자작, 나도 알고 있네! 기사들은 뭣들 하고 있느냐! 어서 병사들을 독려해서 방어 대형을 갖춰라!"

크게 당황했지만 노련한 지휘관답게 금방 이성을 되찾은 휘태커 백작은 재빨리 본진 병사들에게 방어 대형을 갖추라는 명령을 내렸고 백작의 빠른 상황 대처에 토벌대 병사들은 혼란을 수습하고 방어 대형을 갖추기 시작했다.

채챙! 챙! 챙! 서걱! 츄아악!

"돌격! 놈들의 본진을 쓸어버려라!"

"막아라! 방어 대형을 끝까지 유지해야 한다!"

"계속 밀어붙여!"

거센 파도처럼 밀려오는 카미넬 영지군의 공격에 토벌대 본진의 방어 대형은 힘없이 무너져 내리기 시작했고 휘태커 백작까지 전투 현장에 나와 검을 휘두르며 어떻게 해서든 방어선을 유지하려고 했지만 만 명이 넘는 카미넬 영지군의 파상 공격을 도저히 막을 방법이 없었다.

"이야압, 젠장! 도대체 이렇게 많은 적병들이 어디서 튀어나온 거야?"

"저도 잘 모르겠습니다. 카미넬 영지에 이렇게 많은 병력이 있을 리가 없는데……. 아무튼 백작님, 이대로 전투를 지속한다면 승산이 없습니다. 일단 병력을 뒤로 물리시지요."

"끄응… 알겠네. 즉시 후퇴 명령을 내리도록 하게."

"현명한 선택이십니다. 후퇴하라!"

피셔 자작의 후퇴 의견이 아니더라도 도저히 전선을 유지할 수 없다고 판단한 휘태커 백작은 그나마 남아 있는 전력이라도 보존하기 위해서 지체 없이 후퇴 결정을 내렸고, 그런 백작의 결정에 따라 후퇴 북이 사방으로 울리며 토벌대 병사들은 일제히 전장을 이탈하기 시작했다.

"후퇴, 후퇴하라!"

"끄아악! 내 팔!"

"하얍! 이놈들, 어딜 도망가느냐!"

난전 속에서 병사들을 독려하며 힘겹게 싸우고 있던 윈덤 자작은 본진에서 후퇴를 알리는 북소리가 울리자마자 큰 피해를 각오하며 바로 병사들을 뒤로 물리기 시작했다.

하지만 어떻게 된 일인지 당연히 맹렬한 추격전을 벌이며 큰 피해를 강요할 것이라고 예상했던 카미넬 영지군은 후퇴하는 토벌대 병사들을 그냥 보내주었다.

허겁지겁 급하게 전장을 빠져나온 휘태커 백작은 카미넬 영지군이 추격을 해오지 않자 안도의 한숨을 내쉬며 어느새 반으로 줄어들어 버린 병사들의 숫자에 침울해졌다.

특히 후퇴하는 중에 피셔 자작이 눈먼 화살에 맞아 낙마하며 목이 꺾여 죽는 바람에 병사들의 사기는 더 떨어져 버렸다.

"백작님, 여기 물이라도 한 잔 드십시오."

"으음… 고맙네, 윈덤 자작."

허망한 얼굴로 여기저기 지쳐서 아무렇게나 앉아 있는 병사들을 바라보고 있던 휘태커 백작은 윈덤 자작이 건네는 수통을 받아들고 바짝바짝 타 들어가는 목을 축였다.

"후우… 이제야 좀 살 것 같군. 고맙네, 윈덤 자작."

"아닙니다, 백작님. 그런데… 이제부터 어떻게 하실 생각이십니까?"

"놈들이 펼쳐 놓은 함정에 걸려서 벌써 병력의 반을 날렸고 예상보다 놈들의 병력이 훨씬 더 많으니 일단 무론 성으로 돌아가서 병력을 재편성한 다음에 션즈 공작님이 올 때까지 기다리도록 해야지."

"…그렇군요."

패전을 인정하고 미련 없이 병력을 후퇴시키겠다는 휘태커 백작의 말에 윈덤 자작은 침통한 표정을 지었고, 백작이 그런 윈덤 자작에게 다음을 기약하자는 말을 하려고 할 때 지축을 울리는 말발굽 소리와 함께 적이 나타났다는 병사들의 다급한 외침이 사방으로 울려 퍼졌다.

두두두두!

"이, 이게 무슨 소리인가?"

"호, 혹시……?"

"적이다, 추격 부대가 나타났다!"

"젠장, 어쩐지 순순히 우릴 보내준다고 했더니… 뭣들 하느냐! 이동한다! 어서 빨리 움직여라!"

얼마나 많은 기병이 동원됐는지 지축을 울리며 지평선 가득 뿌연 먼지를 피워 올리는 적병들의 모습에 휘태커 백작은 급히 병사들을 이끌고 반대 방향으로 이동하기 시작했다.

겨우 휴식을 취하고 있던 휘태커 백작과 토벌대 병사들을 놀라게 해서 급하게 도망치게 만든 3,000명의 창기병단 병사들은 그란츠의 지휘를 받으며 사냥감 몰이를 하듯이 토벌대를 적당한 거리에서 쫓아가면서 천천히 죽음의 숲 쪽으로 몰아가고 있었다.

두두두두두!

"하하하! 자작님 이거 너무 심심하지 않습니까? 어차피 힘다 빠진 패잔병들인데 그냥 애들을 돌격시켜서 밀어버리시지요?"

계속 적당히 속도를 조절하면서 토벌대를 쫓아가는 것이 지루했는지 성격 급한 콜만 경이 옆에서 화끈하게 돌격해 들어가서 토벌대를 전멸시켜 버리자고 하자 그란츠는 얼굴 가득 미소를 지으며 콜만을 다독였다.

"콜만 경, 답답한 마음은 알겠는데 오늘은 참아요. 이미 이긴 것이나 다름없는 전투에서 아까운 창기병단 병사들을 잃을 수는 없잖아요? 저놈들을 죽음의 숲으로 밀어 넣은 다음에 신나게 적진을 돌파할 기회를 줄 테니까 조금만 더 참아요."

"알겠습니다, 자작님. 대신 그때는 이 콜만을 선봉 돌격대로 세워주셔야 합니다."

"알았어요."

이렇게 여유롭게 추적을 하고 있는 창기병단과 달리 토벌대 병사들은 조금이라도 더 빨리 도망치기 위해서 무거운 갑옷을 벗어버리며 도망치고 있었다. 그렇게 후퇴하는 와중에 멀리 나무가 울창하게 우거진 숲을 발견한 윈덤 자작은 급히 휘태커 백작에게 다가가 입을 열었다.

"백작님, 저쪽에 울창한 숲이 있습니다. 저리로 병사들을 후퇴시키는 것이 어떻겠습니까?"

"그렇군. 저 정도 숲이라면 말을 타고는 못 쫓아오겠지. 당장 저리로 방향을 바꾸도록 하게."

"예. 저 숲으로 후퇴한다. 서둘러라!"

울창하게 우거져 있는 나무들 때문에 기병들이 안으로 추격해 들어오지 못할 것이라고 생각한 휘태커 백작은 바로 방향을 틀어서 숲 안으로 병사들을 이동시켰고, 백작의 예상대로 맹렬하게 추격해 오던 창기병단 병사들은 토벌대가 숲 안으로 들어가 버리자 따라 들어오지 않고 숲 앞에서 추격을 중단했다.

"워! 워! 정지!"

이히히힝! 푸르릉!

"허참! 저놈들 몬스터 소굴로 들어가는 줄도 모르고 계속 안으로 들어가네요."

"하하하! 덕분에 우리는 피해 없이 토벌대를 완전히 처리할 수 있는 것 아닙니까?"

"자작님 말씀을 듣고 보니 그것도 그렇군요."

뒤도 안 돌아보고 숲 안으로 도망쳐 들어가는 토벌대 병사들을 보며 콜만은 한심하다는 표정을 지었고, 그런 콜만의 모습에 그란츠는 웃음을 지으며 서둘러 다음 지시를 내렸다.

"자, 조금 있으면 다시 먼 거리를 이동해야 하니까 이곳을 지킬 보병대가 올 때까지 말을 쉬게 하고 장비 점검을 하도록 하세요."

"알겠습니다, 자작님. 숲 쪽에 경계 병력을 세우고 말들을 쉬게 해라!"

휴식 명령에 말에서 내려 장비를 점검하는 창기병단 병사들을 둘러보며 그란츠는 이제부터 본격적으로 헤쳐 나가야 하는 어려운 전투를 생각하며 약해지려는 마음을 다잡았다.

한편 숲 안 깊숙한 곳까지 도망쳐 들어온 휘태커 백작과 토벌대 병사들은 창기병단 병사들이 추격해 들어오는 기미가 보이지 않자 그제야 걸음을 멈추며 주변 풍경을 둘러보기 시작했다.

"백작님, 적들이 추격을 중단한 것 같습니다."

"후우… 그것 참 다행이군. 하긴 이렇게 나무가 울창하게 우거져 있으니 말을 타고 숲 안으로 들어오는 것은 정말 바보 같은 행동이겠지. 일단 이곳에서 휴식을 취하며 병사들을 재편성한 다음에 무론 성으로 안전하게 후퇴할 방법을 찾도록 하세."

"알겠습니다, 백작님."

"허어… 그런데 정말 대단한 숲이군. 이렇게 크고 울창한 숲이 있다니……."

윈덤 자작이 지쳐서 아무렇게나 주저앉아 있는 병사들 사이를 돌아다니며 현황 파악을 하고 있을 때 휘태커 백작은 주변 풍경을 살피며 감탄성을 터뜨리다가 불현듯 떠오른 불길한 생각에 안색이 순식간에 하얗게 변해 버렸다.

"호… 혹시 여기가 죽……."

"끼아아악!"

"끽! 끼이익!"

갑자기 떠오른 불길한 생각에 휘태커 백작이 윈덤 자작을 급하게 부르려고 할 때 사방에서 소름 끼치는 울음소리가 울리기 시작했고, 그 소리에 겨우 한숨을 돌리며 쉬고 있던 병사들은 온몸을 떨며 불안한 눈으로 주변을 두리번거렸다.

"이, 이 소리는……?"

"몬스터다, 몬스터가 근처에 있어!"

몬스터의 울음소리라며 병사들이 소리를 치는 것과 동시에 사방에서 고블린들이 쏜 독침이 날아들기 시작했고, 무방비 상태로 있다가 독침에 맞은 병사들은 입에 거품을 물며 온몸을 떨기 시작하더니 금방 눈이 하얗게 뒤집어지며 서서히 목숨을 잃어갔다.

슈슉! 쉬이익!

"고블린이다! 모두 방어 대형을 만들어서 대항해라!"

"으아악! 사, 사람 살려!"

"끽! 끽!"

"끼이익!"

윈덤 자작을 비롯한 기사들이 서둘러 병사들을 수습해 고블린들의 공격에 대항하려고 했지만 후퇴하는 도중에 방패와 갑옷 같은 무거운 방어구들을 거의 다 버린 병사들은 사방에서 쏟아져 들어오는 독침 공격에 제대로 방어조차 못하며 속절없이 쓰러졌고, 급기야 휘태커 백작의 명령이 없었는데도 뿔뿔이 흩어져 도망치기 시작했다.

"으아악! 도망치자!"

"살려줘!"

"크아악!"

"도망치지 마라! 흩어지면 다 죽는다!"

병사들이 한두 명씩 겁에 질려서 도망치기 시작하자 공포감은 삽시간에 군대 전체에 퍼져 버렸고, 그때 숲에서 고블린들이 튀어나오며 병사들을 공격하기 시작했다.

그러자 순식간에 방어 대형이 무너지며 병사들이 사방으로 흩어져 버렸고 더 이상 지휘관들의 명령이 안 먹히는 상태에 빠져 버렸다.

상황이 최악으로 빠져들어 가자 윈덤 자작은 급히 기사들을 이끌고 고블린들의 공격에 처참하게 죽어가는 병사들을 허탈한 표정으로 바라보고 있는 휘태커 백작을 억지로 잡아끌며 황급히 숲 안쪽으로 몸을 피했다.

이렇게 몬스터들의 공격에 지휘 체계가 완전히 붕괴되며 사방으로 흩어져 버린 토벌대 병사들은 소규모 무리들로 쪼개져 죽음의 숲을 헤매며 돌아다니다가 한 명씩 몬스터들의 먹이로 전락했고, 그나마 입구를 찾아 다시 숲 밖으로 나온 병사들은 완전무장한 모습으로 기다리고 있는 카미넬 영지군에게 잡혀서 바로 포로가 되어버렸다.

그나마 이렇게 살아남아 포로가 된 인원도 겨우 300명 정도뿐이었고 거의 4,000명에 달하는 병사들이 죽음의 숲 안에서 허무하게 목숨을 잃었다.

윈덤 자작과 기사들의 호위를 받으며 몸을 피한 휘태커 백작도 피 냄새를 맡고 다가온 오우거에게 걸려서 처참한 모습으로 죽었고, 휘태커 백작의 죽음을 마지막으로 당당하게 카미넬 영지로 밀고 들어온 토벌대는 완전히 전멸했다.

죽음의 숲에 서식하는 몬스터들을 이용해 토벌대 잔당들을 간단하게 처리한 그란츠는 조엘 성에서 이번 영지 방어전에 참여한 1군단과 2군단 병사들에게 휴식을 주며 서둘러 병력을 재편성하고 있었다.

"자작님, 오늘 저녁쯤이면 병력 재편성이 다 끝날 것 같습니다."

"수고하셨습니다, 야스퍼드 경."

무거운 갑옷을 벗고 가신들과 함께 조엘 성 회의실에 모인 그란츠는 병력 재편성이 다 끝났다는 야스퍼드 경의 말에 고개를 끄덕이며 입을 열었다.

"지친 병사들도 휴식을 취했고 병력 재편성도 다 끝났으니 내일 날이 밝는 대로 성을 출발해 버틀러 백작 영지에 주둔 중인 선즈 공작의 토벌대 본진을 치도록 하겠습니다."

어느 정도 예상은 하고 있었지만 생각보다 빠르게 병력을 움직이겠다는 그란츠의 말에 걱정스러운 얼굴로 말을 했다.

"조금 더 기다리셨다가 선발 부대의 패주 소식을 들은 선즈 공작이 군대를 몰고오면 조엘 성에서 수성전을 벌이는 것이 좋지 않겠습니까?"

"야스퍼드 경이 무슨 말을 하는지 저도 잘 알고 있습니다. 물론 경의 의견대로 수성전을 벌인다면 최소한의 피해로 선즈 공작의 토벌대를 충분히 막을 수 있을 겁니다. 하지만 그렇게 토벌대를 막는다고 해도 왕국 전체가 적인 이상 언제까지 끊임없이 밀려오는 왕국군을 상대로 전쟁을 수행할 수 있겠습니까?"

"…으음, 그것은……."

적을 막을 수는 없지만 언제 끝날지 모를 전쟁을 계속 해야 한다는 그란츠의 말에 야스퍼드는 아무런 말도 할 수 없었고 회의실에 앉아 있는 콜만과 드팔린 경도 침울한 표정을 지었다.

"그래서 소극적으로 성안에서 방어전을 펼치는 것보다 적들이 우리의 진정한 힘을 모르고 있을 때 적들의 심장을 찌르자는 겁니다."

"하지만 자작님, 아무리 저희 병력이 정예들이라고 하지만 5만 명도 안 되는 병력으로 토벌대를 상대하고 바로 이어서 왕성을 공략한다는 것은 현실적으로 실현하기 힘든 일 아니겠습니까?"

"당연히 힘들 겁니다. 하지만 우리가 살아남기 위해서는 힘들더라도 꼭 성공시켜야 하는 일입니다."

필요성은 충분히 인식하고 있지만 성공 가능성이 희박한 공격 계획에 가신들이 회의적인 반응을 보였지만 그란츠는 강경한 어조로 자신의 의견을 밀어붙였고, 가신들도 그런 그란츠의 모습에 불안감을 떨쳐 버리며 공격 계획에 찬성표를 던졌다.

"알겠습니다. 이미 맥클라인 국왕과 한배를 탈 수 없는 상황인 이상 질질 시간을 끌고 있는 것보다는 자작님의 말씀처럼 먼저 선수를 치고 들어가는 것이 더 유리할 겁니다."

"맞습니다. 화끈하게 밀어붙이자고요."

다음날 아침해가 뜨자마자 그란츠는 조엘 성을 지킬 최소한의 병력만 남겨두고 전 병력을 이끌고 션즈 공작이 있는 버틀러 백작 영지의 주성인 홈스테드 성으로 달려갔다.

휘태커 백작의 의견을 받아들여서 군대를 3개로 나누어서 토벌전을 벌인 덕분에 생각보다 훨씬 더 빨리 국왕파 잔당들의 영지를 쓸어버린 션즈 백작은 홈스테드 성에서 느긋하게 휴식을 취하며 드래곤 산맥 쪽에 있는 국왕파 영지를 공략하러 간 휘태커 백작의 승전보를 기다리고 있었다.

이제 휘태커 백작의 군대만 토벌을 끝내고 돌아오면 토벌전을 모두 끝내고 새로운 왕성인 칼카자가 왕성으로 성대한 개선식과 함께 입성할 생각에 병사들은 물론 지휘관들까지 국왕파 영지에서 노획한 술과 기름진 음식을 먹으며 긴장을 완전히 풀고 있었다.

"크하하하! 마셔! 이제 드래곤 산맥 쪽으로 간 군대만 돌아오면 토벌전도 끝이군."

"그러게 말이야. 이번 토벌전은 그렇게 위험한 일도 없고 부수입도 짭짤해서 정말 좋았는데 너무 빨리 끝나는 것 같아서 아쉽군."

"부수입을 많이 올린 것은 사실이지만 그래도 난 이 지긋 지긋한 전투를 빨리 끝내고 고향으로 돌아가고 싶어."

"하긴 그러고 보니 고향을 떠난 지 너무 오래된 것 같군."

"그러게 말이야……."

두 눈을 부릅뜨고 성문을 지키고 있어야 하지만 딱히 쳐들 어올 적도 없고, 벌을 줘야 하는 지휘관들도 대충 눈을 감고 모르는 척하고 있기 때문에 삼삼오오 모인 병사들은 술과 고 기를 먹으며 시간만 때우고 있었다.

그때 시끄러운 말발굽 소리와 함께 20명 정도의 기병이 다 급한 목소리로 소리를 지르며 성문을 향해 빠르게 다가왔다.

따각! 따각! 따각!

"휘태커 백작님이 보낸 전령이다! 급한 일이니 어서 문을 열어라!"

"잠시만 기다려 주십시오. 안에 들어가서 신분을 확인할 수 있는 기사님을 모시고 오겠습니다."

"방금 내가 한말을 못 들었느냐! 션즈 공작님께 빨리 전해 드려야 하는 급보를 가지고 왔다. 어서 문을 열어라!"

"그, 그것이……."

"빨리 못 열겠나! 이렇게 성문에서 쓸데없는 시간을 끌었 다는 것을 아시면 나중에 션즈 공작님께서 큰 벌을 내리실 것이야!"

"아… 알겠습니다. 바로 성문을 열도록 하겠습니다."

한창 동료들과 술판을 벌이고 있던 병사들은 갑작스러운 기병들의 출현에 당황하며 상급자인 기사들을 불러오려고 했지만 급한 일이라고 큰 소리로 고함을 치며 다그치는 기병들의 재촉에 함부로 성문을 열어주면 안 된다는 사실도 잊고 급히 굳게 닫혀 있는 빗장을 풀고 성문을 열었다.

철컥! 끼이익! 끼이익!

계속된 기병들의 재촉에 병사들이 황급히 성문을 열자 노획한 토벌군 갑옷을 입고 있던 콜만 경은 씨익 미소를 지으며 부하들과 함께 당당하게 적들이 열어준 성문을 통과해서 홈스테드 성안으로 들어갔다.

"이 길을 쭈욱 따라가면 바로 공작님이 계시는 내성입니다."

"그래, 고맙네."

"아닙니다. 당연히… 커헉! 이, 이게 무슨……?"

콜만 경과 기병들이 성안으로 들어오자 가까이 다가와서 친절하게도 션즈 공작이 있는 곳을 이야기해 주는 병사에게 살짝 미소를 지어준 다음에 번개같이 허리에 차고 있던 검을 빼서 병사를 죽인 콜만은 부하들에게 서둘러 성문을 장악하도록 명령하고는 성문 옆에 있던 횃불을 뽑아서 밖으로 나와 작전이 성공했다는 신호로 둥그렇게 원을 그리며 흔들었다.

"성문을 서둘러 장악해라!"

채쨍! 서걱! 츄아앙!

"크아악!"

"소, 속았다!"

병사들과 함께 어둠 속에 숨어서 대기하고 있던 그란츠는 성문에서 약속했던 신호가 올라오자 눈을 빛내며 바로 공격 명령을 내렸다.

"성문이 열렸다! 한번에 성을 함락시켜라!"

"와아아! 돌격 앞으로!"

검을 뽑아 든 채 말을 타고 선두에서 달려나가는 그란츠를 따라 3만 명에 달하는 카미넬 영지군은 큰 함성을 지르며 활짝 열린 성문을 향해 일제히 밀고 들어갔다.

성안으로 들어온 카미넬 영지군은 아직까지도 무슨 일이 벌어졌는지 알아차리지 못하고 무방비 상태로 있는 토벌대 병사들을 가차없이 베기 시작했고, 성문은 물론이고 상당히 많은 병사들이 목숨을 잃은 뒤에야 기습을 알아차린 토벌대 지휘부가 급히 병사들을 동원해 방어에 나섰지만 이미 카미넬 영지군이 모두 성안으로 밀고 들어와서 난전이 벌어진 뒤였다.

채챙! 챙! 챙! 츄아악! 서걱!

"막아라! 적들이 더 이상 안으로 못 들어오게 막아야 한다!"

"크아악!"

"죽어라!"

"이게 무슨 소란인가?"

"공작 각하! 적의 기습 공격입니다!"

"기습 공격이라니? 도대체 어떤 놈들이 겁도 없이 이곳을 공격한단 말이야? 당장 병사들을 모아서 적을 격퇴하도록 하게!"

내성 안 저택에서 잠을 자고 있다가 갑자기 사방에서 들리는 함성에 잠을 깬 션즈 공작은 다급한 얼굴로 침실 안으로 들어와 기습 공격을 당했다고 보고하는 기사의 모습에 얼굴을 찡그리며 당장 소란을 피우는 적들을 격퇴하라는 명령을 내렸다.

"전하, 이미 성문이 뚫려서 성안에서 접전을 펼치고 있는 중입니다. 죄송하지만 만약을 위해서 갑옷을 입으시는 게 좋을 것 같습니다."

급박하게 돌아가는 현 상황을 제대로 파악하지 못하고 그저 소규모 국왕파 잔당들이 난동을 일으키는 것이라고 가볍게 생각하는 션즈 공작의 모습에 기사는 서둘러 위험에 처한 현 상황을 설명했고 이미 성문이 뚫렸다는 기사의 말에 션즈 공작은 눈을 동그랗게 뜨며 고함을 질렀다.

"성문이 뚫렸다니 도대체 그게 무슨 소리야? 적이 얼마나 많이 몰려왔기에 벌써 성문이 무너졌다는 말이야?"

"최소한 3만 명은 넘는 것 같습니다."

"뭐라고, 3만 명? 뭣들 하고 있느냐! 어서 갑옷을 가져와라!"

"알겠습니다, 공작님."

"이런 제기랄! 3만이 넘는 적이 갑자기 나타나다니 정말 미치겠군."

3만 명이 넘는 대군이 기습을 해왔다는 기사의 말에 션즈 공작은 시종을 불러 서둘러 갑옷을 갖춰 입기 시작했고, 그러는 사이에도 밖에서는 병장기 부딪치는 소리와 함께 누가 질렀는지 불이 나서 사방을 환하게 밝히고 있었다.

선두에 서서 병사들과 함께 성안으로 돌격해 들어간 그란츠는 날카로운 검술을 펼치면서 토벌대 병사들을 죽여 나갔다.

"이야압, 계속 밀어붙여라! 놈들이 재정비할 시간을 주면 안 된다!"

"소영주님이 선두에 서 계신다! 공격!"

"커헉!"

"우아악! 내 다리!"

"도망치지 마라!"

"다 죽여 버리겠다!"

갑작스러운 기습에 제대로 갑옷조차 못 입고 무기만 급하게 들고 나온 토벌대 병사들은 백인대 별로 조직적으로 움직이는 카미넬 영지군의 공격에 속수무책으로 죽어나갔고, 그나마 기사들이 급히 병사들을 끌어모아 만든 방어선도 그란츠가 창기병단 병사들을 이끌고 간단하게 돌파해 버리자 순식간에 와해되어 버리며 계속 뒤로 밀려갔다.

상황이 이렇게 되자 션즈 공작가의 기사단장으로 큰 공을 세워 이제 자작의 작위를 받은 해선 자작은 더 이상 외성 안에서 시가전을 벌여봐야 승산이 없다는 것을 깨닫고는 새로운 방어선을 만들기 위해서 바로 병사들을 수습해서 내성으로 집결시키기 시작했다.

"상황이 더 불리해지기 전에 새로운 방어선을 만들어서 적을 막아야 한다! 기사들은 병사들을 최대한 수습해서 내성으로 들어가라!"

"알겠습니다! 내성으로 후퇴하라!"

한편 급하게 갑옷을 챙겨입고 내성 성벽 위로 올라온 션즈 공작은 불이 났는지 시가지 곳곳에서 연기가 피어오르고 비명과 병장기 소리가 울려 퍼지는 상황을 발견하고는 어이가 없다는 표정을 지었다.

"아니, 전투가 벌어진 지 얼마나 됐다고 벌써 외성이 불바다로 변했단 말인가?"

"공작님, 상황이 너무 안 좋습니다. 일단 병사들을 수습해서 내성에 방어선을 만들기로 했지만 이미 병력의 반 이상을 기습 공격에 잃었습니다."

"뭐라고! 이런 제기랄!"

2만 병력 중 벌써 반이 넘는 병력을 잃었다는 해선 자작의 보고에 션즈 공작은 머리끝까지 치밀어 오르는 분노를 느꼈다.

한편 토벌대 병사들이 외성을 포기하고 모두 내성으로 들어가 버리자 그란츠는 즉시 기습 공격을 펼치느라 사방으로 흩어진 병사들을 모아서 션즈 공작이 내성 방어선을 더 튼튼하게 만들기 전에 내성에 파상공격을 퍼붓기 시작했다.

"야스퍼드 경, 놈들이 방어선을 더 강화시키기 전에 내성을 함락해야 합니다. 지금 바로 병사들을 투입시키도록 하세요."

"알겠습니다, 자작님. 중장 보병대 앞으로 내성을 함락시켜라!"

"와아아아! 돌격 앞으로!"

두껍고 높은 외성에 비해서 무늬만 성이지 2m 정도의 낮은 성벽이 전부인 내성을 향해 중장 보병대가 함성을 지르며 돌격해 들어오자 해선 자작은 바로 화살 공격을 펼쳐 카미녤 영지군의 접근을 막았다.

"놈들이 몰려온다! 궁수대 화살을 쏴서 놈들의 접근을 막아라!"

슈슉! 쉬이익! 슈슈슉!

"중장 보병대를 지원해라! 내성을 향해 화살을 날려라!"

돌격해 들어가는 중장 보병대를 향해 화살이 날아오자 그란츠는 바로 궁수대를 동원해서 내성에 지원 사격을 퍼부었고 그사이에 내성 앞에 도착한 중장 보병대는 가지고 온 도끼로 성문을 부수거나 급하게 만든 사다리를 타고 성벽을 올라갔다.

쿵! 쿵! 쿵!

"도끼로 성문을 쪼개 버려라!"

"막아라! 놈들이 성벽을 못 넘어오도록 막아라!"

"내성만 함락시키면 된다! 계속 밀어붙여라!"

츄앙! 챙! 채챙! 챙!

"끄아악!"

"허걱, 으으윽!"

"죽어, 죽으란 말이야!"

해선 자작은 물론이고 션즈 공작까지 직접 검을 휘두르며 병사들을 독려했지만 중장 보병대의 거센 공격에 조금씩 뒤로 밀리기 시작했고 결국 도끼질에 성문이 부서지자 뒤에서 대기 중이던 그란츠가 창기병단을 이끌고 일제히 돌격해 들어오며 토벌대의 마지막 숨통을 끊었다.

그날밤 기습 공격으로 그란츠는 2만 명에 달하는 토벌대를 완전히 격파했고, 선즈 공작은 일부 기사들과 함께 내성 영주 저택 안에 있는 비밀 통로를 통해 겨우 목숨만은 건질 수 있었다.

하지만 신생 맥클라인 왕국의 정예 병력이라고 할 수 있는 군대를 이끌고 토벌전을 벌였던 선즈 공작이 병력을 모두 잃음으로써 왕국 북서부의 영향력을 완전히 상실해 버렸다.

이렇게 그란츠가 선즈 공작을 상대로 대승을 거두고 있을 때 원터스 영지 수군 사령관이 이끄는 함대가 므네 성을 출발해 예전 레인 백작 영지의 나흐 성을 목표로 조심스럽게 움직이고 있었다.

촤아아! 촤아아!

30척의 전투함이 V자 모양으로 넓게 진형을 만들고 그 안에 거의 90척에 달하는 엄청난 수송선이 조용히 움직이고 있었는데 전투를 치르러 가면서 전투함보다 수송선이 몇 배나 더 많은 아주 기형적인 함대 구성이었다.

"원터스 사령관님, 이제 반나절만 더 가면 나흐 성에 도착할 것 같습니다."

"그래? 정말 다행이군. 항해하는 내내 적에게 우리의 움직임이 발각될까봐 조마조마했었는데 이제 조금 안심이 되는군."

전망이 좋은 조타석에 앉아 있던 원터스가 주변 바다를 가득 매우고 있는 배들을 바라보며 안도의 한숨을 내쉬자 부관도 고개를 끄덕이며 입을 열었다.

"맞습니다. 적에게 들켜서 이 망망대해에서 해전을 벌였다고 생각하면 정말 소름 끼치는 일입니다."

"그래… 무엇보다 해전을 벌였다면 승리를 하더라도 수송선들의 피해가 너무 커서 도저히 자작님이 명령하신 작전을 수행할 수 없었을 거야."

그날 밤 어둠을 틈타서 나흐성 항구에 조용히 접근한 카미넬 영지 수군 함대는 나흐 성에 전진 배치되어 있는 모츠 공작(맥클라인 1세에게 공을 인정받아서 백작에서 공작으로 승작했다)의 수군 함대를 기습 공격했다.

"공격! 불화살을 날려서 적 함선을 모조리 불태워 버려라!"

슈슈슉! 쉬이익! 화르륵!

"으아악! 적이다!"

"물! 어서 물을 가져와!"

"뜨, 뜨거워!"

"계속 불화살을 퍼부어라!"

"기습 공격이다! 어서 비상종을 쳐라!"

"원터스 사령관님, 기습 공격에 성공했습니다."

"하하하하! 이놈들 아무리 마땅한 적이 없다고 하지만 이렇게 경계 병력도 제대로 세워놓지 않고 거의 다 하선해 있다니 하늘이 우리 카미넬 영지를 도와주시는구나!"

"정말 그렇습니다. 공격을 시작한 지 벌써 꽤 시간이 지났는데 반격이 거의 없습니다."

"그래도 혹시 모르니까 항구 안에 있는 배를 모조리 불태워 버리도록 하게!"

"명령대로 시행하겠습니다."

나흐 성 항구 안에는 무려 40척이 넘는 전투함이 닻을 내리고 정박해 있었지만 바다에는 마땅히 자신들을 공격해 올 적이 없기 때문에 거의 모든 수병들이 배를 비우고 항구에 있는 술집에서 술을 마시고 있었고, 그나마 배 안에 있던 수병들마저도 코를 골아가며 잠을 자고 있었기 때문에 원터스 사령관이 이끄는 카미넬 영지 수군 함대의 기습 공격에 속절없이 당하고 있었다.

항구에서 일어난 소란에 술집에 있던 수병들이 급하게 뛰어왔지만 이미 정박해 있던 전투함 대부분이 불화살 공격에 당해 커다란 화염 덩어리로 변해 활활 타고 있었고, 기습을 성공적으로 끝마친 카미넬 함대는 적선들이 불에 타면서 내는 화염을 피해 유유히 항구를 떠나고 있었다.

"이, 이럴수가……!"

"하, 함대가 모조리 불에 타다니……."

"뭣들 하고 있느냐! 어서 배에 붙은 불을 꺼라!"

뒤늦게 나타난 함대 책임자가 화를 내며 병사들에게 어서 배에 붙은 불을 끄라고 소리를 질렀지만 이미 항구에 정박해 있던 배들을 살릴 방법은 없었다.

이렇게 모츠 공작의 수군 함대를 재기 불능 상태로 만들어 버린 윈터스는 하케나우 강 입구에서 대기 중이던 수송선들과 합류해서 빠르게 강을 거슬러 올라가기 시작했다.

Grants Saga

4. 적의 심장을 노려라!

홈스테드 성을 완전히 장악한 그란츠는 성을 지킬 병력조차 남겨두지 않고 다음날 바로 전병력을 이끌고 빠르게 신생 맥클라인 왕국의 심장인 칼카자가 왕성을 향해 진군하기 시작했다.

척척척! 척척척!

"자작님, 아무래도 홈스테드 성에 병력을 조금 남겨둘걸 그랬습니다."

"왜요? 힘들게 함락시킨 성을 그냥 버려두는 것 같아서 아깝습니까, 야스퍼드 경?"

미련이 많이 남는지 야스퍼드 경이 자꾸 뒤를 돌아보며 점점 멀어지고 있는 홈스테드 성을 바라보며 말을 하자 그란츠는 미소를 지으며 입을 열었다.

"사실 미련이 없다면 거짓말이겠지요. 저렇게 큰 성을 그냥 버려두고 가야 한다니 정말 아깝습니다."

"하하하! 저도 많이 아깝지만 어쩔 수 없는 일입니다. 저 성을 지키려면 최소한 2,000명은 남겨둬야 하는데 적은 병력으로 왕국의 심장부인 칼카자가 왕성을 공격해야 되는 우리 입장에서는 힘든 일이지요. 아깝다고 왕성으로 진격하는 과정에서 점령한 지역마다 병력을 조금씩 남겨둘 수도 없잖아요."

야스퍼드는 그란츠의 설명에 수긍을 하면서도 한 가지 문제점을 지적했다.

"하지만 자작님, 이런식으로 점령지를 계속 방치하면서 진격을 하다가 자칫 잘못해서 적들이 저희들의 퇴로를 끊고 병참선을 막아버린다면 큰일이 아니겠습니까?"

"야스퍼드 경의 말씀이 맞습니다, 자작님. 아무리 단기전으로 왕성을 공략한다고 하지만 기본적인 보급품이 지원되지 않는다면 왕성을 공략하기 힘들 겁니다."

야스퍼드 경에 이어서 드팔린 경까지 보급로 확보에 대해서 우려를 표시하자 그란츠는 전혀 걱정 없다는 표정을 지으며 말을 했다.

"거기에 대해서는 따로 생각해 둔 방법이 있으니까 지금은 왕국에서 위험을 눈치 채고 조치를 취하기 전에 최대한 빨리 칼카자가 성에 도착할 수 있도록 병사들을 독려하도록 하세요."

"…알겠습니다, 자작님."

무슨 생각인지는 모르겠지만 자신 있게 말하는 그란츠의 모습에 야스퍼드와 드팔린은 그동안 위기 때마다 기발한 해결 방법을 제시했던 그란츠의 예전 모습을 떠올리며 우려감을 떨쳐 버렸다.

한편 해선 자작과 기사들의 도움을 받아서 겨우 홈스테드 성에서 빠져나온 션즈 공작은 옆 영지인 브름베어 백작 영지로 몸을 피하고는 급히 왕성에 전령을 띄웠다.

"공작님, 상처는 좀 어떠십니까?"

홈스테드 성에서 내성으로 밀고 들어온 적병과 싸우면서 입은 상처를 치유하기 위해 브름베어 백작이 내어준 방에서 한쪽 팔에 붕대를 감고 누워 있던 션즈 공작은 걱정스러운 표정을 짓고 있는 해선 자작의 물음에 얼굴을 찡그리며 입을 열었다.

"으음… 검에 베인 팔이 조금 쑤시지만 아직 참을 만하다네. 그래 왕성으로 전령은 보냈는가?"

"네, 상세한 보고서를 작성해서 오늘 아침 날이 밝자마자 바로 전령을 출발시켰습니다."

"잘했네. 카미넬 영지에서 3만 명이 넘는 정예 병력을 동원하다니 이건 쉽게 넘어갈 문제가 아니야."

"맞습니다, 공작님. 아무리 방심하고 있었다지만 저희를 그렇게 쉽게 밀어붙이다니……. 그런데 카미넬 영지를 토벌하러간 휘태커 백작님은 어떻게 됐을까요?"

휘태커 백작을 걱정하는 해선 자작의 말에 션즈 공작은 한숨을 쉬면서 눈을 감았다.

"후우… 카미넬 영지군이 홈스테드 성에 나타났다는 것은 휘태커 백작도 무사하지는 못하단 말이겠지……."

"그럼……."

휘태커 백작을 생각하며 두 사람이 침울해하고 있을 때 문이 벌컥 열리며 브름베어 백작이 다급한 표정으로 안으로 뛰어들어 왔다.

"공작님, 큰일났습니다!"

"공작님은 지금 휴식을 취하셔야 합니다. 무슨 일인데 이렇게 소란을 피우시는 겁니까?"

예의 없이 노크도 없이 허겁지겁 안으로 들어온 브름베어 백작의 모습에 해선 자작이 눈살을 찌푸리며 말을 했지만 백작은 계속 당황한 얼굴로 말을 했다.

"지금 그게 문제가 아니오. 공작님, 방금 들어온 소식에 의하면 버틀러 영지쪽에서 대규모 군대가 경계선을 넘어오고 있다고 합니다."

"대규모 군대라니? 지금 그게 무슨 말인가?"

브름베어 백작의 말에 크게 놀란 션즈 공작이 침대에서 벌떡 일어나 소리를 치자 백작은 전령이 가져온 소식을 최대한 자세하게 설명했다.

"전령에 의하면 3만 명은 넘어 보이는 군대가 빠른 속도로 왕성을 향해 움직이고 있다고 합니다. 붉은 사자가 그려진 깃발을 앞세우고 있다고 하니까 홈스테드 성을 공격한 카미넬 영지군이 아니겠습니까?"

"제기랄, 이렇게 빨리 움직이다니!"

"공작님, 이놈들이 겁도 없이 왕성을 노리는 것 같습니다."

카미넬 영지군이 왕성을 향해 움직이고 있다는 브름베어 백작의 말에 해선 자작이 놀라서 소리를 치자 션즈 백작은 한 방 먹었다는 표정을 지으며 급히 백작을 향해 입을 열었다.

"백작, 지금 영지에 동원 가능한 병력은 얼마나 있나?"

"예? 아! 예! 반나절 정도 시간이 걸리겠지만 2,000명 정도 병력을 모을 수 있습니다."

"좋네! 지금 당장 병사들을 최대한 많이 끌어모으도록 하게!"

"알겠습니다, 공작님."

"그리고 해선 자작은 지금 즉시 왕성으로 전령을 보내 놈들이 왕성을 노리고 있다는 사실을 알리도록 하게!"

"네! 지금 바로 전령을 보내겠습니다."

전혀 예상하지 못했던 그란츠의 움직임에 션즈 공작이 당황하며 브름베어 영지가 발칵 뒤집혀 있을 때 그란츠가 이끄는 카미넬 영지군은 영지 경계선에 세워진 초소를 간단하게 무너뜨리고 빠른 속도로 칼카자가 왕성을 향해 움직이고 있었다.

특히 무거운 보급품은 가져오지 않고 정확하게 5일분의 식량만 가지고 이동하고 있기 때문에 카미넬 영지군의 이동 속도는 일반적인 행군 속도의 두 배에 달해 있었다.

한편 션즈 공작이 보낸 전령을 통해 토벌군이 완전히 전멸당했다는 소식을 전해들은 맥클라인 1세는 불같이 화를 내고 있었다.

"이런 황당한 경우가 있나! 고작 카미넬 영지군에게 3만에 달하는 토벌대가 전멸을 당하고 백전노장인 션즈 공작까지 부상을 입었다니 도대체 이게 말이나 되는 소리요!"

"송구스럽습니다, 전하."

맥클라인 1세의 호통에 대전에 모인 귀족들이 고개만 푹 숙이며 뭐라고 대답을 못하자 모츠 공작이 대표로 입을 열었다.

"전하, 지금 가장 큰 문제는 토벌대가 전멸당한 것이 아닌 것 같습니다."

"아니, 그럼 도대체 뭐가 문제란 말인가?"

"토벌대가 전멸당한 것도 문제지만 이번 일을 계기로 괴멸 직전이던 국왕파 잔당들이 다시 카미넬 영지를 중심으로 재결집을 할 수 있고 전령이 가지고 온 보고서에 적힌 반란군의 군세도 심각한 문제입니다."

모츠 공작의 말에 사태의 심각성을 느꼈는지 맥클라인 1세도 얼굴을 굳히며 침음성을 흘렸다.

"끄으응… 그럼 이놈들을 어떻게 처리해야 되겠나?"

"우선 토벌대가 전멸했다는 소문이 퍼져 귀족들이 크게 동요하기 전에 최대한 힘을 끌어 모아 문제의 근원지인 카미넬 영지를 토벌하는 것이 가장 빠르고 확실한 해결 방법입니다."

"흐음… 좋네. 이번 문제는 자네가 부상을 당한 션즈 공작 대신 책임지고 해결하도록 하게!"

"알겠습니다, 전하!"

귀족들이 동요하기 전에 빨리 카미넬 영지를 쓸어버려야 한다는 모츠 공작의 의견에 맥클라인 1세은 수긍을 하며 전권을 모츠 공작에게 위임했고 모츠 공작은 이번 일을 기회로 경쟁 상대인 션즈 공작을 완전히 따돌릴 생각에 내심 미소를 지었다.

바로 그때 대전 문이 열리며 기사 한 명이 안으로 뛰어들어 왔다.

"전하! 션즈 공작님께서 보내신 급보가 올라왔습니다!"

"급보라고? 어서 가지고 오게!"

기사가 가지고 온 보고서를 다 읽은 맥클라인 1세는 안색이 창백해졌고 심상치 않은 분위기에 모츠 공작은 궁금한 얼굴로 입을 열었다.

"전하, 무슨 일인데 그러십니까?"

"이런 낭패가 있나! 션즈 공작이 보낸 보고서에 의하면 홈스테드 성을 함락시킨 카미넬 영지군 3만 명이 왕성을 향해 빠르게 움직이고 있다고 하는군."

"그럴 수가……."

"모츠 공작, 상황이 다급해졌네. 이놈들이 왕성을 목표로 움직이고 있다면 정말 큰일 아닌가?"

"급히 끌어 모은다면 이틀 안에 5만 명은 충분히 모을 수 있습니다. 너무 걱정하지 마십시오, 전하."

모츠 공작이 왕성 주변에 있는 병력을 끌어모아서 충분히 카미넬 영지군을 막을 수 있다고 했지만 점점 이상하게 돌아가는 상황에 맥클라인 1세는 쉽게 불안감을 떨쳐 버릴 수 없었다.

대전을 나온 모츠 공작은 왕성에 주둔 중인 병력을 점검하고 급히 주변에 있는 귀족들의 영지에 전령을 보내 병력을 왕성으로 모으기 시작했다.

일반적으로 3만 명이라는 대군을 이끌고 버틀러 영지에서 칼카자가 왕성까지 오려면 최소한 4일은 걸리는 거리였기 때문에 모츠 공작은 카미넬 영지군이 도착하기 전에 충분히 방어 병력을 모으고 오히려 더 많은 병력을 모아서 카미넬 영지군을 전멸시킬 수 있다고 생각했다.

하지만 이런 모츠 공작의 생각과는 달리 그란츠가 이끄는 카미넬 영지군은 벌써 칼카자가 성에서 반나절 거리에 도착해 있었다.

"자작님, 이제 반나절만 더 가면 칼카자가 왕성입니다."

"그럼 오늘은 여기서 병사들을 쉬게 하고 내일 왕성을 공략하도록 하는 게 좋겠군요."

"잘 생각하셨습니다. 그렇지 않아도 강행군을 하느라고 병사들이 많이 지친 상태여서 바로 전투를 치르는 것은 무리였습니다."

"그런데 자작님, 왕성을 공략하려면 공성 무기가 필요하지 않겠습니까?"

"아, 그건 일단 왕성을 포위한 다음에 만들도록 할 거예요.

지금은 최대한 빨리 왕성을 포위해서 외부와 단절시키는 것이 중요한 거예요."

칼카자가 왕성을 빨리 포위해야 한다는 그란츠의 말에 가신들은 의문을 표시했다.

"하지만 자작님, 아무리 저희가 적들이 미처 방어 준비를 끝마치기 전에 왕성을 포위한다고 해도 기본적으로 왕성에 주둔하고 있는 병력이 있는 이상 쉽게 성을 함락시키기는 힘들 것이고 그사이에 지방에 있던 병력이 몰려들면 아무 소용없는 일 아닙니까?"

"그렇습니다. 야스퍼드 경의 말처럼 잘못하면 샌드위치처럼 중간에 끼어서 꼼짝없이 전멸당할 수도 있습니다."

"아! 쳐들어오는 놈들이 있으면 오는 족족 박살내 버리면 되지 뭐가 그렇게 걱정입니까?"

단순한 콜만 경과는 달리 야스퍼드 경에 이어서 드팔린 경까지 포위당할 것을 걱정하자 그란츠는 살짝 미소를 지으면서 대답을 했다.

"그렇지 않아도 그 문제 때문에 드팔린 경을 부르려고 했어요."

"그게 무슨 말씀이십니까?"

"내일 아침 본대가 행군을 다시 시작할 때 드팔린 경은 창기병단을 이끌고 주변 영지에서 보내는 지원군들을 공격하도록 하세요. 정식으로 기사 교육을 받은 창기병단의 전투력이라면 충분히 지원군을 막을 수 있을 거예요."

창기병단을 이용해 주변 영지에서 몰려올 지원군을 차단하겠다는 그란츠의 말에 가신들은 고개를 끄덕였다.

"역시! 창기병단을 동원하면 지원군을 막을 수 있겠군요."

"좋은 생각이십니다."

지원군에 대한 문제가 해결되자 가신들은 편안한 얼굴로 각자 맡은 일을 하기 위해서 움직였고 가신들이 병사들을 점검하러 가고 혼자 남은 그란츠는 하게나우강이 있는 방향을 바라보며 제발 원터스가 작전대로 차질없이 움직여 줄 것을 주신 루께 간절히 빌었다.

그렇게 그날밤 병사들을 푹 쉬게 한 그란츠는 날이 밝자 다시 행군을 시작했고 정오쯤 되어 드디어 칼카자가 왕성 앞에 도착할 수 있었다.

왕성 서쪽 성문을 지키는 수문장인 톰슨은 갑자기 어제부터 떨어진 비상 대기 명령에 교대도 못하고 계속 근무를 서고 있었고 덕분에 부하들은 물론이고 수문장이자 십인장인 톰슨마저 불만에 가득 차 있었다.

"정말 미치겠네! 톰슨 십인 대장님, 지난 이틀 동안 교대도 안 해주고 이거 언제까지 계속 이러고 있어야 되는 겁니까?"

"맞아요. 이거 해도 너무 한 거 아닙니까?"

계속된 근무에 병사들이 투덜대며 불만을 토해내자 톰슨도 짜증난다는 얼굴로 성문 밖을 쳐다보며 입을 열었다.

"아, 나도 뭐 좋아서 이러고 있는 줄 알어? 위에서 까라면 까는 거지 뭐가 그렇게 말이 많냐?"

"참나, 갑자기 적이 어디서 몰려온다고 이 난리인지 모르겠네?"

"그러게 말이야?"

"이것들이, 헛소리들 하지말고 근무나 똑바로… 어, 저게 뭐지?"

"응? 뭘 보셨길래 그렇게 놀라시는 겁니까?"

병사들이 계속 불만을 나타내자 화를 내며 진정시키려던 톰슨은 지평선을 가득 메우며 성으로 다가오는 엄청난 숫자의 군대를 발견하고는 놀라서 소리를 쳤다.

"저, 적이다! 당장 성문을 닫고 비상종을 쳐라!"

"허걱, 진짜 적이다! 어서 문을 닫아!"

톰슨의 외침에 성문 밖을 쳐다본 병사들은 주변을 새까맣게 메우며 몰려오고 있는 적군을 발견하고는 화들짝 놀라 허둥대며 성문을 닫고 정신 없이 비상종을 치기 시작했다.

땡! 땡! 땡! 땡!

"이게 도대체 무슨 일이야?"

"그러게 말이야?"

한낮의 나른함을 깨고 갑자기 울려 퍼진 비상종 소리에 칼카자가 성 주민들은 무슨 일인지 주변을 둘러보며 어리둥절해했고 사방에서 병사들이 몰려나와 비상종을 치고 있는 성문으로 달려갔다.

한편 왕궁 옆에 있는 왕국군 사령부 건물에서 카미넬 영지군을 어떻게 상대할 것인지 군부의 귀족들과 회의를 하고 있던 모츠 공작은 갑자기 창문 너머로 요란하게 들리는 종소리에 얼굴을 찡그리며 입을 열었다.

"이게 무슨 소란인가?"

"이 소리는 적이 쳐들어왔을 때 울리는 비상종 소리인데, 이게 갑자기 왜 울리는지 모르겠습니다?"

회의장 한쪽에 조용히 앉아 있던 귀족의 말에 모츠 공작은 굳은 얼굴로 자세한 이야기를 물어보려고 할때 갑자기 회의실 문이 열리며 기사 한 명이 안으로 들어와 급보를 알렸다.

"그게 무슨 말인……."

꽝!

"공작님, 큰일났습니다. 적이 성 앞에 잔뜩 몰려왔습니다."

"뭐라고?"

"아니, 그게 무슨 소린가?"

적이 쳐들어왔다는 기사의 보고에 귀족들은 절대 그럴 수 없다는 표정을 지으며 당황스러워했고 모츠 공작은 다급한 표정으로 기사에게 어찌된 일인지 자세한 사정을 급히 물었다.

"다들 조용히 하시오! 자네는 어찌 된 영문인지 자세히 보고를 하게!"

"예, 공작님! 서쪽 성문에 3만 명은 되어 보이는 군대가 붉은 사자 깃발을 앞세우고 몰려오고 있다는 연락입니다."

"끄응… 여기까지 오려면 최소한 4일은 걸릴 줄 알았는데 어떻게 벌써 도착한 거지."

"공작님, 정말 카미넬 영지군이 벌써 성문 앞에 도착했다면 큰일 아닙니까?"

"아직 주변 영지에서 병력이 다 안 모였기 때문에 성안에는 겨우 2만 명 정도밖에 없습니다."

믿기 힘든 일이지만 카미넬 영지군이 성 앞까지 몰려왔다는 사실에 당황한 귀족들은 서로 중구난방으로 떠들어대기 시작했다.

이런 귀족들의 모습에 모츠 공작은 얼굴을 찌푸리며 들고 있던 지휘봉으로 책상을 내려쳐 주위를 환기시켰다.

쾅!

"다들 조용히 하시오! 일단 성안에 있는 병력을 소집해서 성벽 위에 배치하고, 각 영지로 최대한 빨리 지원군을 보내라는 전령을 띄우도록 하시오!"

"알겠습니다."

귀족들에게 급한 것부터 지시를 내린 모츠 공작은 사태를 정확하게 파악하기 위해서 귀족들과 함께 성문으로 급히 달려갔다.

한편 칼카자가 왕성 앞에 도착한 카미넬 영지군은 서둘러 군영을 세우느라 바쁘게 움직이고 있었다.

"생각보다 성이 높고 견고해 보이는군요."

"그럴 거예요. 출진하기 전에 얼마 전까지 이곳에서 살았던 베스 양과 더비셔 기사단장에게 물어보니까 높이만 4m에 달하고 두께도 상당하다고 하더군요."

그란츠의 말에 야스퍼드 경은 어두운 얼굴로 입을 열었다.

"그 말씀이 사실이라면 공성전이 상당히 힘들겠습니다."

야스퍼드의 말에 그란츠는 씁쓸한 표정을 지으면서 웅장한 모습을 자랑하고 있는 칼카자가 성을 바라봤다.

"많은 피를 보겠지만 우리가 살아남기 위해서는 어쩔 수 없는 일이에요."

"후우… 그렇군요."

"일단 오늘은 포위망을 구성한 다음에 공성무기를 제작하도록 하세요. 본격적인 공성전은 준비가 다 끝나는 내일부터 시작하도록 하겠어요."

"알겠습니다, 자작님."

이렇게 그란츠와 야스퍼드가 앞으로 벌어질 전투에서 무수하게 죽어나갈 병사들을 생각하며 침울해하고 있을 때 귀족들과 함께 서쪽 성문에 도착한 모츠 공작은 성 앞을 가득 메우고 있는 카미넬 영지군의 모습에 기가 막히다는 표정을 짓고 있었다.

"이놈들 겁도 없이 여기까지 몰려오다니… 오냐, 내가 뜨거운 맛을 보여주마!"

"공작님, 놈들의 군세가 만만치 않은 것 같습니다."

생각보다 정예 병력으로 보이는 카미넬 영지군의 모습에 기브 자작이 걱정스러운 얼굴을 하며 이야기를 하자 모츠 공작은 자신 있는 표정을 지으며 입을 열었다.

"흥, 생각보다 정예 병력인 것은 사실이지만 결코 이 성을 함락시키기 힘들 것이네!"

"물론입니다, 공작님."

한편 비상종 소리에 급히 모인 맥클라인 왕국 병사들은 지휘관들의 지시에 따라 성벽 위에 자리를 잡으며 황급히 전투 준비를 하기 시작했다.

"빨리! 빨리 움직여라!"

"서둘러라~!"

전혀 예상하지 못하고 있다가 갑자기 나타난 카미넬 영지군의 출현에 칼카자가 성이 완전히 발칵 뒤집혀 있을 때 창기병단을 이끌고 별도로 움직이고 있는 드팔린 경은 사방으로 파견한 정찰병을 통해서 왕성 근처에 영지를 가지고 있는 스카디노 백작(원래 자작이었지만 내전에서 귀족파로 참전해 큰 공을 세웠기 때문에 백작으로 승작했다.)이 영지군을 이끌고 칼카자가 왕성으로 급히 내려오고 있다는 것을 알아내고는 바로 창기병단을 그쪽으로 이동시켰다.

이런 창기병단의 움직임을 모른 채 스카디노 백작은 자신의 장남인 레제코와 함께 영지군 1,000명을 이끌고 이제 막 왕성이 있는 국왕 직영지 경계선을 넘고 있었다.

척척척! 척척척!

지밀 왕국과의 전쟁과 이어서 일어난 내전 과정에서 많은 영지병들을 잃었기 때문에 대부분이 모집한 지 얼마 안 되는 신병들이었기 때문에 전투력은 상당히 많이 떨어지지만 병사 수가 1,000명에 달했기 때문에 은으로 장식된 화려한 갑옷을 입고 행군 선두에서 말을 타고 있는 스카디노 백작은 아주 자신만만한 표정을 짓고 있었다.

"아버님, 이제 영지 경계선을 넘었으니까 하루만 더 행군해 가면 왕성에 도착할 수 있겠군요."

"그래, 네 말대로 왕성까지 하루 정도 남았으니 모츠 공작님이 정하신 기한 안에 충분히 도착하겠구나. 토니 경 갑작스러운 강행군에 영지병들이 많이 지쳤을 것인데 병사들의 상태는 어떤가?"

모츠 공작이 보낸 급보 때문에 무리하게 강행군을 하고 있는 것이 걱정된 스카디노 백작의 물음에 옆에 있던 기사단장 토니 경은 미소를 지으며 대답을 했다.

"강행군에 많이 지쳐 있는 것은 사실이지만 영지병들이 생각보다 잘 견디고 있습니다, 영주님."

"그런가? 영지병들 대부분이 모집한 지 얼마 안 되는 신병들이라 걱정을 하고 있었는데 정말 다행이군."

"그런데 영주님, 이렇게 계속 정찰병을 두지 않아도 되겠습니까?"

"그건 걱정하지 말게. 아무리 선즈 공작님의 토벌대를 격파한 카미넬 영지군이 겁도 없이 왕성을 노리고 있다고 하지만 놈들이 왕성에 도착하려면 아직 시간이 많이 남아 있네. 그 말은 아직 이곳은 안전지대라는 말이지. 지금은 정찰병을 투입해서 조심스럽게 움직이고 있을 때가 아니라 최대한 빨리 왕성에 도착해서 전력을 재정비할 때라네."

"그렇군요. 제 생각이 짧았습니다, 영주님."

그동안 참전한 여러 번의 전투로 경험이 풍부한 스카디노 백작은 급조된 영지군의 문제점을 하나하나 점검하면서 최대한 빨리 모츠 공작과 합류하기 위해서 왕성을 향해 강행군을 하고 있었고, 이런 스카디노 백작군의 움직임은 창기병단 소속 정찰병들에 의해 자세하게 드팔린 경에게 보고되고 있었다.

"호오, 그게 정말인가?"

"예, 부단장님! 방금 보고한 대로 스카디노 백작군은 왕성으로 빨리 합류하기 위해서 상당히 무리하게 강행군을 하고 있었습니다. 그리고 아직까지 국왕 직영지는 안전지대라고 생각하는지 정찰병도 두지 않고 있었습니다."

스카디노 백작이 아군 지역이라는 생각에 경계 병력 없이 강행군을 하고 있다는 정찰병의 보고에 드팔린은 만족스러운 웃음을 지었다.

"하하하! 아주 기분 좋은 소식이군. 스카디노 백작, 제법 똑똑한 줄 알았는데 그건 아닌 모양이군. 놈들이 매복 지역에 완전히 들어오면 바로 공격해서 모두 몰살시킬 수 있도록 철저하게 준비해라."

"알겠습니다."

드팔린은 매복 공격을 통해 안심하고 강행군을 하고 있는 스카디노 백작군을 전멸시키기로 했고, 창기병단 병사들은 드팔린의 명령에 따라 관도 양쪽에 있는 낮은 언덕에 몸을 숨기고 조용히 매복에 들어갔다.

얼마 뒤 난폭한 사자의 아가리 속으로 들어가는 줄도 모르고 스카디노 백작이 이끄는 영지군 1,000명이 빠른 속도로 매복지 안으로 들어오고 있었다.

화려한 갑옷을 입고 말을 타고 있는 스카디노 백작을 선두로 백작의 영지군 1,000명이 매복지 안으로 완전히 다 들어오자 언덕 뒤에서 그 모습을 지켜보고 있던 드팔린은 회심의 미소를 지으며 주저 없이 바로 공격 명령을 내렸다.

"적이 완전히 매복지 안으로 들어왔다! 공격 앞으로!"

"와아아아! 돌격!"

두두두두!

드팔린의 공격 명령에 언덕 뒤에 몸을 숨기고 있던 창기병단 병사들은 큰 함성을 지르며 바로 말을 타고 언덕 밑으로 돌격해 들어갔고, 행군 중에 전혀 예상하지 못했던 기습을 받은 스카디노 백작과 영지병들은 당황스러운 얼굴로 급히 백작의 명령에 따라 방어 대형을 만들기 시작했다.

"헉, 이런! 어떻게 저놈들이 여기까지 와 있는 거지? 즉시 방어 대형을 만들어서 기습에 대항해라!"

"적군의 기습 공격이다! 방어 대형을 만들어라!"

"빨리 서둘러 움직여라!"

금방 냉정을 찾은 스카디노 백작의 명령에 영지군들은 길게 늘어진 행군 대형을 풀고 포위 공격을 당할 때에 적합한

원형 방어진을 만들려고 했지만 언덕을 내려오면서 무시무시한 가속도를 붙인 창기병단의 거침없는 돌격에 산산이 부서져 나갔다.

두두두두! 투캉! 꽈앙! 추앙! 이히히잉!

"돌격 앞으로! 한 놈도 남기지 말고 모두 쓸어버려라!"

"이야압, 다 죽여 버리겠다!"

채챙! 챙! 챙! 츄아앙! 챙!

"끄아악!"

"커헉!"

"제길, 방어 대형을 더 두텁게 만들어서 놈들의 돌파를 막아라!"

창기병단 병사들의 무시무시한 돌격에 영지병들이 제대로 싸워보지도 못하고 말발굽에 짓밟혀 죽거나 마상에서 찔러대는 창에 목숨을 잃으며 급속히 무너져 내리자, 급해진 스카디노 백작이 방어 대형을 더 두텁게 만들라고 소리를 질렀지만 사방에서 공격해 들어오는 창기병단의 돌격에 영지병들은 혼란에 빠져 정신을 못 차리고 있었다.

이런 스카디노 백작군의 틈을 파고든 창기병단 병사들은 더욱더 깊숙이 방어 대형 안으로 돌격해 들어가며 영지병들을 유린하기 시작했고, 특히 제일 선두에 서서 방어 대형을 돌파해 들어간 드팔린 경은 매섭게 검을 휘두르면서 주변에 있는 영지병들을 죽이며 창기병단 병사들을 이끌었다.

"멈추지 말고 계속 안으로 돌격해 들어가라! 이야압!"

"크아악!"

"으아악! 살려줘!"

"계속 앞으로 돌격!"

"막아라! 놈들이 돌격해 들어오지 못하도록 막아라!"

"물러서지 말고 창으로 놈들을 말에서 끌어내려라!"

퍼걱! 채챙! 챙! 쉬이익!

말에 탄 그대로 사방으로 매서운 검기를 뿌려대던 드팔린 경은 한쪽에서 소리를 지르며 영지병들을 독려하고 있는 스카디노 백작을 발견하고는 눈을 빛내며 그쪽으로 말머리를 돌려 달려갔다.

"스카디노 백작, 거기에 있었구나! 히야압!"

고래고래 소리를 지르며 속수무책으로 뒤로 밀리고 있는 영지병들을 독려하고 있던 스카디노 백작은 검을 뽑아 들고 자신을 향해 일직선으로 말을 타고 달려오는 드팔린 경을 발견하고는 백작도 이를 악물고 말 옆구리를 차며 앞으로 달려 나갔다.

"이놈, 네놈이 이 반란군의 우두머리구나!"

"흥, 누가 누구보고 반란군이라고 하는 것이냐! 오늘 내가 친히 네놈에게 정의가 무엇인지 확실하게 보여주겠다!"

"이익! 죽어라!"

츄아앙! 챙! 이히히힝! 푸르릉!

말을 타고 달려와 강하게 검을 부딪친 드팔린과 스카디노 백작은 서로를 향해 강한 검격을 연달아서 계속 날렸다.

왕국에서도 실력을 인정받은 기사인 스카디노 백작의 날카로운 공격을 드팔린은 침착하게 받아넘기면서 순간순간 허를 찌르는 반격을 가했고, 그런 드팔린의 움직임에 스카디노 백작의 검술은 시간이 지날수록 조금씩 끊기며 무뎌지기 시작했다.

간단하게 제압할 수 있을 거라고 생각했던 것과는 달리 자신의 공격을 쉽게 막아내고 간간이 틈을 파고드는 매서운 공격을 하는 드팔린의 모습에 위기감을 느낀 스카디노 백작은 더 늦기 전에 서둘러 드팔린을 처치하기 위해서 온몸에 힘을 끌어올려 오러를 생성해 내고는 갑옷을 두르지 못하는 목을 강하게 베어갔다.

"마지막이다! 이야압!"

"어림없다! 하아압!"

츄아앙! 슈아악!

하지만 스카디노 백작의 기대와 달리 백작이 오러를 뿜어내는 것을 본 드팔린 경도 재빨리 힘을 모아 검에 오러를 씌우며 목을 노리고 날아오는 검을 막았고, 회심의 일격이 막히자 순간적으로 당황한 스카디노 백작을 향해 바로 검을 찔러 넣었다.

"헉, 이럴 수가!"

"죽어라, 이야압!"

슈각!

"끄으윽, 어떻게 이럴 수가… 커헉!"

드팔린 경의 검에 정확히 심장이 찔린 스카디노 백작은 믿을 수 없다는 얼굴 표정으로 피를 토하며 말에서 떨어졌고, 백작의 죽음을 확인한 드팔린은 스카디노 백작의 뜨거운 피가 끈적하게 흘러내리는 검을 높이 치켜들며 백작의 죽음을 알렸다.

"반역자 스카디노 백작이 죽었다!"

"와아아아! 부단장님이 적장을 죽였다!"

"백작님이 돌아가셨다!"

"이런, 이제 어떻게 해야되지?"

스카디노 백작을 죽였다는 드팔린 경의 외침에 창기병단 병사들은 들고 있던 창을 높이 치켜들며 승리의 함성을 질렀고, 어려운 상황에서 힘겹게 싸우고 있던 영지병들은 절망스러운 표정을 지으며 온몸에서 힘이 쑤욱 빠져나가는 것을 느꼈다.

특히 병사들을 독려하며 창기병단 병사들과 싸우고 있던

백작의 장남 레제코와 기사단장 토니는 스카디노 백작을 죽였다는 드팔린의 외침에 믿을 수 없다는 표정을 지으며 소리를 질렀다.

"무슨 개소리를 하는 거야! 아버님이 그렇게 쉽게 돌아가셨을 리가 없다! 토니 경 당장 저놈의 목을 베어버리시오!"

"알겠습니다, 이얍!"

레제코의 외침에 기사단장 토니가 검을 뽑아 들고 달려오자 드팔린도 말을 타고 마주 달려가서 오러를 피워 올린 검을 휘둘렀다.

"죽어라! 이놈!"

"네놈이나 먼저 죽어라!"

츄아앙! 이히히힝!

"크아악!"

드팔린이 내려치는 검을 막으려고 토니가 바로 검을 위로 들어 올렸지만 토니의 강철 검은 오러가 씌워진 드팔린의 검에 깨끗이 잘려 나갔고, 이어서 토니의 몸을 깨끗하게 양단해 버렸다.

스카디노 백작에 이어서 기사단장인 토니 경까지 드팔린의 검에 목숨을 잃자 영지병들은 전의를 완전히 상실해 버렸고, 레제코가 끝까지 병사들을 독려하며 대항을 했지만 얼마 버티지 못하고 창기병단 병사가 던진 창에 찔려 말에서 떨어졌다.

"모두 무기를 버리고 항복해라!"

"사, 살려주십시오!"

이렇게 지휘부가 모조리 죽어버리자 영지병들은 대항을 포기하고 모두 무기를 땅바닥에 버리며 항복을 했고, 일부 기사들이 끝까지 남아서 저항을 했지만 금방 창기병단 병사들에 의해서 목숨을 잃었다.

창기병단의 기습으로 시작된 전투는 1시간 만에 모두 끝나버렸고 최소한의 피해로 스카디노 백작과 왕성으로 가던 지원군 1,000명을 처리한 드팔린 경은 전장을 둘러보며 만족스러운 미소를 지었다.

"부단장님, 전장 정리가 다 끝났습니다."

"좋아! 포로들은 감시병들을 붙여서 본진으로 다 보내 버리고 나머지는 다음 목표를 향해 이동한다."

"알겠습니다."

드팔린의 명령대로 항복한 영지병 500명과 노획품들을 본진으로 보낸 창기병단은 다음 목표를 찾기 위해 천천히 전장을 벗어났다.

스카디노 백작군을 시작으로 드팔린이 지휘하는 창기병단은 특유의 기동력을 최대한 살려서 왕성을 지원하기 위해서 모여드는 지원군들을 효과적으로 각개격파해 나가기 시작했다.

이런 사정도 모르고 칼카자가 왕성에 있는 모츠 공작과 맥클라인 1세는 각 영지에서 올라올 지원군을 애타게 기다리며 그란츠가 지휘하는 카미넬 영지군 본대의 공격을 막기 위해서 분주히 움직이고 있었다.

한편 칼카자가 왕성을 공략하러 간 그란츠의 카미넬 영지군을 공격하기 위해서 급히 브름베어 백작 영지의 병력을 끌어모은 션즈 공작은 서둘러 출전 준비를 하고 있었다.

"시간이 없다! 어서 예비 무기와 식량을 짐마차에 실어라!"

"으싸! 으싸!"

"빨리 빨리 움직여!"

브름베어 백작 영지의 영주성인 에보라시 성 광장에는 40대가 넘는 짐마차가 줄지어 서 있었고, 그 짐마차에 영지군이 쓸 식량과 화살 같은 소모성 무기들을 싣는다고 일꾼들이 정신 없이 움직이고 있었다.

광장 한쪽에서 해션 자작과 함께 그 모습을 지켜보고 있는 션즈 공작은 상당히 불만스러운 얼굴을 하고 있었다.

"반나절이면 충분하다고 해놓고 벌써 이틀이나 까먹고 있었는데도 아직까지 출발 준비가 다 안 끝나다니 왜 이렇게 준비가 늦는 건가?"

"아무래도 갑자기 병력을 동원하다 보니까 예상보다 시간이 많이 걸리는 것 같습니다."

"끄응… 그래도 이건 너무 늦어……."

빨리 왕성으로 간 그란츠의 카미넬 영지군을 따라잡아야 한다는 생각에 션즈 공작이 계속 안절부절못했지만 해선 자작은 걱정스러운 얼굴로 입을 열었다.

"공작님, 이 병력만 가지고 카미넬 영지군의 후방을 공격하는 것은 너무 힘든 일 같습니다. 조금 더 시간을 가지고 병력을 더 보강한 다음에 출진하는 것이 어떻겠습니까?"

"자네가 뭘 걱정하는지 나도 잘 알고 있네. 물론 2,000명만 달랑 가지고 카미넬 영지군의 배후를 치는 것보다 조금 더 기다렸다가 많은 병력을 이끌고 공격하는 것이 더 효과가 크겠지, 하지만 지금같이 카미넬 영지군이 빠른 속도로 움직이고 있는 상황에서는 병력을 모은다고 시간을 끌고 있는 것보다 적은 병력이라도 계속 카미넬 영지군의 후미를 건드려서 놈들이 쉽게 움직이지 못하게 하는 것이 더 중요하다네. 우리가 그렇게 놈들의 발목을 잡고 늘어진다면 그사이를 이용해서 병력과 물자를 집결시킨 아군이 훨씬 더 편하게 카미넬 영지군을 격파할 수 있을 것이네."

큰 피해를 입더라도 적의 배후를 계속 교란해서 카미넬 영지군의 발목을 잡아야 한다는 션즈 공작의 설명에 해선 자작도 수긍하는 표정을 지었다.

"그렇군요, 알겠습니다. 최대한 빨리 출전 준비를 끝마치도록 하겠습니다."

그날 오후 겨우 출전 준비가 다 끝나자 션즈 공작은 브름베어 백작과 함께 서둘러 칼카자가 왕성을 향해 병력을 움직이기 시작했다.

이렇게 션즈 공작이 병사들을 이끌고 출진한 지 얼마 되지 않아서 전령 깃발을 등에 단 기마 한 기가 빠른 속도로 달려왔다.

두두두두!

"백작님, 큰일났습니다."

"무슨 일인데 그러느냐?"

급히 행군 대열 선두에 있는 브름베어 백작에게 다가온 전령이 숨을 헐떡거리면서 다급한 목소리로 큰일이 났다고 하자 션즈 공작과 브름베어 백작은 불길한 예감이 들기 시작했다.

"붉은 사자 깃발을 앞세운 대군에게 에보라시 성이 공격받고 있습니다."

"뭐라고, 그게 무슨 소리냐? 붉은 사자 문장이라면 카미넬 영지군이라는 말인데 왕성으로 3만 명이나 갔는데 또 무슨 대군이 나타났단 말이냐?"

카미넬 영지군이 에보라시 성을 공격하고 있다는 전령의 말에 옆에 있던 션즈 공작은 절대 그럴 수가 없다며 소리를 질렀고 그런 공작의 눈치를 보며 전령을 겁먹은 목소리로 말을 계속 이어갔다.

"저, 정말입니다. 분명히 붉은 사자 깃발을 앞세운 대군이 에보라시 성을 공격하고 있는 것을 제 눈으로 똑똑히 확인하고 오는 길입니다."

"뭐, 뭐라고, 제길!"

"공작님, 어서 에보라시 성으로 군대를 돌려야겠습니다."

자신의 기반인 영지가 적에게 공격당하고 있다는 전령의 보고에 얼굴이 창백하게 질린 브름베어 백작은 다급한 목소리로 군대를 되돌리자고 주장했고, 그런 백작의 모습에 얼굴을 찡그린 션즈 공작은 어쩔 수 없다는 표정으로 고개를 끄덕였다.

"에보라시 성이 공격당하고 있다면 어쩔 수 없지. 군대를 되돌리도록 하세."

"알겠습니다! 뭣들 하느냐! 성으로 돌아간다. 서둘러라!"

션즈 공작의 허락이 떨어지자 브름베어 백작은 허둥거리면서 서둘러 영지병들을 다그쳤고 그런 백작의 독촉에 영지병들은 정신 없이 다시 성으로 돌아가기 시작했다.

"도대체 어떻게 이럴 수가 있지. 카미넬 영지군이 어디서 튀어나온 거야!"

"아무래도 후속 부대가 보급로를 확보하고 있는 것 같습니다."

"끄응… 일이 점점 어려워지는군."

그란츠의 뒷통수를 치려던 션즈 공작에게 의외의 일격을 가한 카미넬 영지군은 원터스의 영지 수군과 함께 하게나우 강을 거슬러 올라와 브름베어 백작 영지에서 그란츠에게 전해줄 보급품과 함께 상륙한 카미넬 영지군 3군단 15,000명의 병력이었다.

3군단을 지휘하고 있는 기사 론과 데니스는 상륙이 끝나자마자 보급품을 지킬 5,000명을 남겨두고 바로 지척에 있는 에보라시 성을 공략하기 시작했고, 션즈 공작과 브름베어 백작이 거의 모든 병력을 이끌고 가버린 상황에서 갑자기 들이닥친 카미넬 영지군의 공격에 에보라시 성은 순식간에 무너져 버렸다.

이미 성이 함락된 다음에 뒤늦게 도착한 영지군 2,000명은 카미넬 영지군 3군단의 강력한 반격을 받고 바로 뒤로 후퇴하고 말았는데, 이 한번의 충돌로 브름베어 영지군은 절반이 넘는 전력을 잃어버리고 말았다.

이렇게 제대로 전투를 하기도 전에 가진 전력의 절반을 날려 버린 션즈 공작은 왕성을 공격하고 있는 카미넬 영지군의 후방을 교란하려던 자신의 계획이 완전히 어긋난 것을 깨닫고는 서둘러 주변 영지에서 올라오는 병력과 합류하기 위해서 움직이기 시작했다.

한편 원터스가 가져온 보급품들은 5,000명의 3군단 병사들의 호위 속에 신속하게 왕성으로 이동하기 시작했고, 이 덕분에 왕성을 공략하고 있는 카미넬 영지군의 약점이었던 보급품 문제는 일거에 해소될 수 있었다.

이런 식으로 3군단과 창기병단이 주변을 깨끗하게 정리해 주고 있는 덕분에 칼카자가 왕성을 완전히 고립시키는데 성공한 그란츠는 이틀간에 걸쳐서 대량으로 공성무기들을 제작했고 그중에서도 무려 30기에 달하는 투석기의 제작이 끝나자 바로 튼튼한 칼카자가 왕성의 성벽을 목표로 투석 공격을 펼치기 시작했다.

"자작님, 투석 공격 준비가 다 끝났습니다."

"그럼 바로 공격을 시작하세요. 단, 성안에 살고 있는 왕국민들이 큰 피해를 입지 않도록 철저하게 성벽을 노려서 투석 공격을 하도록 하세요."

"명심하겠습니다."

넓은 평야 위에 세워진 평지성으로 웅장한 크기와 튼튼하고 높은 성벽을 자랑하는 칼카자가 성을 말 위에 앉아서 노려보고 있던 그란츠는 투석 공격 준비가 다 끝났다는 야스퍼드 경의 보고에 고개를 끄덕이며 바로 공격 개시 명령을 내렸다.

"목표는 칼카자가 왕성의 성벽이다! 투석 공격을 시작해라!"

"공격!"

슈슝! 슝! 쿠앙! 꽈앙!

"놈들이 투석 공격을 시작했다! 피해라!"

그란츠의 공격 명령이 떨어지자 최대한 사정거리를 확보하기 위해서 군진 앞으로 전진 배치된 투석기들은 일제히 집체만 한 바위들을 하늘 높이 쏘아 올렸고, 성벽 위에 있던 병사들은 무차별적으로 떨어지는 투석 공격에 크게 놀라 사방으로 몸을 피하기 시작했다.

하지만 일부 재수 없는 병사들은 떨어지는 바위에 깔려 피떡이 되어버렸고 개중에는 성벽을 넘어 성안에 떨어져 성벽 가까이에 지어진 건물들을 박살내기도 했다.

"으아악! 살려줘!"

"흐으윽."

"사, 사람살려!"

"사람이 깔렸다! 어서 와서 도와줘!"

"성벽을 넘겨서 돌을 날린 놈이 누구야! 똑바로 못하나!"

첫 번째 투석 공격에서 성벽을 정확하게 명중시킨 투석기가 적게 나오자 지휘관은 불같이 화를 내며 병사들을 다그쳤고 그런 지휘관의 호통에 투석기 각도를 세밀하게 재조종한 병사들은 다시 투석기를 쏘아 대기 시작했다.

"쏴라!"

슈우웅! 꽈앙! 쿠쿵! 후두둑!

"끄아악!"

"또 돌이 날아온다! 피해라!"

"이런! 우리도 놈들에게 투석 공격을 날려라!"

"알겠습니다, 공작님. 투석기를 발사해라!"

"반란군 놈들에게 투석 공격을 퍼부어라!"

카미넬 영지군의 투석 공격에 성벽과 성안 곳곳이 파괴되며 병사들이 혼란에 빠지자 성문 위 전망대에서 그 모습을 지켜보고 있던 모츠 공작은 즉시 성안에 설치되어 있는 투석기 포대에 즉각적인 반격을 명령했다.

모츠 공작의 명령에 칼카자가 성안에서도 일제히 투석기들이 돌을 쏘아 올렸지만 준비된 투석기의 숫자가 5기에 불과했기 때문에 카미넬 영지군에게 그리 큰 위협이 되진 않았다.

하지만 투석 공격에 피해를 입는 병사들이 발생하자 그란츠는 굳은 얼굴로 성안에 있는 투석기를 제압하라는 명령을 내렸다.

"야스퍼드 경, 피해가 더 커지기 전에 당장 성안에 있는 투석기들을 부숴 버리도록 하세요."

"알겠습니다, 자작님."

"적 투석기가 있는 쪽으로 투석 공격을 집중적으로 퍼부어라!"

"발사!"

슈우웅! 쫘앙! 꽝! 퍼격!

"으아악, 피해라!"

"적이 투석기를 노리고 있다!"

"어서 도망쳐!"

그란츠의 명령에 목표 지점을 변경한 투석기들이 집중 포화를 날리기 시작하자 성 안쪽에 있던 맥클라인 왕국군 투석기 주위로 많은 돌이 떨어지기 시작했고, 투석기를 운영하던 병사들은 사방으로 떨어지는 바위들을 피해 황급히 몸을 피했다.

잠시 뒤에 투석기가 세워져 있던 곳 주변에는 카미넬 영지군이 날린 바위들로 완전히 초토화가 되어버렸고 그곳에 세워져 있던 맥클라인 왕국군의 투석기들도 완전히 부서져 버렸다.

이렇게 투석기들의 집중 공격으로 성안에 설치되어 있던

맥클라인 왕국군의 투석기들이 완전히 파괴되자 상황을 계속 지켜보고 있던 그란츠는 만족스러운 미소를 지으면서 원래 목적인 성벽 공격을 재개했다.

"좋아요! 본격적인 공격을 시작하기 전에 투석기로 성벽을 최대한 부숴 버리도록 하세요."

"염려 마십시오, 자작님. 이대로 투석 공격을 계속한다면 얼마 기다리지 않아서 성벽을 무너뜨릴 수 있을 겁니다."

"하하하, 알았어요."

투석 공격으로 성벽을 충분히 부술 수 있다는 야스퍼드 경의 자신만만한 모습에 그란츠는 빙긋 미소를 지으며 투석 공격에 정신이 없는 칼카자가 왕성을 바라봤다.

한편 몇 대 안되지만 그나마 있던 투석기들이 모조리 부서진 맥클라인 왕국군은 카미넬 영지군의 투석 공격에 아무런 대응도 하지 못하고 속수무책으로 당하기 시작했고 그런 병사들의 모습에 모츠 공작은 주먹을 꽉 말아쥐며 화를 냈다.

"제길, 이렇게 일방적으로 당하고만 있어야 하다니!"

"공작님, 이러다가는 전투를 시작하기도 전에 병사들이 다 죽어나가겠습니다."

사방으로 떨어지는 바위 돌에 속수무책으로 죽어나가는 병사들의 모습을 보며 기브 자작이 다급하게 외치자 모츠 공작은 이를 악물며 지시를 내렸다.

"당장 병사들을 성안으로 대피시키게!"

"알겠습니다."

모츠 공작의 지시에 따라 성벽에 있던 맥클라인 왕국 병사들은 급히 날아오는 바위들을 피해서 성벽 여기저기에 세워져 있는 감시탑 안으로 몸을 피했고 나머지 병사들은 황급히 성벽을 내려와서 성벽에서 떨어진 곳으로 대피했다.

"어서 감시탑 안으로 대피해라!"

"으아악!"

이렇게 투석 공격을 받는 칼카자르 성이 큰 혼란에 빠져 있을 때 그란츠는 투석 공격 지휘를 야스퍼드 경에게 맡겨두고는 투석 공격에 이어서 칼카자르 성을 공략할 비장의 무기를 제작하고 있는 현장을 둘러보았다.

"어서 오십시오, 자작님."

한참 군영 뒤쪽에서 부하들과 함께 커다란 토기를 만들고 있던 백인대장 잭슨은 갑작스러운 그란츠의 등장에 황급히 하던 일을 멈추고 뛰어와서 인사를 했다.

"그래 모두들 수고가 많군. 토기는 얼마나 만들었는가?"

"네! 자작님이 지시하신 대로 토기 100개를 다 만들었고 예비로 50개 정도를 더 만들고 있습니다."

"생각보다 빨리 만들었군."

"다행히 토기를 만들 수 있는 병사들이 많아서 작업이 쉬웠습니다."

잭슨의 설명을 들으면서 세워져 있는 토기들을 자세히 둘러본 그란츠는 마음에 드는지 밝은 표정으로 입을 열었다.

"토기는 하루에 몇 개까지 만들 수 있는가?"

"지금 같은 작업 속도라면 하루에 80개까지는 충분히 만들 수 있습니다."

"흐음… 80개라 그 정도면 충분하겠군. 힘들겠지만 성을 함락시킬 때까지 조금만 더 고생들 해주게."

"아닙니다, 자작님. 명령만 내리시면 얼마든지 만들도록 하겠습니다."

"하하하하! 그런가? 아무튼 수고들 해주게."

잭슨이 황송하다는 표정으로 무슨 일이든지 명령만 내려달라고 하자 그란츠는 미소를 지으며 잭슨의 어깨를 두드려 주었다.

그란츠는 통상적으로 공성전을 벌일 때에는 공격하는 측이 방어하는 측보다 2배의 병력을 동원해야지 성을 함락시킬 수 있다는 것을 생각해서 본격적인 공성전을 벌이기 전에 각종 도구를 이용한 투석 공격으로 걸림돌이 되는 성벽을 최대한 부수고 적병들을 지치게 만들어서 공성전에서 일어날 피해를 최소화시킬 생각이었다.

이런 그란츠의 계획대로 어두운 밤이 되자 무서운 투석 공격이 중단될 것이라는 맥클라인 왕국군 병사들의 기대와는 달리 기름을 가득 채운 커다란 토기가 심지에 불을 붙인 채로 날아오기 시작했다.

"불이 날 수도 있으니 조심스럽게 다뤄라!"

"알겠습니다."

"발사!"

통! 슈우웅! 슈웅! 꽈앙! 화르르륵!

"으아악! 불! 불이야!"

"어서 물을 가져와!"

"빨리 튀어나와서 불을 꺼라!"

기름을 가득 채운 토기는 성벽에 맞거나 성안에 떨어져 깨지면서 커다란 화염을 만들어냈고 순식간에 성벽 주변을 불바다로 만들어 버렸다.

투석 공격을 피해서 성벽 곳곳에 몸을 숨기고 있던 맥클라인 왕국군 병사들은 성벽 주변을 완전히 불바다로 만드는 카미넬 영지군의 공격에 기겁을 하며 서둘러 주변에 붙은 불을 끄기 위해서 허둥대기 시작했다.

한편 기름 항아리 공격에 완전히 불바다가 되기 시작한 칼카자가 왕성을 지켜보며 그란츠는 만족한 얼굴로 계속 투석 공격을 하도록 명령했다.

"이거 생각보다 효과가 좋은 것 같군."

"맞습니다, 자작님. 이런 식으로 공격을 계속 퍼붓는다면 저놈들 오늘 밤새도록 상당히 바쁘겠습니다."

"하하하! 앞으로도 계속 바쁘게 만들어야지 나중에 편하겠군요."

"물론입니다, 자작님."

계속해서 날아드는 기름 항아리 때문에 성벽 곳곳에 불이 붙어서 사방을 환하게 밝히고 있는 칼카자가 왕성을 그란츠와 휘하 가신들이 흐뭇한(?) 얼굴로 바라보고 있을 때 성안에 있는 기브 자작은 병사들에게 고래고래 고함을 치면서 사방으로 번지고 있는 불을 진압하고 있었다.

"빨리 빨리 움직여라! 거기도 어서 불을 꺼야지!"

"이봐! 여기 물을 더 가져와!"

"자작님, 아무래도 이 병력 가지고는 화재를 진압하기 힘들겠습니다. 빨리 일손을 더 모아와야겠습니다."

"알겠네! 그럼 성벽 주변에 사는 왕국민들을 강제로 동원해서라도 서둘러 화재를 진압하도록 하게!"

"알겠습니다."

여기저기로 뛰어다니며 불을 끄느라 온몸이 땀으로 흠뻑 젖은 기브 자작가의 기사단장 덩키르크의 의견대로 왕성 주민들을 강제로 동원한 맥클라인 왕국군은 지평선 너머로 해가 떠오르는 새벽녘까지 불을 끄느라 정신 없이 뛰어다녔다.

"으으… 밤새도록 물통을 들고 뛰어다녔더니 정말 피곤하군."

"그러게 말이야… 지긋지긋한 놈들 낮 동안 내내 바윗돌을 날려보냈으면 됐지 밤새도록 기름항아리를 날려서 온통 불바다로 만들어놓다니 정말 사람을 미치게 만들고 있어."

"아이고… 난 말할 힘도 없어."

밤새도록 계속된 화재 진압 작업에 많이 지쳤는지 온몸과 얼굴에 새까맣게 재를 묻힌 병사들과 왕성 주민들은 성벽 주변에 아무렇게나 앉아 있거나 누워 있었다.

이렇게 흐트러진 병사들의 모습에 지휘관들이 화를 낼만도 했지만 밤새도록 불을 끈다고 무거운 갑옷을 입고 같이 뛰어다녔던 기사들도 지친 표정으로 앉아서 휴식을 취하느라고 병사들을 나무랄 생각조차 못하고 있었다.

"후우… 이제야 겨우 한숨을 돌리겠군."

"밤새도록 기름 항아리 공격을 하다니 저놈들이 저희를 완전히 말려 죽이려고 작정을 한 모양입니다, 공작님."

"그러게 말일세. 이런 때일수록 병사들을 세심하게 살펴서 체력과 사기가 떨어지지 않도록 해야 하네."

"명심하도록 하겠습니다."

한편 밤새도록 투석 공격에 시달린 맥클라인 왕국군과 달리 경계병력을 세워 놓고 푹 쉰 카미넬 영지군은 완전 무장한 모습으로 칼카자가 왕성 앞에 모여서 공격 대형을 만들기 시작했다.

"자작님, 드디어 성을 공략하는 겁니까?"

"하하하! 콜만 경 몸이 근질근질한가 보군요?"

그란츠가 병사들에게 공격 대형을 갖추라고 명령을 내리자 다혈질인 콜만 경이 반색을 하며 다가와 공격을 시작하느냐고 물었고 그런 콜만 경의 모습에 그란츠는 웃음을 지으며 입을 열었다.

"당연하지요. 그동안 멍하니 성만 쳐다보고 있느라고 온몸이 뻣뻣하게 굳어버릴 지경입니다."

"이거 미안하지만 콜만 경, 오늘은 성을 공격할 생각이 없으니까 조금만 더 참도록 하세요."

"예, 그게 무슨 말씀입니까? 공격을 안 할거면 아침부터 병사들을 동원해서 공격 대형은 왜 만들고 계신 겁니까?"

오늘 성을 공격할 생각이 없다는 그란츠의 말에 콜만이 이해가 안 된다는 표정을 짓자 그란츠가 자세히 계획을 설명해 주기 시작했다.

"공격 대형은 그냥 저놈들 겁주기 위해서 만드는 겁니다."

"예?"

"이렇게 우리가 공격 대형을 만들면서 금방이라도 쳐들어 갈 것처럼 하면 저놈들도 바짝 긴장하고 성벽 위에 병사들을 배치하지 않겠습니까? 그런 식으로 계속 놈들을 못 쉬게 해서 본격적인 공성전을 벌일 때까지 적병들의 체력을 완전히 바닥으로 만들려는 계책입니다."

"에이… 전 그런 것도 모르고 혼자 괜히 좋아했군요."

"하하하! 너무 실망하지 마세요. 이런 식으로 힘을 빼놓은 다음에 내일쯤 본격적으로 성을 공략할 생각이니까요."

"알겠습니다, 자작님. 그때는 제가 선봉에 서서 저놈들을 박살 내겠습니다."

"하하하하! 알겠습니다. 선봉은 콜만 경에게 맡기지요."

"약속하셨습니다, 자작님."

이렇게 그란츠와 콜만 경이 화기애애하게 대화를 하고 있는 동안 칼카자가 왕성에 있는 맥클라인 왕국군 병사들은 카미넬 영지군이 성 앞에서 전투 대형을 갖추기 시작하자 황급히 자리에서 일어나 전투 준비를 하기 시작했다.

"어서 자리에서 일어나 성벽 위로 올라가라! 반란군 놈들이 공격을 시작하려고 한다!"

"저 새끼들은 우리가 쉬는 꼴을 못 보는구만."

"그러게 말이야!"

어서 빨리 전투 준비를 하라는 기사들의 독촉에 무거운 몸을 겨우 일으켜서 성벽 위로 올라가는 병사들은 각자의 자리에 자리를 잡고 서서 힘겨운 얼굴로 성밖에 있는 카미넬 영지군을 쳐다봤다.

하지만 어찌 된 영문인지 시간이 한참 흘러도 카미넬 영지군은 성을 공격할 생각을 안 했고, 그렇게 반나절이 흘러서 오후가 되자 성벽 위에 있는 맥클라인 왕국군 병사들은 조금씩 긴장감을 풀기 시작했고 바로 그때 카미넬 영지군은 커다란 함성을 지르며 성으로 돌격해 들어오는 대신 투석기를 사용해서 성벽으로 집체만 한 바위들을 날리기 시작했다.

슝~ 슈우웅! 꽈앙! 쿠우웅~!

"으아악! 저 자식들이 또 바위를 날리기 시작했어!"

"어서 피해! 잘못하면 바위에 깔려 죽는다!"

"이런, 제기랄!"

다시 시작된 투석 공격에 맥클라인 왕국군 병사들은 날아오는 바위를 피해 여기저기로 몸을 피하면서도 드디어 전투가 시작된다는 생각에 약간 느슨해졌던 마음이 다시 팽팽하게 긴장되었다.

"곧 놈들의 공격이 시작될 것이다! 모두 각자 위치를 사수해라!"

제 위치를 사수하라는 지휘관들의 명령에 맥클라인 왕국군 병사들은 하늘에서 떨어지는 집체만 한 바윗돌을 피해 최대한 몸을 성벽 쪽으로 밀착시키고는 바짝 긴장한 얼굴로 카미넬 영지군 쪽을 쳐다봤다.

하지만 이런 비장감마저 보이는 맥클라인 왕국군과는 달리 성 앞에 모여서 전투 대형을 만들고 있는 카미넬 영지군들은 겉으로는 금방이라도 성을 공격할 것처럼 하고 있었지만 교대로 위치를 바꿔서 휴식을 취하며 아주 편안한 마음으로 그냥 서 있었다.

"아함! 이거 아무것도 안 하고 가만히 서 있으려니까 너무 심심하네."

"그러게 말이야. 그러나 저러나 저놈들 어제 밤새도록 잠도 못 자고 시달렸는데 오늘도 저러고 있는걸 보니까 불쌍하다는 생각이 드는구만."

이제 투석기 조작에 상당히 익숙해졌는지 성벽을 정확하게 명중시키고 있는 것을 바라보며 만족스러운 표정을 지은 그란츠는 옆에 있는 야스퍼드 경에게 계속해서 투석 공격을 퍼부으라는 지시를 내렸다.

"점점 성벽에 정확하게 명중시키는 투석기가 늘어나는군요. 오늘도 성벽을 집중적으로 노려서 투석 공격을 퍼붓도록 하세요."

"알겠습니다, 자작님. 내일 공격을 시작할 때까지 성벽 중한곳을 완전히 부서놓겠습니다."

"하하하! 그러면 더 좋지요. 그리고 병사들은 조금 더 이렇게 있다가 저녁때쯤 되면 군영으로 철수시키도록 하세요. 내일은 힘든 공성전을 치러야 하니까 최대한 배불리 먹이고 다들 푹 쉬도록 신경을 쓰도록 하고요."

"예, 명령대로 실행하겠습니다."

한편 어제부터 밤새도록 계속된 투석 공격과 기름 항아리 공격으로 잠을 제대로 못 자서 신경이 많이 날카로워진 맥클라인 1세는 모츠 공작과 일부 군부 출신 귀족들을 대전으로 불러들여서 화를 내고 있었다.

"모츠 공작, 도대체 지원군들은 언제 오는 것인가? 벌써 반란군 놈들이 왕성을 포위한 지 3일이나 지났는데 아직 병사한 명 도착하지 않고 있으니 이게 도대체 무슨 일이냐는 말일세!"

맥클라인 1세의 호통에 많이 지친 표정의 모츠 공작은 곤혹스러운 얼굴로 대답을 했다.

"송구하옵니다, 전하. 영주들이 보내는 지원군이 도착할때가 되었는데 어찌 된 영문인지……."

"모츠 공작, 그게 무슨 소리요? 지원군이 오면 오는 것이고 안 오면 안 오는 것이지 총사령관이라는 사람이 전황도 정확하게 파악하고 있지 못하면 도대체 어떻게 하자는 말이요!"

"죄송합니다, 전하."

"지금 죄송하다는 말만 한다고 일이 해결되는 것이 아니지 않소. 반란군 놈들은 어제부터 왕성에다가 투석 공격을 계속해대고 있고 벌써 도착해야 되는 지원군은 코빼기도 보이지 않고 있으니 어서 빨리 해결책을 내놓아야 되지 않겠소."

"전하, 조금만 더 기다려 주십시오. 반란군 놈들이 투석 공격으로 저희 병사들을 지치게 만들려고 하고 있지만 그걸 반대로 생각하면 튼튼한 성벽을 가진 왕성을 공략할 엄두가 나지 않으니까 바로 공성전을 펼치지 못하고 있는 겁니다. 저희들이 조금만 더 참는다면 각 영지에서 보낸 지원군과 함께 반란군 놈들을 충분히 전멸시킬 수 있을 겁니다."

"끄응, 알겠소. 한 번만 더 경을 믿어보겠소."

"감사합니다, 전하."

자신의 질문에 정확하게 대답을 못하는 모츠 공작의 모습에 맥클라인 1세는 심기가 불편한지 얼굴을 찌푸리면서 불만을 숨기지 않고 표현했고, 모츠 공작은 자신을 이렇게 곤혹스럽게 만든 카미넬 영지군에 대해서 속으로 이를 부득부득 갈았다.

이렇게 모츠 공작이 대전으로 불려가고 맥클라인 1세에게 호통을 듣고 있는 동안 이 모든 일의 원인 제공자(?)인 그란츠는 투석 공격으로 곳곳에서 먼지와 연기가 피어오르고 있는 칼카자가 왕성을 무표정하게 바라보며 이런저런 생각을 하고 있었고 그런 그란츠의 모습에 옆에 있던 야스퍼드 경이 말을 걸었다.

"자작님, 무슨 생각을 하고 계시는 겁니까?"

"그냥 전쟁이라는 것이 참 못할 짓이라는 생각을 하고 있었어요."

"예? 그건 무슨 말씀이신지?"

"그렇지 않습니까? 우리 영지군의 병사들과 저 성벽 위에 올라와 있는 왕국군의 물론이고 성안에 살고 있는 주민들까지 아무도 이 전투를 원한 사람이 없지만 높은 자리에 앉아서 큰 힘을 가지고 있는 권력자들의 결정 하나에 휘둘려서 이렇게 목숨을 걸고 싸우고 있어야 하다니 정말 아이러니하지 않습니까?"

"…그렇군요."

"아, 그건 그렇고 보급품은 얼마나 남았습니까?"

"그것이… 이제 하루치밖에 남지 않았습니다. 내일까지 보급품을 확보하지 못한다면 문제가 상당히 심각해집니다."

보급품 이야기를 꺼내자 야스퍼드 경은 안색이 어두워지

며 걱정을 하기 시작했고 그런 야스퍼드 경의 모습에 그란츠는 걱정하지 말라는 표정으로 입을 열었다.

"야스퍼드 경, 너무 걱정하지 않아도 됩니다. 계획대로라면 오늘 오후나 늦어도 내일 아침까지는 충분한 양의 보급품이 도착할 거예요."

"후우… 자작님의 말씀처럼 보급품이 도착한다면 다행이지만……."

걱정하지 말라는 그란츠의 말에도 야스퍼드 경은 좀처럼 마음을 놓지 못하고 불안한 얼굴 표정이었고, 그런 야스퍼드 경에게 그란츠가 다시 한마디하려고 할 때 군영 뒤쪽에서 병사들의 웅성거리는 소리가 들렸다.

"아군이다! 후방에 지원군이 도착했다."

"만세! 카미넬 영지 만세!"

지원군이 도착했다는 병사들의 외침과 함께 군영 뒤쪽에서 붉은 사자 깃발을 앞세운 5,000명의 영지군이 보급품이 가득 실려 있는 짐마차를 끌며 천천히 다가오고 있었다.

사실 바닥을 보이는 보급품 때문에 불안해하는 야스퍼드 경에게 걱정하지 말라고 하면서 자신있는 모습을 보였지만 내심 혹시라도 원터스가 지휘하는 영지 수군이 모츠 공작의 수군에게 패배라도 했으면 어떻게 하나 걱정을 하고 있었던 그란츠는 지원군이 보급품을 가득 싣고 나타나자 불안감을 한번에 날려 버리며 칼카자가 왕성 공략에 더욱더 자신감을 얻었고 영지병들도 지원군의 도착에 사기가 올라갔다.

이런 카미넬 영지군의 좋은 분위기와는 달리 성벽 위에서 카미넬 영지군 쪽에 지원군과 많은 양의 보급품들이 도착하는 모습을 지켜보고 있는 맥클라인 왕국 병사들은 애타게 기다리고 있는 아군은 도착하지 않고 오히려 적들에게 지원군이 도착하자 힘이 빠지며 사기가 바닥까지 떨어져 버렸다.

그리고 기사를 통해서 카미넬 영지군에 지원군이 도착했다는 소식을 듣고 귀족들과 함께 서둘러 성문 위로 달려온 모츠 공작은 붉은 사자 깃발을 휘날리며 새로 도착한 카미넬 영지군과 짐마차에서 하역 중인 많은 보급품들을 발견하고는 침음성을 흘렸다.

"끄으응… 이럴 수가! 놈들에게 지원군이 도착하다니……."

"공작님, 이렇게 되면 큰일이지 않습니까?"

"맞습니다, 공작님. 적 지원군의 도착으로 아군의 사기가 말이 아닙니다."

카미넬 영지군의 세력이 계속 늘어나자 당황한 귀족들이 뭔가 빨리 대책을 세워야 한다고 이야기를 했지만 해결할 뾰족한 대책이 없는 모츠 공작은 자신도 답답하지만 통상적인 명령을 내릴 수밖에 없었다.

"당장 주변 영지에 지원군을 독촉하는 전령을 다시 보내고 각 지휘관들은 병사들이 동요하지 않게 신경을 쓰도록 하시오."

"…알겠습니다."

지금 상황에서 큰 도움이 안 되는 모츠 공작의 명령에 귀족들과 기사들은 힘없는 모습으로 사기가 바닥까지 떨어진 병사들을 다독이기 위해서 각 부대별로 흩어졌고, 그런 귀족들의 모습에 모츠 공작은 시간이 갈수록 카미넬 영지군에게 치욕스러운 패배를 당한 션즈 공작을 누르고 정권을 장악하려던 처음 생각과 달리 귀족들에 대한 자신의 통제력이 점점 줄어드는 것을 느끼며 심각한 위기의식을 느끼기 시작했다.

그런 모츠 공작의 마음을 아는지 옆에 있던 기브 자작이 조심스럽게 입을 열었다.

"공작님, 아무래도 이렇게 계속 있다가는 큰일이 나겠습니다."

"끄응… 그렇다고 현 상황을 해결할 수 있는 뾰족한 방법이 없지 않나?"

"그렇기는 하지만 이렇게 가다가는 공작님의 권위에 큰 손상이 생길 수 있습니다. 위험 부담이 크지만 오늘 밤 야습을 감행하는 것은 어떻겠습니까?"

"예! 위험하지만 야습에 성공만 한다면 공작님의 체면도

세우고 덤으로 계속 저희들을 괴롭히고 있는 투석기를 파괴하고 병사들의 사기도 많이 올라갈 겁니다. 그리고 만에 하나 야습에 실패를 하더라도 야습에 동원한 약간의 병력만 손해를 보면 되니까 부담감도 크지 않을 겁니다."

"흐음… 그거 괜찮은 방법이군. 야습이라 충분히 해볼 만한 가치가 있겠어. 기브 자작, 자네가 책임을 지고 야습 준비를 하도록 하게."

"맡겨만 주십시오, 공작님."

야습을 하자는 기브 자작의 의견에 모츠 공작은 상당히 구미가 당긴다는 표정을 지으며 즉시 기브 자작에게 책임을 지고 야습을 준비하라는 명령을 내렸고 그 명령에 따라 기브 자작은 기사 10명이 포함된 500명의 야습 부대를 편성하기 시작했다.

한편 해가 지기 시작하자 병사들을 군영으로 철수시킨 그란츠는 내일부터 시작할 공성전을 위해 병사들을 푹 쉬게 하는 한편 칼카자가 왕성을 향해 계속해서 기름 항아리 공격을 퍼부었다.

군영 중앙에 설치된 지휘 천막 안에서 지원군이 가지고 온 영지 기사 론과 데니스 경의 보고서를 다 읽은 그란츠는 기분이 아주 좋아졌다.

"하하하! 이거 원터스 사령관과 3군단을 지휘하고 있는 론과 데니스 경이 예상보다 일을 훨씬 더 잘 처리했군요."

"그 사람들이 좋은 소식을 보낸 모양입니다, 자작님?"

"원터스 사령관이 지휘하는 영지 수군들은 나흐 항에 전진 배치되어 있던 모츠 공작의 수군 전투함들을 모조리 불태워 버려서 제해권을 완전히 장악했고 3군단을 이끌고 있는 론과 데니스 경은 브름베어 백작 영지의 영주성인 에보라시 성과 우리에게 거의 비어 있는 것이나 마찬가지인 피셔 자작 영지를 완전히 점령해서 우리 영지와 칼카자가 왕성까지 이어지는 긴 보급로를 완벽하게 장악했다고 적혀 있군요."

"허허허! 보급로가 안전하게 확보되고 덤으로 후방 지역을 완전히 장악했다니 정말 좋은 소식입니다."

"그놈들 신나게 적을 쓸어버린다고 재미가 좋았겠는데요?"

보급로뿐만 아니라 불안했던 후방이 완전히 정리됐다는 그란츠의 말에 야스퍼드와 콜만도 기분 좋은 표정을 지었고 불안 요소가 사라지자 마음이 편해진 그란츠는 자신만만한 얼굴로 내일부터 시작할 본격적인 공성전에 대해서 자세한 작전 지시를 내리기 시작했다.

진지한 얼굴로 그란츠의 작전 지시를 들은 야스퍼드와 콜만은 내일부터 시작할 공성전에서 필승을 다짐하며 지휘 천막을 나왔다.

이렇게 그란츠가 가신들과 내일부터 시작될 전투에 대해서 이야기를 나누고 있는 동안 성안에서는 야습에 참가할 병사 500명이 모여서 각자 무기를 점검하며 작전 시간을 기다리고 있었다.

특히 야습 부대를 지휘할 기사들 중에 한 명인 트랍은 자신의 애검을 정성스럽게 닦으며 자신에게 치욕을 안겨주며 대대로 이어져 내려오던 영지까지 빼앗아간 그란츠에게 복수를 할 생각에 미소를 지었다.

하지만 아즈드 자작가의 기사인 혜삼은 복수심에 불타 위험한 일에 뛰어들려는 트랍을 걱정스럽게 쳐다보며 말을 했다.

"소영주님, 아무래도 너무 위험한 일입니다. 야습에 직접 참가하는 일은 다시 한 번 더 생각해 보시는 것이 어떻겠습니까?"

"혜삼 경, 아무리 말려도 소용없어. 이번 기회를 이용해서 내 손으로 놈에게 꼭 복수를 하고 말겠어."

"카미넬 영지군에게 당한 것을 보수하고 싶은 소영주님의 마음은 잘 알지만 이건 너무 위험합니다."

"난 무슨 일이 있어도 이번 야습에 참가할 거니까 더 이상 아무 말도 하지마!"

"후우, 알겠습니다."

아무리 말려도 계속해서 고집을 피우는 트랍의 모습에 헤삼은 어쩔 수 없다는 표정을 지었다.

이렇게 시간이 흘러 자정이 되자 계속되는 기름 항아리 공격에 정신이 없는 왕성 성문이 조금 열리며 맥클라인 왕국의 야습 부대가 조용히 성을 빠져나오기 시작했다.

슈우웅! 꽈앙! 화르르륵!

"으아악~! 불을 좀 꺼줘!"

"어서 물을 더 가져와!"

끼이익!

날아온 기름 항아리가 깨지면서 일으킨 화재 때문에 주변을 환하게 밝히고 있는 왕성을 배경으로 조심스럽게 앞으로 전진한 야습 부대는 질서 정연하게 늘어서서 기름 항아리를 날리고 있는 투석기 근처까지 무사히 도착하자 일제히 무기를 뽑아 들고 앞으로 달려나갔다.

"모두들 잘 들어라! 최우선 목표는 왕성에 막대한 피해를 가하고 있는 투석기들이다. 어떠한 일이 있더라도 투석기들을 다 파괴한다는 각오로 전투에 임하도록! 자! 모두들 돌격 앞으로!"

"와아아! 다 쓸어버려라!"

"저… 적이다! 적의 기습이다!"

"방어 대형을 만들어서 기습을 막아라!"

느긋하게 투석기로 기름 항아리를 쏘고 있던 투석기 운영 병들은 갑자기 나타난 야습 부대에 크게 놀랐지만 정예 병력 들답게 투석기 주변을 지키고 있던 경계병들을 중심으로 금방 방어 대형을 만들어서 야습 부대의 기습에 대항하기 시작했다.

채챙! 챙! 챙! 츄아앙! 서걱!

"으아악!"

"이놈들 죽어라!"

"커헉!"

"투석기를 지켜라! 놈들이 투석기를 노리고 있다!"

"크허억! 사, 살려줘!"

야습 부대 병사들이 투석기가 늘어서 있는 곳에 노리고 집중적으로 공격을 퍼붓자 야습 부대가 노리고 있는 것을 눈치 챈 카미넬 영지군들도 필사적으로 방어를 하기 시작했고 어둠 속에서 완전히 뒤섞인 양쪽 병사들은 난전을 펼치기 시작했다.

그런 난전 속에서 트랍은 날카롭게 검을 휘둘러 카미넬 영지군들을 죽이면서 빠르게 방어 대형 안으로 파고들었고 그 뒤를 헤삼 경이 걱정스러운 얼굴로 따라다니며 호위를 하고 있었다.

"이야압! 이놈들, 다 죽여 버리겠다!"

"끄으윽… 컥!"

"소영주님 혼자 너무 안으로 들어가지 마십시오. 너무 위험합니다!"

"됐어! 잔소리할 시간이 있으면 적이나 한 명 더 죽여!"

"후우… 알겠습니다."

아무리 말려도 혼자 너무 앞으로 나서는 트랍의 행동에 혜삼 경은 곤혹스러운 표정을 지으며 달려드는 적병을 향해 검을 휘둘렀다.

한편 내일을 위해 일찍 잠자리에 들었던 그란츠는 적이 투석기를 노리고 야습을 해왔다는 병사의 보고에 서둘러 갑옷을 갖춰 입고 밖으로 뛰쳐나왔다.

밖에서는 이미 콜만 경이 병사들을 이끌고 나와 야습을 한 맥클라인 왕국 병사들을 공격하고 있었다.

하지만 맥클라인 왕국 병사들은 큰 피해를 입으면서도 악착같이 투석기들이 늘어서 있는 곳을 향해 공격을 계속했다.

그런 모습을 발견한 그란츠는 재빨리 허리에 차고 있던 검을 뽑아 들고 앞으로 달려나갔다.

"이런! 투석기를 지켜라! 이야압!"

"으아악! 컥!"

"크아악!"

난전을 벌이고 있는 병사들 속으로 뛰어들어 간 그란츠는 한번에 적병 두 명의 목을 베며 오러가 실린 검을 좌우로 매섭게 휘둘렀고 그런 그란츠의 날카로운 기세에 적들은 본능적으로 겁을 집어먹고 자신도 모르게 주춤 뒤로 물러섰다.

투석기를 지키고 있는 경계병들과 운영병들을 죽이고 재빨리 투석기를 불태우려고 했던 처음 의도와는 달리 경계 병력의 강한 저항에 막혀 시간이 지체되는 바람에 본영에서 휴식을 취하고 있던 카미넬 영지군이 달려오고 전장에 뛰어든 그란츠가 오러를 마구 뿜어대며 활약을 펼치기 시작하자 야습을 한 맥클라인 왕국 병사들은 다들 전의를 상실하며 절망감에 빠졌다.

반면에 카미넬 영지 병사들은 시간이 갈수록 늘어나는 아군과 눈부신 오러를 뿜어대며 적 기사들을 도륙하는 그란츠의 활약에 사기가 올라 맥클라인 왕국 병사들을 더욱더 거세게 몰아붙였다.

"자작님이 오셨다! 이 쥐새끼 같은 놈들을 다 쓸어버려라!"

"와아아아! 한 놈도 놓치지 마라!"

채챙! 챙! 츄아앙!

"으아악!"

"커헉!"

"감히 야습을 해오다니 다 죽여 버려라!"

벌써 몇 명이나 죽였는지 입고 있는 갑옷을 적병들의 피로 붉게 물들인 트랍은 오러를 피워 올리며 아군을 죽이고 있는 그란츠를 발견하고는 회심의 미소를 지으며 그쪽으로 달려갔고 그런 트랍의 행동에 헤삼은 크게 놀라며 서둘러 그 뒤를 따라갔다.

"하하하! 드디어 나타났구나! 이놈, 죽어라! 이야압!"

"소, 소영주님! 이런, 제기랄!"

난전 속에 뛰어들어 검을 휘두르며 적병들을 죽이고 있던 그란츠는 꽤 실력이 있는 기사인지 검에 약하지만 오러를 피워 올리며 자신을 향해 뛰어오는 적 기사를 발견하고는 마주 검을 휘둘렀다.

츄아앙!

"크윽… 이 자식 죽어라!"

"훙, 어림없다!"

"소영주님, 저도 돕겠습니다. 하얍!"

달려온 기세 그대로 검을 내려친 트랍은 그란츠가 가볍게 검을 들어 올려 자신의 공격을 막아내자 분한 마음에 입술을 꽉 깨물며 계속 공격을 퍼붓기 시작했고 트랍을 뒤쫓아온 헤삼도 빨리 그란츠를 죽이고 서둘러 적진을 벗어나기 위해서 불명예스러운 일이지만 눈을 딱 감고 협공을 펼치기 시작했다.

무슨 일인지는 모르겠지만 철천지원수처럼 자신을 공격하는 트랩의 행동에 그란츠는 의아하게 생각을 하면서 자신의 가슴을 노리고 찔러오는 헤삼의 검을 들고 있는 검으로 살짝 쳐내며 트랩의 가슴을 발로 차버렸다.

츄앙!

"크흑! 이런, 제기랄!"

"으윽… 소영주님, 괜찮으십니까?"

그란츠의 발차기에 트랩이 신음을 토해내며 땅바닥에 쓰러지자 헤삼이 급히 다가와서 걱정스러운 얼굴로 부축을 하려고 했지만 트랩은 그런 헤삼의 손을 뿌리치며 그란츠를 향해 다시 검을 휘둘렀다.

"이… 이놈, 죽여 버리겠다!"

"흥! 난 아직 오래 살고 싶으니까 네놈부터 먼저 죽여주겠다!"

화가 많이 났는지 얼굴을 붉게 물들인 트랩이 마구잡이로 검을 휘두르자 그란츠는 몸을 살짝 틀어서 피한 다음에 트랩의 옆구리에 검을 깊이 찔러 넣었다.

추앙! 푸욱!

"크으윽… 이…이런……"

"소영주님! 이놈!"

그란츠에게 옆구리를 찔린 트랍이 피를 분수처럼 뿜어내며 쓰러지자 놀란 혜삼이 급하게 앞으로 뛰어오며 그란츠를 향해 온힘을 다해서 검을 내려쳤다.

하지만 혼신의 힘을 다한 혜삼의 내려치기는 그란츠가 위로 들어 올린 검에 힘없이 막혀 버렸고 연속해서 가슴을 노리고 휘두른 그란츠의 검에 흉갑이 완전히 부서지며 목숨을 잃고 말았다.

슈아악! 퍼걱!

"으아악! 크흑!"

그란츠는 치명상을 입고 곧 죽을 것 같은 트랍과 가슴을 가리고 있던 흉갑이 완전히 박살난 모습으로 죽은 혜삼을 무표정한 얼굴로 한번 쳐다보고는 다시 난전으로 뛰어들어 얼마 남지 않은 맥클라인 왕국 병사들과 기사들에게 검을 뿌렸다.

잠시 뒤 야습에 나섰던 10명의 기사들과 500명의 병사들은 모두 다 신속하게 대응한 카미넬 영지군과 그란츠의 손에 목숨을 잃었고 자신의 실추된 체면을 되찾고 병사들의 사기를 떨어뜨리는 투석 공격을 막으려던 모츠 공작의 야습 작전은 단 1기의 투석기도 파괴하지 못하고 실패로 막을 내렸다.

맥클라인 왕국군의 야습으로 잠시 동안 중단된 기름 항아리 공격은 그란츠의 명령에 의해서 금방 다시 재개되었고 왕성 안에 있는 병사들과 주민들은 밤새도록 계속된 기름 항아리 공격에 제대로 쉬지도 못하며 피로도가 극에 달했다.

이틀에 걸쳐서 밤낮을 가리지 않고 계속 투석 공격과 기름 항아리 공격을 받은 칼카자가 왕성은 처음 봤던 웅장한 모습은 이미 다 사라져 버리고 성벽 곳곳에는 투석 공격 때문에 생긴 균열이 마치 거미줄처럼 가 있었고 기름 항아리 공격으로 생긴 화재로 여기저기에서 검은 연기까지 피워 올리고 있었다.

아침 일찍 말을 타고 몇 명의 호위병들과 군영 밖으로 나온 그란츠는 약해질 대로 약해진 왕성의 모습에 만족스러운 미소를 지으며 영지군을 공격 대형으로 도열시켰다.

"이 정도면 충분하군. 오늘 맥클라인 왕조를 멸망시키겠다."

이틀에 걸친 투석 공격으로 완전히 지쳐 버린 맥클라인 왕국 병사들은 공격할 것처럼 겁만 주었던 어제와는 달리 공성용 사다리는 물론이고 공성탑과 충차까지 끌고 나온 카미넬 영지군의 모습에 바짝 긴장한 얼굴로 무기를 가지고 있는 손에 힘을 꽉 쥐었다.

"어? 저놈들 오늘은 진짜 쳐들어올 모양이네?"

"그, 그러게 말이야……."

"후우… 난 모든 좋으니까 빨리 전투가 시작됐으면 좋겠어. 이건 완전히 사람을 바짝바짝 말려 죽이려고 드니까 정말 미치겠어."

카미넬 영지군이 전투 대형을 다 갖추자 말을 타고 앞으로 나온 그란츠는 사기충천한 모습으로 질서 정연하게 서 있는 아군 병사들을 천천히 둘러보고는 믿음직스러운 모습에 미소를 지으며 천천히 입을 열었다.

"자랑스러운 카미넬 영지의 용사들은 들어라! 오늘 우리는 왕국의 정의와 고귀한 명예니 하는 어려운 대의명분을 위해서 이 자리에 와 있는 것이 아니라, 영지에 있는 우리들의 가족과 사랑하는 사람들의 행복을 지키기 위해서 이 자리에 서 있는 것이다. 물론 오늘 하루 이 자리에서 많은 병사들이 아까운 목숨을 잃겠지만 그 희생은 결코 헛되지 않을 것이고 여기 모인 모든 사람들이 그 병사의 숭고한 희생과 용기를 영원히 기억할 것이다!"

"와아아아! 카미넬 영지 만세! 소영주님 만세!"

"그란츠 자작님 만세!"

그란츠의 말에 카미넬 영지군 병사들은 큰 함성을 지르며 들고 있는 무기를 높이 들어 흔들면서 사기충천한 모습을 보였고, 반면 그런 카미넬 영지군의 모습에 성벽 위에 있는 맥클라인 왕국군 병사들은 잔뜩 기가 죽었다.

병사들의 열렬한 함성을 들으며 그란츠는 허리에 차고 있던 검을 뽑아 들어 성을 겨누며 공격 명령을 내렸고 병사들은 명령이 떨어지자마자 일제히 성으로 돌격해 들어갔고 뒤에서 대기하고 있던 궁수들과 투석기들은 화살과 투석 공격을 성에 퍼붓기 시작했다.

"성을 함락시켜라! 공격!"

"와아아아! 돌격!"

"궁수대, 보병들을 엄호해라! 발사!"

"투석 공격을 시작해라!"

슈우웅! 슝~ 슈슉~ 슈우욱~ 꽈꽝! 쿠웅!

"끄아악!"

"크흑! 조심해라! 방패를 들어 올려서 화살을 막아라!"

"우리도 화살을 쏴라! 놈들이 성에 접근하지 못하도록 제지해라!"

드디어 카미넬 영지군의 공격이 시작되자 성문 위에 있는 전망대에서 상황을 지켜보고 있던 모츠 공작은 즉시 반격을 지시했고 공격 명령이 떨어지자 성벽 위에 배치되어 있는 궁수들은 일제히 성을 향해 달려오고 있는 카미넬 영지군을 목표로 화살을 날렸다.

성에서 화살이 비처럼 날아오기 시작하자 맨 앞에서 병사들을 이끌고 달려가던 콜만은 날아오는 화살을 검으로 쳐내며 병사들에게 방패로 화살을 방어하도록 명령하며 계속 앞으로 전진해 나갔다.

"모두 방패를 들어서 화살을 막아라! 돌격 앞으로!"

"가자! 커헉!"

"으아악! 내 눈!"

"궁수대! 성 위에 있는 적의 궁수들을 집중적으로 노려라!"

"크아악!"

"쏴라! 계속 화살을 날려라!"

이렇게 화살비를 뚫고 성벽 아래에 도착한 카미넬 영지군은 가지고 온 공성용 사다리를 성벽에 걸치고 위로 올라가기 시작했고 맥클라인 왕국군 병사들은 꼬챙이로 사다리를 밀어내고 미리 준비해 둔 돌과 뜨거운 물을 아래로 던지고 쏟아부으며 대항하기 시작했다.

"어서 사다리를 타고 성벽 위로 올라가라!"

"적들이 성벽 위로 올라오지 못하게 사다리를 밀어내고 뜨거운 물을 부어라!"

채챙! 챙! 챙! 쏴아아! 퍼걱!

"으아악! 뜨거워!"

"커헉! 으악!"

그동안 계속된 투석 공격으로 많이 지치고 사기가 떨어졌지만 맥클라인 왕국군은 성벽이라는 최고의 방어 수단을 이용해서 효과적인 방어전을 펼쳤고, 다혈질 기사인 콜만이 선두에 서서 병사들을 독려하고 있었지만 카미넬 영지병들은 사상자가 늘어나며 고전을 펼치고 있었다.

"젠장! 뭣들 하고 있는 거야! 어서 사다리를 올라가라!"

"아악! 내 다리!"

"흐어억!"

예상보다 완강한 적들의 저항에 병사들의 피해가 크게 늘어나기 시작하자 왕성을 함락시키고 난 다음에도 왕국 곳곳에 남아 있는 맥클라인 1세의 추종 세력을 상대할 충분한 병력을 남겨두어야 하는 그란츠는 얼굴을 찌푸리며 직접 검을 빼 들고 왕성을 향해 돌격해 들어갔고 그런 그란츠의 행동에 놀란 야스퍼드는 서둘러 본진에 남아 있던 병사들을 모두 이끌고 그란츠를 따라 성으로 돌격해 들어갔다.

성 아래에 도착한 그란츠는 바로 병사들이 걸쳐놓은 공성용 사다리를 타고 성벽 위로 올라가기 시작했고 의외의 강력한 저항에 주춤거리던 병사들은 제일 선두로 달려나와 성을 향해 뛰어들어가는 그란츠의 모습에 용기를 내며 다시 성벽을 공략하기 시작했다.

"와아아! 소영주님이 우리와 함께하신다!"

"돌격 앞으로!"

"성벽을 넘어라!"

"막아라! 적들이 성벽 위로 올라오게 해서는 안 된다!"

"쌍! 이 새끼들 다 죽여 버리겠어!"

마나를 사용해 순식간에 사다리를 타고 성벽 위로 올라온 그란츠는 자신을 노리고 사방에서 창을 찔러오는 적병들을 검을 휘둘러 죽여 버렸고 검에서 오러를 마구 뿜어내며 병사들을 한칼에 죽여 버리는 그란츠의 위용에 겁을 먹은 적병들이 뒤로 주춤거리며 물러서는 사이에 뒤를 이어서 사다리를 타고 올라온 카미넬 영지군의 숫자가 하나둘씩 늘어나기 시작했다.

이렇게 그란츠의 활약으로 성벽 위에 교두보가 하나 생기자 그제야 정신을 차린 맥클라인 왕국군은 기사들의 독려를 받으며 성벽 위로 올라온 그란츠와 카미넬 영지군을 몰아내기 위해서 공격을 해왔다.

"적들에게 교두보를 만들어주어서는 절대 안 된다! 놈들을 성벽에서 몰아내라!"

"죽어라!"

"크아악!"

"흥! 카미넬 영지 용사들아! 적들을 모조리 쓸어버려라!"

"와아아아!"

"다 죽여 버려!"

채챙! 챙! 서걱! 츄아앙!

그란츠는 자신을 향해 달려오는 적병들에게 검기를 날리며 앞으로 달려가 뒤에서 병사들을 독려하고 있던 적 기사를 한칼에 죽여 버렸고, 그런 그란츠의 모습에 카미넬 영지 병들은 함성을 지르며 그란츠를 따라 앞으로 돌격해 들어갔다.

상황이 이렇게 되자 맥클라인 왕국군의 방어선은 급속하게 무너져 내리기 시작했고 모츠 공작이 어떻게든 성벽 위로 올라온 카미넬 영지군을 물리쳐 보려고 했지만 이미 기세를 타기 시작한 카미넬 영지군의 매서운 공격을 도저히 막을 수가 없었고, 특히 검이 불타오르듯이 오러를 뿜어내며 병사들과 기사들을 죽이고 있는 그란츠의 활약에 맥클라인 왕국군은 완전히 패닉 상태에 빠져 버렸다.

"으아악! 괴물이다!"

"커허억!"

"무, 물러서지 말고 자리를 사수… 커헉!"

"저항하는 놈들은 모두 지옥으로 보내주겠다. 살고 싶다면 모두 무기를 버리고 투항해라!"

"사, 살려주십시오!"

"항복하는 놈들은 즉결 처분하겠다! 모두 무기를… 끄아악!"

마치 군신이 현실 세계에 현신한 것 같은 그란츠의 무시무시한 실력에 공포감을 느끼고 있던 맥클라인 왕국군 병사들은 항복하면 목숨을 살려주겠다는 그란츠의 외침에 누가 먼저라고 할 것 없이 무기를 땅에 던지며 손을 들어서 항복을 했고 그런 병사들의 행동에 화를 내며 항복한 병사들에게 검을 휘두르려던 기사들은 번개처럼 움직인 그란츠의 검에 목숨을 잃고 차가운 땅바닥에 힘없이 쓰러졌다.

"공작님, 아무래도 틀린 것 같습니다. 어서 몸을 피하시는 것이 좋겠습니다."

"기브 자작, 그게 무슨 말인가! 어서 병사들을 독려해서 적들을 성벽에서 밀어내도록 하게!"

"이미 늦었습니다, 공작님."

"아니야, 그럴 리가 없어! 뭣들 하느냐! 저 반란군 놈들을 어서 공격해라!"

"...공작님."

이미 함락된 것이나 마찬가지인 상황에서 끝까지 고집을 피우며 이제 얼마 남지도 않은 병사들에게 공격을 하라고 호통을 치는 모츠 공작의 모습에 기브 자작은 어두운 얼굴로 고개를 좌우로 흔들며 일부 기사들과 함께 왕성을 빠져나가기 위해서 황급히 자리를 벗어났고 뒤에 남아 미친 사람처럼 고래고래 고함을 지르며 병사들을 독려하던 모츠 공작은 그란츠를 따라 성벽으로 올라온 콜만의 손에 허무하게 목숨을 잃었다.

"공격! 어서 저 반란군 놈들을 성에서 몰아내라!"

"이런 쌍! 상황 파악도 못하고 왜 이렇게 시끄러워! 죽어라!"

스각!

"이, 이렇게 허무하게… 끄으윽!"

"적장이 죽었다!"

"우와아아! 이겼다!"

"적들이 한 놈도 빠져나가지 못하도록 성을 포위하고 서둘러 맥클라인 1세가 있는 왕궁을 공격해라!"

"가자! 왕궁을 함락시켜라!"

그날 웅장한 모습을 자랑하던 칼카자가 왕성은 그란츠와 용맹한 카미넬 영지군에 의해서 힘없이 무너져 내렸고, 반란을 통해서 새로운 왕조를 꿈꾸던 맥클라인 1세와 모츠 공작의 야망도 왕성 함락과 함께 허망한 한 여름밤의 꿈으로 사라져 버렸다.

칼카자가 왕성이 그란츠에게 함락되고 난 다음에도 션즈 공작을 중심으로 뭉친 귀족들이 10만에 달하는 대군을 모아서 왕성에 있는 그란츠를 공격하기 시작했고, 호시탐탐 기회를 노리고 지밀 왕국까지 혼란을 틈타 왕국을 침략해 들어왔다.

왕성 북쪽에 위치한 스카디노 자작 영지에서 만난 그란츠와 션즈 공작은 삼 일간의 대회전 끝에 창기병단과 함께 적진을 돌파해 들어간 그란츠가 션즈 공작의 목을 베는 것으로 마무리가 되었고, 남부에 위치해 있는 영지들을 휩쓸며 올라오고 있던 지밀 왕국군과는 3번의 큰 전투를 치르고 어렵게 휴전을 할 수 있었다.

이렇게 영지를 위협하던 맥클라인 왕조를 무너뜨리고 영토를 조금 잃었지만 침략해 들어온 지밀 왕국군을 막아낸 그란츠는 가신들과 일부 살아남은 국왕과 귀족들의 열렬한 지지를 이끌어내며 아버지인 카미넬 백작을 국왕으로 추대했다.

힘든 과정을 거쳐서 위기를 극복하고 신생 카미넬 왕조를 열게 된 그란츠는 왕세자의 자리에 책봉되어 계속된 전란으로 완전히 피폐해져 버린 왕국을 다시 일으켜 세우기 위해서 노력을 하기 시작했다.

신생 카미넬 왕국을 선포한 지 5년이 지난 가을, 그동안 쇠약했던 왕국의 힘을 완전히 회복하는데 성공한 그란츠는 중요한 식량원인 밀의 추수가 끝나자마자 대군을 동원해서 지밀 왕국에게 빼앗긴 남부 지역 영지 수복에 들어갔고, 겨울이 되기 전에 잃어버렸던 영지들을 모두 되찾을 수 있었다.

지밀 왕국은 그런 그란츠의 행동을 군대를 동원해서 막으려고 했지만 이제 막 겨울이 시작된 시기여서 군대의 운영이 힘들었고 기동력이 뛰어난 창기병단의 계속된 기습에 큰 피해를 입고 본국으로 후퇴할 수밖에 없었다.

겨울이 지나고 다시 봄이 오자 이를 갈며 힘을 모아두었던 지밀 왕국군이 다시 대군을 편성해 카미넬 왕국을 공격해 들어왔지만 이미 침략을 예상하고 철저하게 준비를 하고 있던 그란츠의 매복 공격에 걸려 국경선 부근에서 큰 참패를 당했고 역으로 그란츠가 지휘하는 카미넬 왕국군이 지밀 왕국 내부로 깊숙이 공격해 들어갔다.

치열한 전투 끝에 지밀 왕국은 끝까지 지키려고 했던 몬슨 왕성을 함락당하며 그란츠에게 힘없이 무릎을 꿇었고 예전 라이오스 왕국과 지밀 왕국의 넓은 영토를 차지한 신생 카미넬 왕국은 새로운 대륙의 패자로 떠올랐다.

3년 뒤 아버지인 카미넬 1세의 뒤를 이어 왕위에 오른 그란츠는 5년 만에 몰타 왕국과 랙프리 왕국을 공격해 합병시키며 왕국을 제국으로 키워 나갔고 정복왕이라는 영광스러운 호칭을 가지게 되었다.

Grants Saga
완결

그동안 여러 가지 어려운 일들이 많았던 그란츠 전기가 드디어 끝이 났습니다.

처녀작이라 여러 가지 힘든 일도 많고 처음 의도와 많이 달라진 부분도 많았지만 그래도 이렇게 끝을 내고 나니까 시원한 마음보다 아쉬운 마음이 더 많이 드는 건 어쩔 수 없나 봅니다.

우선 부족한 제가 책을 낼 수 있도록 도와주신 청어람 식구분들에게 감사드립니다.

특히 책을 출판하는 과정에서 여러 가지 일들을 챙겨주신 심재영씨에게 정말 고마운 마음이 듭니다.

모두들 행복하세요~!

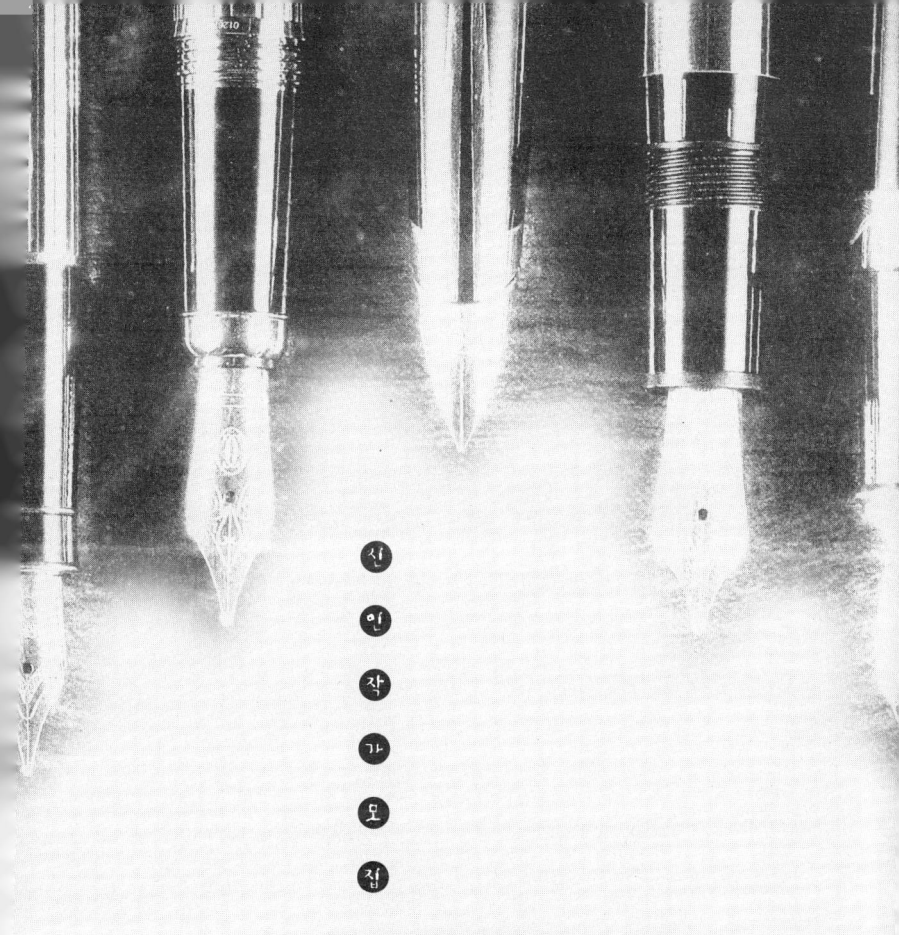

신
인
작
가
모
집

시작이 반이라고 했습니다.
작가의 길에 대한 보이지 않는 벽을 과감히 깨뜨리십시오!
청어람은 작가 지망생 여러분들의
멋진 방향타가 되어드리겠습니다.

저희 도서출판 청어람에서는
소설 신인 작가분들을 모집합니다.
판타지와 무협을 사랑하시는 분들의 많은 참여를 바랍니다.
소정의 원고(A4용지 150매)를 메일이나 우편으로 보내주시면
검토 후 출판 여부를 알려드리겠습니다.

주소:경기도 부천시 원미구 심곡1동 350-1 남성B/D 3F 우편번호420-011
TEL:032-656-4452 · **FAX**:032-656-4453
http://**www.chungeoram.com**
e-mail:chungeoram@chungeoram.com

고검추산

허담 新무협 판타지 소설
FANTASTIC ORIENTAL HEROES

두 사형제가 난세(亂世)를 헤치며 만들어 나가는
기이막측(奇異莫測)한 강호(江湖) 이야기!

천하가 사패(四覇)의 대립으로 혼란스러운 시기,
세상이 혼탁해지자 강호(江湖)에는 온갖 은원(恩怨)이 넘쳐난다.
그러자 금전을 받고 은원을 해결해주는 돈벌레[黃金蟲]가 나타난다.
그런데… 비천한 황금충(黃金蟲) 무리 가운데 천하팔대고수(天下八大高手)가
나타나니…

천검(天劍) 능운백(陵雲白)!
천하팔대고수이자 강호제일 청부사의 이름이다.

그리고… 그가 두 제자를 들이니, 고검(孤劍)과 추산(秋山)이 그들이었다.
훗날 강호제일의 해결사가 되어 무림을 진동시킬 이들이었다.

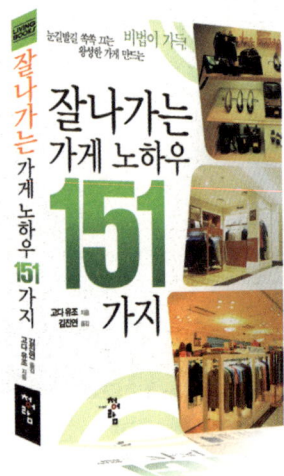

입소문을 통해 아는 분은 다 알고 계십니다!
올 한해 공인중개사 최고의 화제작!

1~2권 합본 | 이용훈 지음
3~4권 합본 | 이용훈 지음
5~6권 합본 | 이용훈 지음
용어해설 | 이용훈 지음

수험생 기본 필독서
만화 공인중개사

제목 : 만화공인중개사 쓰신 분에게 감사드립니다.

학원을 두 달 다녔어요 근데 과연 그 숫자 외우기 그런 게 몇 문제나 나올까 생각을 했어요.
아니라는 생각이 드네요 학원강의를 뒤로하고 서점을 갔어요 내 머리에 가장 이해될 수 있는
책이 없나 하구요 거기서 만화를 발견했어요 무조건 세 번 봤어요 3개월 걸렸어요 문제집을 보라고
했는데 그건 시행을 못했어요 근데 합격을 했네요.
어떻게 감사의 말을 해야 될지…….
도서관에서 만화책 들고 다니니까 사람들이 비웃더라구요 만화책으로 공인중개사를 공부한다고
미친 사람처럼 보더라구요 근데 그거 다 감수하고 했던 내가 자랑스럽습니다.
어떻게 감사의 말을 해야 할지… 정말 감사합니다.
부디 행복하세요 제 나이 41살에 좋은 스승을 만난 것 같습니다.
엎드려 감사드립니다.

－본사 홈페이지에 독자분이 올린 메일 中 에서 발췌－

세상을 보는 또 하나의 창!
열린세상, 열린지식

InTB 인더북
www.INTHEBOOK.net

당당하게 글을 쓰는 사람, 멋있게 포장하는 사람,
감동적으로 읽어주는 사람이 있다면
언제든 어디든 인더북이 함께 하겠습니다.

2008년 봄 그들이 온다!!

권왕무적의 초우, 궁귀검신의 조돈형, 삼류무사의 김석진, 태극검해의
한성수, 프라우슈 폰 진의 김광수, 흑사자의 김운영, 송백의 백준 등

총 20여 명에 이르는 호화군단의 인더북 이북 연재 확정!!
그 외에도 많은 정상급 작가들의 이북 연재 런칭 예정!!

**포도밭 그 사나이, 새빨간 여우 등의 로맨스 정상급 작가
김랑의 작품을 이북 연재로 만나다!!**

오직 인더북에서만 독점 연재!!

아쉬움을 남기고 1부에서 막을 내린 **권왕무적 시리즈의 2부** 등 인기 작가들의 수준 높은
미공개 작품들이 시중에 책으로 출간되지 않고, 오직 인더북에서만 연재됩니다.

COMING SOON! INTHEBOOK.NET

1. 인더북의 이북 유료연재는 2008년 1월 말 ~ 2월 중순경 오픈
2. 인더북에 연재되는 작품들은 시중에 출판되지 않은 작품들로 엄선

**이북 유료연재의 새로운 도전! 그리고 새로운 시작! 인더북!!
곧 새로운 모습의 이북 연재 사이트로 여러분께 다가가겠습니다.**